Selena K.H. Pott

Vision

Band 1

Selena K.H. Pott

Vision

Sci-Fi, Speculative Fiction

Bibliografische Information der Deutschen Nationalbibliothek:
Die Deutsche Nationalbibliothek verzeichnet diese Publikation in der Deutschen Nationalbibliografie; detaillierte bibliografische Daten sind im Internet über http://dnb.dnb.de abrufbar.

Verlag: BoD · Books on Demand GmbH, In de Tarpen 42, 22848 Norderstedt, bod@bod.de

Druck: Libri Plureos GmbH, Friedensallee 273, 22763 Hamburg

ISBN: 978-3-8482-6006-5

„Rigatoni mit Pesto alla „Calabrese-" Ja! Meine Lieblingspasta stand heute auf der Tageskarte. An diesem kalten, verregneten Mittag genau das Richtige. Ich huschte an dem Aufsteller vor der Tür des Bistros vorbei und brachte mich schnell ins Trockene. Meinen Regenmantel ließ ich direkt im Vorraum an der Garderobe hängen, bevor ich Richtung Tresen steuerte und dabei Tom beiläufig begrüßte, der gerade eine ältere Dame an einem Tisch bediente. Kaum hatte ich auf einem der hohen Bistrostühle Platz genommen, war Tom auch schon wieder da, um mir wortlos meinen Tee vorzubereiten. Ich musste nicht mehr bestellen. In der Regel aß und trank ich dort das Gleiche. Eine Tasse grünen Tee und das täglich wechselnde Pasta Gericht. Offen gesagt, war die Tatsache, dass es jeden Tag ein anderes

Gericht mit Nudeln gab, der Hauptgrund, der mich dazu brachte, dort beinahe jeden Mittag essen zu gehen. Neben der grandiosen Pasta gab es aber noch mehr Argumente, die für das kleine Bistro sprachen. Die Preise waren gut, es war selten wirklich voll und es strahlte trotz der modernen Einrichtung eine starke Gemütlichkeit aus. Zudem waren es gerade mal zwei Minuten zu Fuß von dem Buchladen, in dem ich arbeitete bis über die Straße zu Tom. Ich hatte mich mit der Zeit mit dem netten Kellner, der etwas jünger war als ich angefreundet. Deshalb sagte ich auch immer, wenn ich in den Laden ging „Ich gehe zu Tom". Das Restaurant hieß aber nicht so, sondern Pappardelle. Zunächst konnte ich mit dem Namen nichts anfangen, bis ich herausfand, dass Pappardelle eine Nudelsorte war. Nichtsdestotrotz war `Tom' für mich der Platz meines Mittagessens geworden. Tatsächlich hatte ich mich sogar schon so daran gewöhnt, dass Tom, der anscheinend nie Urlaub hatte, mich mittags bediente, dass es mir bereits befremdlich vorkam, wenn er nicht im Laden war.

Gelegentlich ging ich dort abends hin, um mich meiner Pasta Sucht hinzugeben und um gleichzeitig meiner Faulheit was kochen anbelangte aus dem Weg zu gehen. „Na, was gibt's Neues, Anne?", fragte Tom, während er mir die heiße Tasse Tee über den Tresen schob. „Chef Junior ist heute da.", antwortete ich angespannt und anscheinend dennoch mit einem kleinen Schmunzeln im Gesicht, so wie mich Tom zurück angrinste. „Ohhhh und du hast die Sachbücher bei den Geschichten eingeräumt. Da werden einige Kinder bald erfahren, wie das mit den Blümchen und Bienchen funktioniert", erwiderte er mit einer nicht zu bremsenden Freude. „Einmal Tom, es war nur einmal und es war nur ein Biologiebuch bei den Fantasy Romanen", gab ich leicht beschämt zu. Tom lachte nur noch mehr. „Ich bin tatsächlich schon wieder fast froh, wenn er geht, damit das Elend ein Ende hat." „Ach komm Krümel, du stehst eben auf deinen Chef und bekommst weiche Knie. Sei doch froh, dass es dir so geht. Wie langweilig wäre das Leben und der Alltag ohne solche Schwärmereien. Unser Umfeld ist vollgestopft mit schlechter Laune, umso schöner, wenn es dann noch einen Grund zum Strahlen gibt." Als wir uns besser kennenlernten, wobei unser Kontakt nie über das Pappardelle hinausging, fing Tom an mich Krümel zu nennen. Seine Begründung dafür war meine Körpergröße. Wohl gemerkt, dass er selbst nur ein paar Zentimeter größer war als ich. Vermutlich rechnete er seine wallende dunkelblonde Mähne mit dazu, die ihm meist mit einem Band nach hinten gebunden, wie ein Heiligenschein über dem Kopf ragte. Aber auch wenn er selbst eher zu den Hobbits unserer Gesellschaft gehörte, fand ich den Spitznamen irgendwie süß und wehrte mich deshalb auch nicht dagegen. „Ja, das stimmt wohl, aber mein Strahlen sieht für ihn wohl eher wie ein Schlaganfall aus.", Tom lachte wieder und machte sich auf den Weg, um meine Pasta aus der Küche zu holen. Kurz nachdem er sie mir über den Tresen schob, stürzte ich mich darüber her und vergaß in der Zeit die Arbeit, meinen Chef und wie ich mich fühlte. Danach wischte ich mir den Mund ab, legte das Geld inklusive Trinkgeld auf den Tresen, warf Tom einen Luftkuss zu und machte mich zurück in meine persönliche Hölle. Dabei liebte ich den Laden an sich, doch ich kam nicht mit der Situation klar, dass der Sohn vom Chef mich jedes Mal, wenn er da war, mich ansah oder mit mir sprach, vollkommen aus den Latschen haute. Mein Herz fing an zu rasen, meine Hände schwitzten, meine Mundwinkel schoben sich unkontrollierbar nach oben und ich versprach mich meistens einige Male, wenn ich es überhaupt schaffte zu reagieren. Mit der Zeit hatte ich mir angewöhnt, nur noch kurz und knapp zu antworten. Hallo, Ja, Nein und Tschüss. Er hielt mich sicher für eigenartig oder ging davon aus, dass ich ihn nicht leiden konnte. Egal, was ich versuchte, ich konnte einfach nicht ich selbst sein und war eher damit beschäftigten meine Gesichtsmuskeln und meine Körperfunktionen im Griff zu halten. Zum Glück kam er nur alle zwei Wochen vorbei, um seinen Vater bei der Buchhaltung vor Ort zu unterstützen. Aber schon in ein paar Monaten sollte er den Laden übernehmen und wäre somit dann auch öfter vor Ort. Na ja, wahrscheinlich sogar täglich. Daran durfte ich nicht denken, auch wenn ich jedes Mal, wenn er wieder fuhr trotz allen Leidens ein wenig traurig war, dass er verschwand. Es machte mich wahnsinnig, dass ich keinen Grund fand, warum ich mich so aufführte. Ich kannte ihn kaum und dennoch sackten meine Knie zusammen, wenn ich ihn sah. Ja, er war süß und sein Lächeln hätte mich dazu bringen können alles zu tun, was auch immer er verlangte, aber ansonsten wusste ich nicht, wer er war. Ich wusste kaum etwas über sein Privatleben, habe mich nie intensiv mit ihm unterhalten oder sonstige Berührungspunkte gehabt außer meinem großen Wunsch ihn wirklich zu berühren, und zwar an allen Punkten. Er machte mich schlicht und ergreifend wahnsinnig und letzten Endes konnte ich froh sein, dass ich ihn nur alle zwei Wochen zu Gesicht bekam, sonst wäre ich wahrscheinlich schon wegen geistiger Nichteignung gekündigt worden. Das alles war mal wieder typisch für mich. Ich verknallte mich in jemanden, der bisher nicht mal im Ansatz Interesse an mir hatte. Vielleicht entstand so auch mein Mangel an Erfahrung, was Männer anging. Natürlich hatte ich, dank der wilden Abschlusspartys, auch schon Jungs geküsst und mehr, aber eine wirkliche Beziehung hatte ich noch nie. Die ein, zwei Kerle die mal ein Auge auf mich geworfen hatten, konnten für mich nie mehr sein als ein Freund und andersherum waren die Männer, an denen ich Interesse hatte, auch nur an einer Freund-schaft mit mir interessiert, wenn überhaupt. Dadurch hatte ich es mir anscheinend auch angewöhnt meine Gefühle einfach gar nicht mehr Kund zu tun, denn das Gefühl abgewiesen zu werden war mir zu wider. Ich verschlang das dann meist in mich und machte es mit mir selbst aus, anstatt in die Offensive zu gehen und jemanden einzuladen oder anzusprechen. Des-halb hoffte ich auch dieses Mal auf ein einfaches Ver-gehen meiner Verknalltheit und bis es so weit war, versuchte ich dem braunäugigen Schönling aus dem Weg zu gehen, na ja zumindest außerhalb meiner

Träume. Es kam, wie es kommen musste und Mark, so hieß der Mann meiner schlaflosen Nächte, verließ uns wieder. In seinem weißen Mercedes wirkte er nur noch glänzender und größer. Daneben wirkte ich eher schäbig, wenn ich mit meiner nicht wasserfesten Regenjacke durch die Straßen huschte, um möglichst trocken an meinem kleinen, alten, marineblauen Fiat anzukommen. Es war kein Luxuswagen, aber er war günstig und brachte mich überall hin, wo ich hin musste. Die Fenster waren noch zum Kurbeln und die Heizung wurde meist erst warm, wenn ich schon am Ziel angekommen war, aber er hatte einfach Charakter. Es war der alte Wagen meiner Schwester und auf dem Handschuhfach waren noch die silbernen Initialen zu sehen, die wir damals auf dem Weg zu einem Festival dort mit wasserfester Farbe hingeschrieben hatten. Sie zog zwei Jahre zuvor mit ihrem Mann und ihren beiden Kindern an das andere Ende des Landes. Sie fehlte mir sehr, auch wenn sie sich fast täglich bei mir meldete und mich regelmäßig per Videochat anrief, dennoch war es nicht das gleiche wie mich von ihr in den Arm nehmen zu lassen. Aber ich war ihr deswegen nicht böse. Sie hatte eine wundervolle Familie und sollte tun, was sie glücklich machte. Verständlich, dass sie ihrem Mann räumlich folgte, wenn dieser an einen anderen Arbeitsort versetzt wird. Als sie ging, hinterließ sie mir das Auto und so behielt ich etwas voller Erinnerungen an unsere Jugendzeit. Bis nach Hause benötigte ich gute 15 Minuten. Aus der Stadt raus, durch zwei Dörfer und schon war ich bei mir vor der Haustüre. Ich lebte in einem alten großen Bauernhaus mit fünf Wohneinheiten, die alle vor einigen Jahren saniert und modernisiert wurden. Der rustikale Charme und das Alter des Hauses waren also nur noch von außen wahrzunehmen, wodurch es aber noch immer bestens in die Umgebung passte. Man fand hier kaum moderne Architektur oder grelle Farben. Alles hier war mit viel Holz verkleidet und machte einen bodenständigen Gesamteindruck. Ich stellte mein Auto auf dem Stellplatz ab, der zu meiner Wohnung gehörte und wagte erst einmal einen Rundumblick, bevor ich aus dem

Auto stieg. Oft begegnete ich nämlich Olaf, einem der Mieter. Er war der älteste, lebte alleine und war gefühlt permanent auf der Jagd nach Menschen, die er vollquatschen konnte. Er war eigentlich wirklich nett, aber ich konnte es nicht ausstehen, nach der Arbeit noch ein zeitfressendes Gespräch einzugehen, das mich von meiner geliebten Höhle fernhielt, in die ich mich am Ende des Tages flüchtete und ganz für mich war. Keine Kunden die Fragen stellten und dabei nicht selten unhöflich waren, kein Chef der einen permanent von a nach b schickte, keine rebellierenden Kinder die wie wild Bücher aus dem Regal zogen oder sich im Wutanfall auf den Boden warfen, weil ihnen die Mutter Süßigkeiten verweigerte und vor allem kein Mark der sich wie ein dicker Stein auf mein Hirn und mein Herz warf. Nur meine eigene kleine Welt voller Ruhe und zwei zuckersüßen Schmusekatzen, die einfach zufrieden waren, ohne dass ich mich mit ihnen unterhalten musste. Die Luft schien frei zu sein, es hätte mich auch gewundert, wenn Olaf bei dem Wetter auf der Lauer gelegen hätte. Nichtsdestotrotz gewöhnte ich mir diesen Kontrollblick schon lange an. In meiner Wohnung angekommen, schrien mich schon Minzi und Luna an, die bereits hungrig mich warteten. Ich begrüßte sie und gab ihnen ein Leckerli, nachdem ich die Schuhe auszog und meine Tasche sowie meinen durchnässten Mantel aufhängte. Ich warf die feuchten Klamotten von mir und hüpfte in eine Jogginghose und ein Sweatshirt, die im Bad über dem Badewannenrand hingen und ging danach in die Küche, um mir den Rest meiner Lasagne vom Vortag aufzuwärmen. Gelegentlich packte mich tatsächlich die Koch Lust, doch meistens war ich einfach nur froh, wenn ich mir schnell etwas warm machen konnte, weshalb ich, wenn ich dann mal den Kochlöffel schwang, so viel machte, dass es auch noch für den nächsten Tag reichte. Wenn ich nicht zwei bis dreimal die Woche zum Joggen gegangen wäre, hätte ich bei dem permanenten Konsum von Pasta wahrscheinlich einige Kilo mehr gewogen. Doch noch konnte ich mich über 60 Kilo auf eine Krümelgröße von 1,63 m nicht beschweren. Stattdessen genoss ich in vollen Zügen meinen riesigen Teller Lasagne auf dem Sofa, eingewickelt in eine Kuscheldecke, umgeben von zwei schnurrenden Katzen und mit einer neuen Folge meiner aktuellen Serie nebenbei laufend. Doch es dauerte nicht lange und meine Aufmerksamkeit verflog und ich versank in Gedanken, anstatt dem Geschehen im Fernseher vor mir zu folgen. Mir ging immer wieder durch den Kopf wie er mich ansah, wie melodisch er zwischendurch lachte, als er sich mit einem Kunden unterhielt und wie gut er roch als er an mir vorbeiging. Ich wusste, dass ich schon wieder in eine Art gedankliche Besessenheit rutschte, aber es gefiel mir, mich einfach in Gedanken über ihn zu verlieren. Und es waren nur Gedanken. Dort konnte ich tun, was ich wollte. Ich konnte normal mit ihm sprechen, ihn anflirten und anfassen. Er reagierte genau so, wie ich es mir vorstellte ohne jegliche Ablehnung oder Scheu. An einen Annäherungsversuch im realen Leben war gar nicht zu denken. Viel zu groß war die Angst und ich mochte zudem nicht das Gefühl des nervös seins. Es reichte mir schon morgens mit Bauchschmerzen im Auto zu sitzen, wenn ich wusste, es war wieder die Zeit, dass er da sein könnte. Meine Beine zitterten, wenn ich zum Buchladen lief und meine Lungenflügel taten sich schwer beim Luftholen. Dieses Gefühl verschwand erst wieder, wenn er ging oder wenn ich wusste, er würde doch nicht kommen. Und ich hasste dieses Gefühl. Ich konnte mich kaum kontrollieren und dieses Zittern schlug mir auf den Magen, sodass ich mich permanent unwohl fühlte. Nicht auszumalen, wie ich mich fühlen würde, wenn ich ihn ansprechen oder sogar zu einem Date einladen würde. Alleine der Gedanke daran ließ meinen Magen verkrampfen. Da war es mir lieber, alles für mich zu behalten, mich im Kopf auszuleben und zu hoffen, dass es sich vielleicht wieder in Luft auflösen würde. Nach einigen Minuten und romantischen Momenten, die ich im Kopf durchging, kam ich wieder zu mir. Meine Folge war aus und ich hatte so gut wie nichts mitbekommen. Schmunzelnd über mich selbst räumte ich den Teller in die Spülmaschine und kuschelte mich erneut auf das Sofa. Ich ließ die Folge noch einmal von vorn laufen und versuchte mich darauf zu konzentrieren. Jetzt wurde ich immer müder und bevor meine Augen zufielen, schweifte mein Blick zu dem Bild, das auf dem Fernseheruntershränkchen stand. Der vermutlich einzige Gegenstand in meinem Leben, der mir am vertrautesten und am fremdesten zugleich war. Ich hatte es schon so lange ich denken konnte. Es zeigte meine wunderschöne Mutter mit ihren langen braunen, lockigen Haaren. Ihren strahlend grünen Augen und ihrem wundervollen herzerwärmenden Lächeln direkt neben meinem Vater, um den sie beide Arme schlang und der ebenso glücklich und zufrieden lachte. Sein Haar war eher schwarz, seine Augen braun und ein Dreitagebart gab ihm einen Brad Pitt Look. Auf den ersten Blick tat mir das Bild immer weh. Auf den Zweiten erfüllte es mich mit Liebe und Wärme. In den ersten Jahren nach ihrem Tod kam dann noch eine große Flut an Trauer hinterher. Mittlerweile aber blieben die Liebe und die Wärme bestehen. Auch wenn es etwas Befremdliches in mir auslöste, liebte ich das Foto von ganzem Herzen. Zum Zeitpunkt des Unfalls war ich gerade mal acht Jahre alt und manchmal hatte ich das Gefühl ich musste mich wirklich anstrengen, mich daran zu erinnern, wie sie waren, wie sich ihre Stimmen anhörten, sich ihre Umarmungen anfühlten und wie ihr Lachen klang. Gelegentlich, wenn ich mir sehr schwer damit tat, half mir meine Schwester mich wieder zu erinnern. Sie war älter als es passierte und konnte sich mehr von ihnen behalten. Sie bestätigte mir dann, dass meine Erinnerungen an sie real waren und kein Traum aus früheren Tagen. Meine Schwester war allerdings im Gegensatz zu mir davon überzeugt, dass ich vieles vergessen hatte, weil ich nach dem Unfall selbst zwei Wochen im Koma lag. Doch für mich fühlte es sich nicht nach Gedächtnisverlust, sondern einfach nach einer zu lang zurückgelegenen Kindheit an. Sie sagte immer, sie sei dankbar, dass sie trotz des Verlustes noch immer mich hatte und mich Gott ihr nicht weggenommen hatte. Ich verstand sie, aber gleichzeitig machte es mich traurig, warum ich überleben durfte und sie nicht. An den Unfall selbst konnte ich mich nicht erinnern. Ich wusste von Erzählungen, die auf Aussagen von Zeugen und Polizei basierten, dass ein Auto aus dem Nichts von der Gegenfahrbahn rüber zog und unseres frontal getroffen hatte. Der ältere Herr im Verursacherauto und meine beiden Eltern verstarben direkt am Unfallort. Meine Schwester war zu dem Zeitpunkt in einem Schullandheim zwei Autostunden von Zuhause entfernt und mich brachte man mit schwersten Verletzungen ins Krankenhaus, wo man mich vorerst in ein künstliches Koma versetzte, aus dem ich dann nach zwei Wochen wiedererwachte. Aus der Zeit der Genesung ist bei mir kaum etwas hängen geblieben. Ich weiß noch, dass ich lange im Krankenhaus war und ich nicht nach Hause wollte. Vermutlich, weil mir bewusst war, dass dort zwei der wichtigsten Menschen in meinem Leben nicht mehr da waren und somit ganz viel Schmerz auf mich warten würde. Und ich wusste noch, dass man mich auf Reha schickte, allerdings nicht mehr, wo ich war und wie lange ich dortbleiben musste. Nur dass der Schokopudding so lecker schmeckte, dass einer der Betreuer mir immer extra einen zweiten mit aufs Tablett stellte. Ich war es tatsächlich auch irgendwann leid, mir Kleinigkeiten aus dieser Zeit zu erfragen. Es sollte einfach eine Zeit sein, die ausgeblendet blieb und bis auf ein paar sehr seltene Albträume war das auch so. Ich schenkte meinen Eltern noch ein Lächeln und ein Kuss in Gedanken und schlief ein.

Am nächsten Morgen warf mich mein Wecker aus dem Bett. Es war meistens so, dass ich auf dem Sofa einschlief, nachts aufwachte, mich bettfertig machte und dann im Bett weiterschlief. Vor dem Fernseher konnte ich einfach am besten einschlafen. Ich hatte schon öfter versucht, einfach direkt ins Bett zu gehen, wenn ich müde war, doch diese Stille ließ zu viel Raum für meine Gedanken und ich benötigte ewig zum Einschlafen, weil ich über alles Mögliche anfing nachzudenken. Deshalb beließ ich es bei meinem Rhythmus, was war schon dabei. Ich versuchte wach zu werden und machte mir erst einmal eine Tasse Kaffee. Ohne Kaffee lief bei mir nichts und obwohl ich sehr lange keinen mochte, den ersten wirklich guten Kaffee hatte ich mit Anfang 20, war ich mittlerweile richtig abhängig geworden. Nicht, dass ich den ganzen Tag mehrere Tassen trank, ich kam auch gut mit Tee oder Wasser über den Tag, aber einen Morgen ohne Kaffee war die Hölle für mich. Ohne meine heiße Tasse Koffein, die mich Frühs in die Gänge brachte, war mein ganzer Tag gelaufen. Ich musste erst am Nachmittag arbeiten, weshalb ich mich dazu entschied eine Runde laufen zu gehen bevor ich mich zum Mittagessen zu Tom aufmachte, um danach meine Schicht zu beginnen. Also kramte ich meine Sportklamotten zusammen, die ich meistens in eine Ecke ins Bad warf und zog mich an. Meine Hausrunde ging knappe sieben Kilometer durch das Dorf. Früher hasste ich Laufen, eigentlich

hasste ich Sport im Allgemeinen. Die jährlich wieder-
kehrenden gruseligen Sportabzeichen, die man in der
Schule machen mussten, bereitete mir regelreche
Bauchschmerzen. Umso mehr bin ich von mir selbst
überrascht, dass eine einfache Netflix Doku über
Teilnehmer eines Transeuropalaufes mich dazu gebracht hatte, mir die Laufschuhe anzuschnallen und
einfach mal loszulaufen und das regelmäßig. Ich
merkte, wie mir das Joggen nach einigen Malen viel
leichter fiel und schon hatte ich einen Narren darin
gefressen. Mit der Zeit wurde ich auch immer schneller und ich mochte das Gefühl eben nicht mehr die
keuchende Unsportliche zu sein, sondern stolz in der
Öffentlichkeit laufen gehen zu können, ohne dass
man Mitleid mit mir wegen meiner offensichtlichen
Qualen haben musste. Ich setzte meine Kopfhörer
auf, schmiss die Musik an und machte mich auf den
Weg. Er führte an der Hauptstraße entlang, an zwei
kleinen Geschäften vorbei, über einen offenen und
gut einsehbaren Feldweg an das gewissermaßen an-

dere Ende der Ortschaft und auf derselben Hauptstraße wieder zurück. Für mich war die Vorstellung von einem Mann verschleppt und vergewaltigt zu werden ein absoluter Albtraum. Mir ist nie etwas dergleichen passiert oder jemanden den ich kannte, es war einfach eine tiefe instinktive Angst. Wenn mir schon Männer alleine entgegenkamen, war ich hellwach und beobachtete sie genau. Zudem regte ich mich innerlich immer wieder darüber auf, wie seltsam es war, dass Männer alleine spazieren gingen. Ohne Hund, ohne Frau, ohne Kind. Ich war sofort misstrauisch. Was sie hier wohl suchten oder vorhatten. Dass Männer auch nur Menschen waren und sich einfach gerne mal die Beine an der frischen Luft vertreten wollten, wie alle anderen Lebewesen auch, war mir in diesen Momenten vollkommen unklar. Erst recht, wenn sie zwielichtig aussahen. Nicht selten hatte ich meinen Hausschlüssel in meine Faust gepresst und den unteren Teil des Schlüssels zwischen meinen Knöcheln herausschauen lassen. Im Falle eines Angriffs hätte ich mich damit wie mit einem

Schlagring wehren können. Oder ich habe überlegt, wie ich am besten und auf schnellstem Wege fliehen könnte. Meine Hausstrecke war aus gutem Grund belebt, zentral und einsehbar. So konnte ich mich wenigstens etwas entspannen. Ich fragte mich, wie Frauen es schaffen konnten alleine, in der Dunkelheit durch eine abgelegene Gegend wie einen Wald zu laufen. Da schreit doch jeder Zuschauer Stopp, wäre das der Anfang eines Horrorfilms. Aber da ich mich auf meiner Strecke wohlfühlte und ich sie auch in- und auswendig kannte, konnte ich die meiste Zeit dann doch recht entspannt bleiben und nicht nur meinen Beinen, sondern auch meinen Gedanken freien Lauf lassen. Ich dachte über die neue Bibliothek nach, an der ich vorbeilief und die erst ein paar Tage zuvor vom Bürgermeister persönlich eröffnet wurde. Eventuell wäre es mal ein guter Zeitpunkt selbst mit dem Bücherlesen anzufangen, anstatt sie in der Arbeit nur in Regale zu räumen. So könnte ich, wenn ein Kunde Fragen hatte, auch bessere Tipps geben. Vielleicht könnte ich damit sogar Mark beeindrucken, wenn er bald Chef des Ladens war. Vielleicht würde er mich dann süß, intelligent und anziehend finden und mich irgendwann zwischen zwei Bücherregalen aus dem Nichts küssen, weil er es nicht mehr aushalten würde. Wie es sich wohl anfühlen würde, wenn er mich küsste? Sicher wollte ich das gar nicht so genau wissen. Wäre es nämlich schlecht, wäre all der Zauber vorbei. Auch wenn es eingebildet klang, aber schlechtes Küssen war ein absoluter Abturner für mich. Da konnte der Mann noch so gut aussehen oder noch so besonders sein. Auf einer Halloweenparty meiner Freundin vor ein paar Jahren, lud sie extra den Bruder einer anderen Freundin mit ein, weil sie wusste, dass ich auf ihn stand. Ich war eigentlich ziemlich genau so verschossen, wie ich es in Mark war. Natürlich kam es dazu, dass wir Flaschendrehen spielten und es kam, wie es kommen musste, er sollte mich küssen. Na ja, nach dem Sabberanfall war es dann vorbei mit verliebt sein. Vielleicht hätte ich meine Freundin bitten müssen, Mark einzuladen

und wenn es gut lief, hätte mir ein abstoßendes Ab-
geschlabber einiges an Nerven erspart. Ich erwischte
mich selbst, ich war schon wieder so weit. Mein Kopf
verschwand schon wieder im Mark-Wirrwarr. Es
huschte mir ein kleines Schmunzeln über die Lippen
und dann lief ich ganz entspannt meine Runde zu
Ende. Zuhause angekommen, führte ich wieder meinen automatischen Rundumblick durch, um Olaf
nicht in die Arme zu laufen und huschte dann fix die
Treppen hoch als ich sah, dass er gerade mit seiner
Gehhilfe in unsere Einfahrt lief. Er tat mir ja wirklich
leid, aber ich war einfach kein geselliger Typ und
gleichzeitig immer zu höflich ein Gespräch zu beenden und bevor ich in der Falle saß, lief ich lieber weg.
Zudem musste ich mich ohnehin auf den Weg zur
Arbeit machen. Ich trank etwas, nahm eine heiße Dusche, zog mir eine Jeans und eines der fünf gleich
aussehenden blauen T-Shirts mit dem Logo des Bü-
cherladens an. Ein kleiner Wurm mit Harry Potter
Brille auf der Nase, der aus einem geöffneten Buch
kroch wie aus einem Apfel und dabei fröhlich grinste.

Ein Bücherwurm. So auch der Name des Ladens. Meine Haare band ich zurück und warf einen kurzen Blick in den Spiegel. Ich überlegte, ob es schöner war sie offen zu tragen, aber da Mark heute ohnehin abwesend sein würde, denn er war ja gestern schon im Laden, war es egal und außerdem praktischer, wenn ich sie zusammengebunden hatte. Noch bevor ich die Tür öffnete, knurrte mein Magen wie wild und ich freute mich schon auf meine heiß geliebten Nudeln. Heute gab es Spaghetti Aglio e olio, einfach perfekt. Irgendwie schaffte es der Laden ein so angenehmes Zeitfenster an sich wiederholenden Pasta Gerichten anzubieten, dass es für mich einfach immer genau das Richtige war. „Heute zweimal bitte!", Tom grinste schon, denn er wusste genau was ich meinte. Des Öfteren bestellte ich mir gleich zweimal das Tagesgericht, damit ich am Abend auch noch etwas davon hatte, nicht zuletzt wegen meiner bekannten Kochfaulheit. So aß ich eine Portion zum Mittag und die andere am Abend Zuhause. Meistens sogar kalt, weil ich keine Lust mehr hatte sie mir warm zu machen. Außerdem gehörte ich zu den Menschen, die einfach alles kalt essen konnten und es ihnen dann sogar noch besser schmeckte. Meine Schwester würgte immer fast, wenn sie das sah. Aber ich mochte das einfach. Tom gab die Bestellung in die Küche und kam mit einem breiten Grinsen, dass so schien, als konnte er es einfach nicht unterdrücken, zurück. „Was ist los?", fragte ich, ebenso mit einem wachsenden Grinsen. Er kam näher und lehnte sich leicht über den Tresen zu mir rüber. „Ich habe heute Abend ein Date", flüsterte er. „Neiiin", sagte ich langgezogen und äußerst positiv. „Mit wem?". Tom sah sich links und rechts um, vermutlich um zu über- prüfen, dass sein Chef und andere Kunden nichts mitbekommen konnten, und holte aus seiner Hosen- tasche unter seiner Schürze sein Handy hervor. Er entsperrte es und öffnete ein Bild, dass er mir dann zeigte. Ein nett aussehender, schlanker Mann, elegant gekleidet und mit wuscheliger, verschlafener Frisur war darauf zu sehen. „Ohhhh…", fing ich an und Tom unterbrach mich sofort mit, „Heiß oder?" Ich nickte nur mit noch breiterem Grinsen, weil ich mich über seine Aufregung so freute. „Dann hat die App nun doch endlich einen Erfolg gebracht?". „Das wird sich noch herausstellen", gab er mit etwas abgeschwächter Freude und einem Anflug von Skepsis zurück. Ich verstand ihn, er hatte immer Pech was Dates und Männer anging. Er war mit den typischen One-Night-Stands durch und suchte jetzt endlich jemanden, den er immer an seiner Seite wissen konnte, jemanden, mit dem er sich eine Zukunft aufbauen konnte. Leider war so jemand immer schwerer zu finden. Nichtsdestotrotz war er mir schon einige Dates und Erfahrungen voraus und mit jeder schlechten Erfahrung von der er mir erzählte, verschwand auch immer mehr meine Lust darauf, selbst welche zu machen. Ich freute mich für ihn und sagte ihm das auch. Einen Moment war ich sogar neidisch auf die Vorfreude, die offensichtlich Glücksgefühle in ihm auslöste. Aber im nächsten Moment war ich auch heil froh, dass ich mir diese Aufregung ersparen konnte und einfach gemütlich und mit ruhigem Puls über meine Spaghetti herfallen konnte. Etwas später machte ich mich auf zur Arbeit und mit dem Moment als ich durch die Tür zum Laden ging, blieb mir die Luft weg. Wer stand mitten im Raum und unterhielt sich mit einem Kunden…. Mark. Warum war er heute da, er durfte doch eigentlich erst wieder in zwei Wochen hier aufschlagen. Oh nein, das konnte ja etwas werden. „Hi, Anne", begrüßte er mich mit strahlendem Lächeln auf den Lippen. Ich holte tief Luft und versuchte mich zu konzentrieren. „Hi", gab ich zurück und versuchte meine Mundwinkel zu kontrollieren, die sich automatisch, wild nach oben schoben. Bevor ich rot wurde, senkte ich meinen Blick und lief an der Kasse vorbei, um im Hinterraum meine Jacke und meine Handtasche aufzuhängen. Ich atmete und versuchte mich zu beruhigen. ‚Reiß dich jetzt zusammen und mach einfach deine Arbeit', sagte ich zu mir. Als ich mich einigermaßen beruhigt hatte, ging ich wieder vor und machte mich auf den Weg zur neuen Buchlieferung, die meistens in einem separaten Raum stand, um von dort aus verteilt zu werden.

Beim Hinausgehen stand er immer noch da und es traf mich sein Blick. Meine Knie wurden so weich, dass ich fast gegen die Vitrine stolperte, die neben der Kasse stand und in der ein schön dekortiertes Bild von der Eröffnung des Ladens in einem Bilderrahmen stand. Auf dem Bild war mein Chef mit seinem Vater zu sehen. Dieser hatte den Laden vor zig Jahren eröffnet und ihn an seinen Sohn weitergegeben und so wird es wohl auch ein zweites Mal geschehen, wenn Mark in Zukunft der Chef vom Bücherwurm war. Ich blieb schlagartig stehen, um wirklich nichts umzuschmeißen. Meinen Blick hielt ich auf den Boden und nachdem alles ‚sicher' war, lief ich an Mark vorbei, ohne aufzusehen. Wie peinlich das alles war. Es war heute vermutlich besser, mich hinter den Büchern in der Kammer zu verstecken und weit aus Marks Sicht- und Hörweite zu bleiben. Ich merkte, wie meine Wangen glühten und wie ich zu schwitzen begann. Es war nur noch eine Qual, der ich nicht entkommen konnte.

Der restliche Nachmittag ging allerdings ziemlich unfallfrei über die Bühne. Ich hörte Mark die meiste Zeit wie er telefonierte oder wie er mit Kunden oder seinem Vater sprach. Er schien ziemlich beschäftigt zu sein und das gab mir etwas Luft zum Atmen. Endlich war es Feierabend und durch die durchgehende Aufregung ist die Zeit auch wie im Flug vergangen. Jetzt nur noch ein Tschüss und ich würde in meine heiß geliebte Höhle flüchten können. Ich ging hinten in die Garderobe und holte meine Sachen. Dann hörte ich, wie Mark sich draußen von einem Kunden verabschiedete, der bezahlt hatte und dabei war den Laden zu verlassen. Es schoss mir bildlich in den Kopf, wie Mark durch den plüschigen Fadenvorhang zu mir hinter kam und gefühlte zwei Sekunden später war dem auch so. „So endlich Feierabend, oder?“, fragte er mich und stand dabei schräg hinter mir. Ohne darüber nachzudenken, drehte ich mich zu ihm um und genau in diesem Moment stand er direkt neben mir. Noch bevor ich Luft holen konnte, packte er meinen Kopf am Nacken und küsste mich. Die Zeit schien stillzustehen. Ich spürte seinen Atem und fühlte seine warmen Lippen auf meinen. Er ließ seinen Daumen an meinem Hals heruntergleiten und fuhr mir dabei langsam über die Kehle, während er mich mit seinen anderen Fingern näher an sich heranzog. Es fühlte sich an wie in Zeitlupe, doch einen Sekundenblitz später, mit einem Wimpernschlag, stand er wieder ganz normal an der Tür und wartete auf meine Antwort, so als wäre nichts passiert. Was zur Hölle war das. Noch benommen, kam ich langsam im Moment an und merkte, dass er mich seltsam anschaute, weil ich wohl ewig kein Wort herausbrachte. „Äh, ja Feierabend". Mit dem ersten Wort das ich sprach wurde mir bewusst, dass tatsächlich nichts geschehen war. Hatte ich mir das eingebildet? Was war das? Ich musste da raus. Schnell nahm ich mein Zeug und sagte ‚Tschüss‘ oder auch nicht, ich wusste es nicht mehr genau. Zu sehr war ich mir mit selbst beschäftigt. Hä? Das war es, was mir durch den Kopf ging. Vom Laden bis zum Auto, von der Stadt bis zu mir nach Hause war

in meinem Kopf nur, hä? Ich verstand es nicht.
Würde ich jetzt wirklich einen Schaden bekommen?
Werde ich vielleicht Schizophren? Ich traute mich
schon gar nicht, die Szenerie in meinem Kopf noch
einmal durchzugehen. Das war so real. Für mich,
aber es war nicht real. Völlig in Gedanken bei mir
selbst, stieg ich aus dem Auto und ging zu meiner
Wohnung. Natürlich ohne meinen vorsichtigen
Rundumblick und als mir das auffiel, hatte Olaf mich
auch schon erwischt. „Ah Anne, grüße dich", ‚verdammt' dachte ich. Er fing an, von seinen heutigen
Arztbesuchen zu erzählen und ich tat so, als würde
ich ihm zuhören, obwohl ich in Wirklichkeit über
meine eigene Ratlosigkeit nachdachte. Vielleicht
sollte ich meine Schwester anrufen und mit ihr darüber reden. Aber ich wusste gar nicht, wie ich es in
Worte fassen sollte, ohne dass sie mich für vollkommen bekloppt hielt. Sie hätte mir wahrscheinlich ge-
raten, ein Glas Wein zu trinken und schlafen zu gehen und morgen wäre alles wieder gut. Doch ich

hatte das Gefühl, das würde dieses Mal nichts bringen. Das war nicht einfach nur ein Tagtraum oder
eine Fantasie. Das war eine extrem reale Vorstellung.
Ich spüre jetzt noch seine Hand in meinem Nacken
und seinen Daumen auf meiner Kehle, seine Lippen
auf meinen, seine Körperwärme. Aber eigentlich ging
das gar nicht! Wie konnte das sein? In dem Moment
als ich mich auf seine Berührung, die es ja nie gab,
konzentrierte, riss mich Olaf mit einem lauten Knall
zurück in die Realität. Er brachte schätzungsweise
fünfmal am Tag dem Müll raus und auch jetzt hatte
er etwas zum Wegwerfen in der Hand und da er sich
mit einem Arm auf seine Gehhilfe stützte, warf er
seinen Müll immer mit einer Hand in die Mülltonne
und ließ den Deckel jedes Mal einfach zuknallen,
wenn er sie wieder rauszog. Die Monologpause, die
dadurch entstand, nutzte ich gleich um auch mal zu
Wort zu kommen. „Sehr interessant, Olaf, meine
Schwester wartet auf meinen Anruf, also, mach's
gut", täuschte ich vor, versuchte es so freundlich und
schnell zu sagen, wie ich konnte und lief dabei schon

Richtung Haupteingang. „Ja, ja mach's gut", warf er noch hinterher, als ich die Türe schon offen hatte und in Windeseile hoch zur Wohnung hetzte. Tür auf, umziehen, Katzen und Sofa. Es war eigentlich immer das Gleiche und ich liebte es. Mein Essen hatte ich noch verpackt in meiner Handtasche, daran dachte ich in diesem Moment nicht. Noch eine ganze Weile ging mir alles immer wieder durch den Kopf. Es war so verrückt für mich, dass ich wirklich richtig Angst hatte, tatsächlich verrückt zu werden. Vielleicht hat mich das ganze Alleinsein und der fehlende körperliche Kontakt ja irre werden lassen. ‚Jetzt beruhige dich und versuche dich abzulenken', sagte ich mir selbst in Gedanken immer wieder. ‚Bald ist das vergessen und halb so schlimm.' Also ließ ich meine Sendung weiterlaufen und konzentrierte mich darauf. Ab der Hälfte hörte ich dann doch meinen Magen knurren. Ich drückte Pause, holte mir meine Nudeln und aß sie, ohne sie vorher warm zu machen, während ich die Serie weiterlaufen ließ. Ich wusste nicht, ob es am Laufen, den Nudeln oder diesem superaufregenden Tag lag, aber ich schlief an diesem Abend unglaublich schnell ein. Wie lange ich bereits geschlafen hatte bis alles als Traum wiederkam, wusste ich nicht. Wieder stand Mark direkt neben mir in der Garderobe, erneut küsste er mich genauso wie beim ersten Mal. Doch dieses Mal dauerte es länger, der Traum schien anzuhalten und er schien mit jeder Sekunde realer zu werden. So als würde ich während dem Kuss aus einem Schlaf erwachen, anstatt in ihm zu versinken. Ich spürte seine Haut auf meiner zu einhundert Prozent, spürte die Stärke in seiner Hand, die mich hielt, roch sein Parfum und fühlte die Wärme seiner Lippen. Ich merkte, wie ich währenddessen zu mir kam und begriff, worin ich mich befand. Aus einem unbekannten Grund wusste ich, dass ich träumte. Ich achtete weiter auf alle Details, legte meine Hand auf seine Brust, um seinen Herzschlag zu spüren, versuchte mit Absicht meinen Körper gegen seinen zu drücken um den Widerstand zu merken und mir zu beweisen, wie real es war. Ohne mit der Wimper zu zucken, genoss ich es in vollen Zügen, nichts konnte mich davon abhalten. Irgendwann verschwamm meine Wahrnehmung. Sie wechselte zwischen dem Traum und der Realität, in der ich auf dem Sofa lag und schlief. Doch trotz des Schlafs spürte ich, wie ich meine Lippen in Wirklichkeit bewegte, so als würde der Kuss tatsächlich stattfinden. Noch immer spürte ich seine Haut, den Widerstand und die Wärme. Obwohl meine Augen sich zwischenzeitlich öffneten und ich sah, wo ich eigentlich war, hielt das alles eine ganze Weile an. Eine gefühlte Ewigkeit und dennoch zu kurz, denn irgendwann übernahm die Realität und ich lag komplett verstört, mit weit geöffneten Augen auf dem Sofa. Mit Marks Geruch noch in der Nase, aber raus aus dem Traum. Es war unglaublich erschreckend, wie real sich alles anfühlte. So hatte ich noch nie geträumt. Bestimmt war es so, wenn man Drogen nimmt, dachte ich und überlegte, ob mir nicht vielleicht jemand etwas in das Trinken oder Essen gemischt hatte. Vielleicht ist einem der Köche vom

Pappardelle etwas ins Essen gefallen oder der Trink-
wasserhersteller der Flasche, die ich immer dabeihatte, hatte sein Wasser verunreinigt. Vielleicht hat
mir ja auch Mark etwas untergejubelt, um mich gefü-
gig zu machen. Tausend wirre und absurde Sachen
gingen mir durch den Kopf. Ich lag da wie benommen und dachte immer wieder darüber nach. Später
machte ich mich bettfertig, doch ich stand noch immer neben mir. Auch im Bett wälzte ich mich noch
einige Male hin und her. Es war nicht echt, aber es
war so schön und ich wünschte, es würde ewig anhal-
ten. Dann überlegte ich, ob ich, wenn ich mich nur
konzentrieren würde, wohl noch einmal so etwas auslösen könnte und versuchte einzuschlafen. Irgendwann tat ich das dann auch, aber dieses Mal ohne einen solchen Traum. Am nächsten Morgen stand ich
auf und machte mich fertig für die Arbeit. Erst beim
Zähneputzen kamen die Erinnerungen an gestern
wieder und ich erschrak, dass ich daran nicht direkt
beim Aufstehen gedacht hatte. Wahrscheinlich hatte
ich aus Gewohnheit lediglich meinen Morgenkaffee

im Kopf. Doch mit einem Mal waren nur noch die Träume vom Vortag da. Immer und immer wieder dachte ich darüber nach, ging alles noch einmal durch. Während meines Kaffees, während der Autofahrt zur Arbeit, während dem Weg vom Parkplatz zum Bücherwurm. Als ich dann die Hand an die Eingangstüre legte, um sie zu öffnen, kam ich in die Realität zurück. ‚Verdammt, was, wenn er heute wieder da ist? Was, wenn mir das noch einmal passiert. Wie peinlich das wohl gestern war und was er darüber dachte. War ich sehr seltsam?‘ Binnen weniger Sekunden ging ich das alles gedanklich durch und hielt einen Moment inne. Doch dann nahm ich meinen Mut zusammen und ging hinein. Ich sah niemanden. „Guten Morgen“, rief ich vorsichtig in den Raum, mit der Angst auf SEINE Antwort. „Guten Morgen, Anne“ kam zurück, aber beruhigender Weise von der tiefen Stimme meines Chefs. Das bedeutete aber bisher nicht, dass Mark nicht dort war oder nicht noch kommen würde. Ich legte meine Sachen ab und sah mich vorsichtig um. Da war er also bisher nicht und das gab mir einen Schub von Erleichterung. Allerdings konnte ich immer noch nicht ganz locker lassen, denn er könnte immerhin noch plötzlich in der Tür stehen. Der Vormittag verging schnell, aber dennoch war ich angespannt. Jedes Mal, wenn die Türe aufging, rutschte mir mein Herz in die Hose und ich hatte Angst, dass es er war. Doch gleichzeitig war ich dann wieder etwas enttäuscht, wenn nur ein weiterer Kunde reinkam. Diese Anspannung war unerträglich. Bald war Mittag und die Vorstellung ich müsste mich während dem Essen immerzu fragen, ob er wohl doch noch kam, nervte mich. Also nahm ich meinen Mut zusammen, auch wenn ich etwas Angst vor der Antwort hatte, und fragte meinen Chef. „Ich mache Mittagspause." „Alles klar, Anne", antwortete er. „Kommt ihr Sohn heute auch noch, um Ihnen zu helfen?", mein Herz klopfte. „Nein, der ist gerade selbst beruflich unterwegs und kommt wahrscheinlich erst in drei Wochen wieder." Mark war als freier Journalist tätig und machte dafür des Öfteren Reisen. Das hat mir mein Chef damals schon alles ganz stolz erzählt, als ich Mark das erste Mal sah und er ihn mir vorstellte. Er war unendlich dankbar, dass er das alles aufgab, um den Laden zu übernehmen und schon damals brachte ich zwar Begeisterung aber kaum Worte entgegen. Tja, mehr oder weniger war die Antwort auch nicht gut. Zwar war ich erleichtert, dass er nicht kam, aber gleich drei Wochen nicht? Oh Mann. Traurig und erschöpft holte ich meine Sachen und machte mich auf den Weg zu Tom. Ich fühlte mich wie nach einem Marathonlauf. Die ganze Anspannung fiel von mir ab. Die Aufschrift ,Gemüselasagne' auf dem Aufsteller zog meine Mundwinkel aber wieder leicht nach oben. Das war jetzt genau das Richtige. Ein Teller voll heißem Glück mit Käse überbacken. Tom sah mir meine Erschöpfung an. Ich erzählte ihm von dem Tag und irgendwie auch von meinen Träumen, allerdings ließ ich aus wie real und verrückt sie waren. Er hatte keine Idee davon, wie sie sich für mich anfühlten, deshalb gab er dem Ganzen auch nicht so viel Aufmerksamkeit. „Versuche es positiv zu sehen,

du hast jetzt drei Wochen, in denen du ohne Magen-
schmerzen zur Arbeit fahren und dich endlich mal etwas entspannen kannst, wenn er dann wieder kommt,
wirst du dich vielleicht einfach darauf freuen und
gehst die Sache innerlich etwas ruhiger an." Er ver-
glich es mit seiner Situation und dass sein Date so erfolgreich war, dass sie sich wieder treffen würden.
„Diese Aufregung ist doch unerträglich, wirklich ge-
nieße die Ruhe." Er spielte es runter und redete es
schlecht, damit ich mich gut fühlte, aber ich sah ihm
an, wie glücklich er darüber war und das freute mich
einfach. Mich freute auch, dass er so lieb war und mir
ein gutes Gefühl vermitteln wollte. Auch wenn er die
Fakten so hinzudrehen schien, damit sie mir gefielen,
hatte er aber auch recht. Ich hatte drei Wochen Ruhe,
konnte das vom Vortag vergessen und mich einfach
mal auf mein Leben konzentrieren ohne mich in
Ängsten, Hoffnungen oder Träumen zu verlieren.
Der Rest vom Tag verlief schnell und ohne besondere Vorkommnisse. Als ich im Auto saß und auf

dem Weg nach Hause war, rief mich meine Schwester an. „Hi Anne, wie geht es dir?", rief sie freudig ins Telefon. Man konnte hören, dass sie ihren Lautsprechen anhatte. Das war eigentlich meistens so, weil sie nebenbei oft kochte oder etwas im Haushalt erledigte. „Hey, gut. Nur etwas erschöpft. Vielleicht liegt es am Wetterumschwung.", gab ich einigermaßen fröhlich zurück. Ich versuchte es immer zu verstecken, wenn mich etwas bedrückte. Sonst würde sie sich nur unnötig Sorgen machen und das wäre für mich nur noch belastender. Aber so ganz konnte ich vor ihr selten etwas verbergen, dafür standen wir uns zu nahe. „Ach Mäuschen, ja ich höre schon. Mach dir einen leckeren Tee und leg die Füße hoch. Manchmal hilft nur eine Kuscheldecke.", das mit der Kuscheldecke bekam ich schon seit Jahren immer wieder von ihr zu hören und irgendwie schien es ihr Motto geworden zu sein. „Ja, da hast du wohl recht", gab ich ernsthaft zurück. „Wie war euer Termin mit dem Makler gestern?", fragte ich sie und versuchte damit etwas abzulenken, bevor sie weiter nachfragte oder ich in Selbstmitleid verfallen würde. Sie wollten ihr Haus, in dem sie wohnten, verkaufen und sich nach etwas mit mehr Garten und weiter auf dem Land umschauen. Dafür hatten sie einen Termin mit dem Makler gemacht, weshalb sie sich auch am Vortag nicht bei mir meldete. Anscheinend lief der Termin relativ gut. Sie erzählte mir zwar davon, aber meine Aufmerksamkeit verschwand mit der Zeit. Sie verabschiedete sich dann von mir, weil sie noch was zu tun hatte und ich hoffte, dass sie nicht mitbekam, dass ich ihr gar nicht wirklich zugehört hatte. Kurz tat es mir leid, aber dann tuckerte ich gedankenlos weiter vor mich hin. An diesem Abend schlief ich, mit einer inneren Ruhe und wie erschlagen, wohlig auf meinem Sofa ein, nichtsahnend, dass diese drei Wochen ohne Mark nichts daran änderten, dass sich mein Leben schon bald ins Chaos stürzte.

DR. LEON

Die nächsten Tage verliefen ruhig und ich schien
wirklich herunterzufahren. Ich arbeitete, ging
laufen, aß meine Pasta und hatte ausgelassene Telefo-
nate mit meiner Schwester. Alles war entspannt und
die Gedanken an Mark schienen so langsam nachzu-
lassen. Ich nahm mir vor, das Thema so weit von mir
wegzustoßen, dass mir auch seine Rückkehr nichts
ausmachen würde. Auf der Heimfahrt von meiner
Samstag Spätschicht dachte ich darüber nach. Ich
hatte noch zwei volle Wochen mich emotional zu lösen und versuchte meine Situation objektiv zu betrachten. Künftig dürfte ich mich einfach nicht weiterhin in diese Vernarrtheit hineinstürzen und musste
dem Ganzen weniger Beachtung geben. Letzten Endes funktionierte das ja jetzt auch und das schon

nach ein paar Tagen. Ich hatte ihn schon vorher länger nicht gesehen, aber da wusste ich nie wann genau er da war und ob er nicht doch außerplanmäßig kommen würde. Jetzt aber wusste ich, dass er definitiv nicht vorbeikam und das zu wissen half mir loszulassen. Als ich so vor mich in der Dämmerung hinfuhr, beschloss ich also innerlich, mich nun nicht mehr wie ein Kind aufzuführen und mich um mein Leben zu kümmern anstatt solchem Teenieverhalten nachzugeben. Glücklich und zufrieden über meine Entscheidung grinste ich hinter dem Lenkrad vor mich hin und drehte das Radio lauter. Mein Auto empfing leider nur einen Sender und meist war die Verbindung so schlecht, dass die Songs von einem nervigen Kratzen unterbrochen wurden. Doch an diesem Abend schien die Verbindung gut zu sein und in dem Moment als ich lauter drehte, hörte ich den Radiomoderator noch „mit unserem alten Klassiker", sagen und sie spielten einen Song aus den Neunzigern. Ich überlegte, ob ich das Lied kannte. Es kam mir bekannt vor, doch ich konnte es nicht zuordnen. Dann

wartete ich auf den Refrain, weil der mir meistens
mehr Aufschluss gab. Ich fuhr gerade eine lange Al-
lee entlang und es wurde langsam so dunkel, dass nur
noch die Scheinwerfer der anderen Autos zu erkennen waren. Kurz vor dem Refrain drehte ich meinen
Radio noch ein Ticken lauter und in dem Moment
sah ich, wie das entgegenkommende Auto von der
anderen Fahrbahn direkt auf mich zukam. Ich stieß
vor Schreck noch einen Schrei heraus, bis mir die
Luft wegblieb. Der Aufprall verursachte einen extremen Druck und war ohrenbetäubend laut. Mein ganzer Körper warf sich wie in Zeitlupe nach vorn, während sich vor mir die Blase des alten und dennoch
funktionierenden Airbags aufmachte um meinen
Kopf abzufangen. Ich tauchte langsam in das Luft-
kissen und merkte, wie es mich nach hinten katapul-
tierte. Die Frontscheibe flog währenddessen in winzi-
gen Glasnuggets an mir vorbei und sie glitzerten in
der Luft wie kleine Diamanten. Ich konnte regelrecht
fühlen, wie mein Körper unkontrolliert hin und her
schwang, als wäre ich nur eine Puppe aus Stoff. Der

Druck des Aufpralls und die Wucht, die mich in meinen Gurt schleuderte, nahm mir jede Luft zum Atmen und meine Angst ließ mich einfach nur beten zu überleben, während mir eine kleine Stimme innerlich zuflüsterte „Das war's jetzt." Ich wartete nur darauf, dass alles um mich herum schwarz werden würde. Mit dem Kopf irgendwo nach hinten gelehnt, merkte ich, wie mir warmes Blut aus der Nase über meine Lippen lief. Unfähig mich zu bewegen nahm ich die plötzliche Ruhe wahr, während mich der Scheinwerfer des anderen Autos anstrahlte, sodass ich kaum sehen konnte. Ich versuchte Luft zu holen, doch es fiel mir so schwer, als würde ich einen innerlichen Luftballon aufblasen müssen. Das Licht des Scheinwerfers wurde mit jedem langsamen Atemzug heller und heller und ich wusste, jetzt würde es mich holen. Ich schloss die Augen und wie mit einem Schlag ins Gesicht hörte ich nur ein lautes Hupen von einem Auto. Ich saß wieder am Steuer, gerade meinen Radio aufdrehend und mit einem leichten Drall auf die Gegen-

fahrbahn. Das Auto, das eben noch in mich reinge-
fahren ist, hatte mich jetzt nur an gehupt. Anscheinend weil ich bei meinem ‚Erwachen‘ das Lenkrad etwas zu weit nach links zog und der Fahrer nun Angst
hatte, ICH würde IHM hineinfahren. Und doch fuhr
ich lebendig und ohne Unfall an ihm vorbei, obwohl
ich doch kurz davor noch verletzt und kaum atmend
im, ihm gegenüberstehenden, zerstörten Auto saß.
Ich riss im Schrecken das Lenkrad wieder auf meine
Fahrbahn und fuhr wie ferngesteuert weiter. Mein
Mund stand offen, ich wusste nicht, ob ich atmete
und ich verzog keine Miene. In diesem Schockzu-
stand fuhr ich nach Hause und just in dem Moment
als ich den Motor ausstellte, begann ich am ganzen
Körper zu zittern. Es war so schlimm, dass ich nicht
mal meinen Gurt lösen konnte und nach einer Weile
fing ich an zu weinen als hätte bei mir jemand auf einen Knopf gedrückt. Ich wusste nicht wie lange ich
da saß, aber es war sicher eine Weile. Irgendwann beruhigte sich mein Körper wieder und ich stieg aus.

Ich sah auf dem Weg zum Haus, dass Olaf bereits einen anderen Mieter in der Mangel hatte und deshalb ging ich nur mit einem kurzen Nicken an beiden vorbei. Ich hielt meine Gedanken und Emotionen, die in mir brodelten, so lange zurück, bis ich in meiner Höhle war. Wie automatisiert erledigte ich erst einmal alles. Zog mich um, versorgte die Katzen, machte den Fernseher an und warf mich dann auf mein Sofa. Ich ließ mich richtig darauf fallen, weil es sich anfühlte als würden mich meine Beine nicht mehr lange halten können.

Was war da verdammt nochmal passiert? Ich hatte Angst. Angst davor was das zu bedeuten hätte, Angst davor den Verstand zu verlieren und Angst davor wie real es war. Ohne es zu merken, kauerte ich mich in die Ecke meines Sofas, die Beine angezogen und von meinen Armen umschlungen. Wieder fing ich an zu weinen und nach einer Weile beruhigte ich mich wieder. Das half etwas, um die Angst zu verdrängen und Mut wachsen zu lassen. So war es oft bei mir. Wenn ich wegen etwas weinen musste und es dann auch tat, ging es mir danach wieder viel besser und nach dem innerlichen Sturm war die Sonne wieder zu sehen. Ich nahm mir allen Mut zusammen und versuchte das, was passiert war erneut durchzugehen und zu sortieren. Ich fuhr also ganz normal mit meinem Auto, blickte auf meinen Radio, um die Musik lauter zu drehen und erlebte dann diesen schlimmen Unfall, obwohl ich einen Moment später im Auto saß und gar keinen Unfall hatte. Also hatte ich mir den Unfall eingebildet, aber wie kann man sich denn etwas so genau einbilden. So extrem, so echt. Vielleicht war es wie ein Tagtraum. Ein intensiver, realistischer, angsteinflößender Tagalbtraum. Während des Unfalls, den es nie gab, hatte es sich alles wie eine Ewigkeit angefühlt. Ich erlebte jeden Moment ganz genau und bis ist Detail. Da ich aber als ich wieder zu mir kam, an fast genau der gleichen Stelle war wie zuvor, musste sich das alles binnen Sekunden abgespielt haben. Also doch wie in einem Traum. Träume waren ja auch nur Bilder die in wenigen Sekunden aufeinander folgten, die sich währenddessen aber ewig anfühlten. Etwas gesetzter und beruhigter atmete ich erst einmal durch. Doch dann fiel mein Blick auf das Bild unter dem Fernseher vor mir und es traf mich wie ein Blitz. Ein Auto, das von der Gegenfahrbahn abkam und frontal in ein anderes fuhr. Ich hatte doch einen Schaden, den ich besser hätte therapieren lassen sollen. Es musste mit meinem Erlebnis als Kind zu tun haben und einer unverarbeiteten Angst. Doch warum hatte ich dann nicht nur ein paar Albträume, schlafend und wohlbehütet im Bett aus denen ich ganz normal wieder erwachen würde und für die ich vorher auch erst einmal einschlafen musste. Vielleicht war es ja wie ein Flashback, wie es bei traumatisierten Leuten vorkam. Vielleicht war ich diese traumatisierte Person. Einerseits war alles glasklar. Ich hatte als Kind eine schlimme, einschneidende und lebensverändernde Erfahrung gemacht und das nie wirklich behandeln lassen. Erinnerungen an diese Zeit so gut es ging verdrängt und nun würde alles wieder hochkommen. Ganz simpel.

Doch was mich verwunderte, war die Art und Weise. Und es machte mir Angst, wie extrem dieser ‚Flashback‘ oder der ‚Tagtraum‘ oder was immer es genau zu seinen schien, war. Dann fiel mir mein Traum mit Mark wieder ein, den ich ja durch das Ganze sowas von vergessen hatte. Auch das war extrem intensiv und real. Und wieder hatte ich Angst, dass dies der Beweis war, dass ich Stück für Stück verrückt werden würde. Was sollte ich denn jetzt machen. Ich wusste es nicht. Jemanden davon erzählen, der mich dann vermutlich auf jeden Fall für verrückt hielt? Oder zu einem Therapeuten gehen, der mich dann mit Medikamenten benebeln will? Oder einfach ruhigbleiben und hoffen, dass alles wieder vergeht. Schließlich hat die Verdrängung ja die letzten zwanzig Jahre auch funktioniert, also warum sollte ich das nicht wieder schaffen. Dafür entschied ich mich. Alles andere machte mir nur noch mehr Angst und ich wollte zudem nicht die Kontrolle verlieren. Solange niemand davon wusste, war es immer noch etwas weniger real. Auch wenn ich innerlich wusste, wie real alles war.

Der nächste Tag war zum Glück ein Sonntag und ich war heilfroh nicht ins Auto steigen zu müssen, davon hatte ich erst einmal genug. Den Tag verbrachte ich mit einem Wohnungsputz und lenkte mich ziemlich gut damit ab. Zwar kamen die Gedanken und Bilder immer wieder mal in mir hoch, doch dann atmete ich tief durch und machte mich wieder an die Arbeit. Ich hatte nicht wirklich Lust zu kochen an diesem Abend, aber die Vorstellung mich jetzt ins Auto zu setzen und in die Stadt zu fahren, um mir bei Tom Nudelstoff zu besorgen, war nichts was ich in Erwägung zog. Stattdessen kramte ich eine alte Tiefkühl-pizza aus meinem Gefrierfach und schmiss sie in den Ofen. Ja, Pasta war das Beste, aber in Notsituationen durfte es auch mal eine Pizza sein. Bis ich einschlief, führte ich immer wieder einen innerlichen Kampf und verdrängte böse Gedanken, die mir Angst und Sorge bereiten würden. Ich wollte einfach eine gewisse Zeit vergehen lassen, Abstand zu allem gewinnen und hoffte, dass es nicht erneut passieren würde. Auch als ich spätabends noch mit meiner Schwester telefonierte, erwähnte ich kein Wort davon. Ich erzählte ihr lieber von meiner Putzaktion und was ich alles ausgemistet hatte. Wirklich, ich war immer wieder erstaunt, was sich in kurzer Zeit an sinnlosem Kram in einer Wohnung ansammeln konnte. Umso erleichternder war es dann, einfach mal auszumisten und den nutzlosen Ballast loszuwerden. Am nächsten Tag war es dann wieder soweit und ich bekam ein mulmiges Gefühl beim Einsteigen in mein Auto. Ich atmete wieder tief durch und trotz einer gewissen Anspannung auf dem Weg zur Arbeit kam ich sicher und ohne Zwischenfälle an. Das freute mich so sehr, dass der Tag wunderbar für mich verlief. Die Arbeit war leicht und angenehm, bei Tom gab es neben leckerer sommerlicher Farfalle mit frischen Kirschtomaten auch noch eine Vorstellungsrunde mit seinem neuen Freund oder Bekannten oder wie auch immer sie ihre Beziehung zueinander schon definierten. Er saß ebenfalls am Tresen und schaute bei einem Cappuccino, Tom bei der Arbeit zu, der natürlich vor lauter Begeisterung Schwierigkeiten hatte, nichts zu verschütten oder falsch zu servieren. Mit roten Wangen und herzigem Schmunzeln im Gesicht stellte er mir Jonny vor und wir unterhielten uns eine Weile nett, während ich nebenbei meine Pasta verdrückte und meinen Tee trank. Ich packte mir meine Abendportion ein, verabschiedete mich wie sonst auch und brachte fröhlich den Rest meiner Schicht zu Ende. Ich unterhielt mich mit der Kundschaft, witzelte mit meinem Chef und wippte mit, wenn im Radio gute Musik lief. Als ich auf dem Weg nach Hause war, stieg wieder eine leichte Panik in mir hoch, doch wie ich es innerlich schon geübt hatte, konzentrierte ich mich und beruhigte mich wieder. Kurz vor der Stelle an dem mir das seltsame Szenario von vorgestern passiert war, wurde mein Puls plötzlich schneller. Mein Griff am Lenkrad wurde automatisch fester. Genau da kam mir auch wieder ein Auto entgegen und ohne es kontrollieren zu können, dachte ich wieder an meinen Traum und mit einem Mal war da wieder dieser laute Knall. Wieder warf mich die Kraft zwischen Airbag und Sitz hin und her und wieder bekam ich keine Luft. Wieder war ich mindestens genauso schnell zurück, wie ich in dem Traum war. Dieses Mal hupte das andere Fahrzeug nicht, weil ich wohl relativ stabil am Steuer saß. Ich atmete langsam und bewusst tief ein und aus, als müsste ich diesen Schock weg atmen und fuhr in eine Parkbucht, die kurz nach der besagten Stelle kam. Ich stieg aus, lief hin und her, riss die Arme nach oben und stütze sie dann auf meine Knie. Dabei konzentrierte ich mich auf meine Atmung. Was um Himmelswillen war mit mir los? Was war das? Okay, jetzt wusste ich, dass sich in mir so viel tat, dass ich es nicht weiterhin verdrängen konnte. Ich musste etwas tun, doch was? Weil ich es nicht mehr aushielt, rief ich meine Schwester an. Ich benötigte jetzt seelischen Beistand. Auch in dem Moment als sie abhob, wusste ich noch immer nicht, was ich sagen sollte. „Hi Alex", sie hieß Alexandra, doch ich nennte sie schon immer nur Alex. „Ich...ich...", anscheinend schien sie meine Panik in der Stimme sofort wahrzunehmen. „Oh Gott, was ist los?", kam sofort und ebenso angespannt entgegen. „Ich hatte einen Albtraum.", etwas Besseres fiel mir in diesem Moment leider nicht ein. Denn obwohl ich unbedingt mit ihr reden wollte und förmlich nach ihrer Hilfe lechzte, wusste ich, dass ich ihr nicht die ganze Wahrheit sagen konnte. Sie würde förmlich durchdrehen vor Sorge und mich vielleicht als verrückter sehen als mir lieb war. Ich erzählte ihr von meinen ‚Träumen'. Dabei ließ ich allerdings weg, dass ich erstens währenddessen wach war und zweitens wie echt sie für mich waren. Was ich alles spürte, sah und was ich wahrnehmen konnte. Natürlich kam sie gleich auf unsere Eltern zu sprechen und dass es damit zu tun hatte. Und wie ich es erwartete, schlug sie vor, mich therapieren zu lassen. Sie redete und redete. Mir ging es gar nicht groß darum, was sie sagte, sondern, dass sie mich mit ihrer beschützenden Art, beruhigte. Ich bekam langsam wieder normal Luft, setzte mich wieder hinter das Steuer und stellte mein Handy auf laut, während Alex noch weiter auf mich einredete. Dann überlegte ich, ob ich mir nicht wirklich professionelle Hilfe suchen sollte. Etwas in mir befürchtete nur in eine Schublade gesteckt zu werden, in die ich nicht gehörte und ich hatte schon einen inneren Widerstand dagegen aufgebaut. Dennoch war das, was passierte, definitiv nicht normal und wenn mir die Methoden des Arztes nicht gefallen würden, konnte ich das Ganze ja immer noch abbrechen. Aber vielleicht konnte mir der Arzt auch einfach helfen. Wenn ich ein paar Sachen verarbeiten würde, wäre das eventuell der Weg aus diesem Chaos. Also versprach ich ihr, dass ich mir jemanden suchen würde um darüber zu reden. Sie bot sich auch gleich an zu mir zu kommen und wenn es notwendig wäre, mit mir zu einem Termin zu gehen. Dafür bedankte ich mich erst einmal, aber innerlich wusste ich schon, dass ich nur alleine komplett offen über die Wahrheit reden konnte. Wäre sie dabei, würde ich alles nur verharmlosen. Wir legten auf und immer noch etwas ängstlich fuhr ich weiter. Ich benötigte mein Sofa heute mehr als sonst und ich tat alles dafür, dass ich dort bald ankam. Würde das jetzt jeden Tag so sein, wenn ich heimfuhr?

In dieser Nacht wälzte ich mich hin und her. Nicht mal das Einschlafen vor dem Fernseher hatte funktioniert. Es war mir alles zu viel. Nun konnte ich nichts mehr verdrängen und ich ging diese Szenerie immer und immer wieder durch. Spürte jedes Mal wieder den Schmerz, den der Unfall auslöste, fühlte wieder und wieder das warme Blut, das mir im Gesicht herunterlief und hörte den Knall als wäre er in Dauerschleife. Was mir dabei auffiel und was immer wieder in mir hochkam, war die extreme Angst vor dem ‚Unfall‘. Als würde ich wissen, was passiert. Das war schon beim ersten Mal so und beim zweiten natürlich noch intensiver. Ich war so erschöpft, dass ich zwischendurch doch immer wieder einschlief. Doch der Schlaf war nicht erholsam. Er war durchzogen von schnellen und anstrengenden Träumen, die nicht genau zu definieren waren. Es war nicht greifbar für mich, um was sie sich handelten, doch ich merkte, wie unglaublich stressig sie waren. Also wachte ich

wieder auf und alles ging von vorne los. Heil froh,
dass ich vor mir fünf, mit Sonntag sechs, freie Tage
hatte, quälte ich mich noch eine Weile hoffnungsvoll
durch diesen Kreislauf bis ich dann später tief einschlief. Das letzte Mal sah ich gegen sechs auf die
Uhr und aufgewacht war ich dann um neun. In den
nächsten Tagen würde ich sicher kein Auto benut-
zen, so viel stand fest. Deshalb suchte ich im Internet
nach einem Therapeuten, den ich mit einer guten
Zugverbindung erreichen konnte. Ich rief bei den
ersten dreien an und bekam Termine, die Monate in
der Zukunft lagen, bei dem einen sogar über ein Jahr.
Genau so hatte ich mir das vorgestellt. Man will
Hilfe, aber bekommt sie nicht und der Weg bis dahin
ist anstrengender als einfach verrückt zu werden oder
zu bleiben. Lächerlich. Bis dahin wäre ich ein nervli-
ches Wrack oder Alkoholikerin. Ich lehnte dankend
ab. Was sollte ich denn nur machen. Meine Hoffnungen auf eine Lösung schwanden dahin. Eventuell
wäre es noch eine Möglichkeit, mich selbst zu thera-

pieren. Dafür konnte es im Internet doch sicher Hilfen jeglicher Art geben. Ein wenig Mandala malen und sich die Mitmenschen als Tiere vorstellen, sollte ich doch auch so hinbekommen. Ich scherzte gedanklich mit mir selbst, aber was wohl Alex dazu sagen würde? Vermutlich wäre sie nicht sonderlich begeistert. Na gut, ich hatte noch zwei die einigermaßen in der Nähe waren. Fragen kostete ja nichts. Also rief ich bei der nächsten Nummer an, die mir das Internet anzeigte und nach einem kurzen Klingeln ging eine freundliche Dame ans Telefon. Sie konnte mir erst in zwei Wochen einen Termin versprechen. Dann fragte sie mich nach einem Grund, warum ich den Termin möchte. Sie wollte grob die Dringlichkeit einschätzen. Ich erzählte ihr, dass ich zunehmend intensive Albträume mit extremen Angstzuständen hatte. Wie anders hätte ich es ihr erklären sollen, ohne dass sie gleich die Leute mit den weißen Kitteln rief und mich abholen ließ. Ich fühlte mich wirklich unbehaglich, das einer Fremden zu erzählen, doch die Dame war äußerst höflich und zuvorkommend.

Na ja vielleicht hatte sie auch schon schlimmeres gehört. Sicherlich gab es auch schlimmeres, aber es war beängstigend, dass ich überhaupt in der Situation war und ich nun eine derjenigen war, die einen am Helm hatte. Die nette Frau notierte sich meine Nummer und vereinbarte mit mir den Termin. Ich war soweit zufrieden, denn zwei Wochen klangen auf jeden Fall besser als zwei oder zehn Monate. Nächste Woche würde ich auch definitiv mit dem Zug zur Arbeit fahren. Eine Woche sollte das wohl möglich sein, auch wenn ich den Zug nicht mochte, nicht zuletzt wegen seiner Unpünktlichkeit und den zwielichtigen Leuten die dort immer unterwegs waren. Ich war einfach nicht für mich und das störte mich. In der Situation schien es allemal besser als mich wieder hinters Steuer zu setzen. Ich gab Alex Bescheid, dass ich einen Termin ergattern konnte, um auch sie zu beruhigen. Sie rief natürlich jetzt öfter an und fragte, wie es mir ging. Im Großen und Ganzen ging es mir auch einigermaßen gut. Ich konzentrierte mich wieder auf andere Sachen und stellte meine Probleme innerlich in eine kleine Ecke, in der sie, bis zu meinem Arzttermin, warten würden. Zum Laufen fehlte mir in den ersten paar Tagen der Antrieb, aber am darauffolgenden Freitag zwang ich mich eine Runde zu drehen. Das half mir sicher und die frische Luft tat immer gut. Ich lief also los und nach ein paar Minuten hob die Bewegung extrem meine Laune und ich war froh, dass ich mich dazu überwinden konnte. Nach etwa dem dritten Kilometer lief ich den langen Feldweg entlang und schon von weitem sah ich mal wieder einen Mann auf mich zukommen. Natürlich ohne Hund, ohne Frau, ohne Kind. Für mich vollkommen unnormal. Seine Jeans waren an den Knien aufgerissen, sein Hemd schmutzig und seine Lederjacke abgenutzt. In mir machte sich eine Anspannung breit, die ich kaum aufhalten konnte. Dass er sich immer wieder nach hinten umsah, als würde er kontrollieren, ob dort auch noch jemand anderes war, machte es nicht besser. Denn natürlich war da kein anderer weit und breit. Ich hörte meinen Puls in die Höhe schnellen und versuchte ruhig zu bleiben. Es waren nur noch wenige Meter zwischen uns und ich überlegte, mich einfach umzudrehen und zügig wieder in die andere Richtung zu laufen. Doch dann fühlte ich mich wie ein Opfer das wegrannte und vielleicht erst recht den Jagdinstinkt bei solchen Leuten auslöste. Ich entschied mich also dazu weiterzulaufen. Sicher war ich nur wieder überpanisch und alles war gut. Mit jedem Schritt näher, wurde mein Puls kräftiger. Es war nur noch ein gefühlter Meter zwischen uns und ich konnte seine Augen sehen, grimmig und dunkel. Ich lief an ihm vorbei und gerade als ich ihn hinter mir zu wissen schien, riss er mir mit seiner Hand an den Haaren am Hinterkopf, drehte mich und stach mir dabei mit einem Messer in den Bauch. Ich schrie vor Schmerz, ich schrie vor Angst. Er hielt mir mit seiner Hand, die stark nach altem Benzin roch, den Mund zu und zog mich Richtung Wald. Ich suchte weit und breit, aber keiner war da, um meine Schreie zu hören. Ich blutete bereits so stark, dass ich wusste, diese Wunde könnte mein Ende sein. Nicht nur die Wunde, ich wusste, er würde mich töten. Ich hatte keine Chance mehr. Einen Sekundenblitz später stand ich wieder auf der Straße. Joggend, unverletzt und mit dem vermeintlichen Mörder ein gutes Stück hinter mir. Es war schon wieder passiert, nur anders. Ich blieb stehen und tastete meinen Bauch ab, dort wo ich noch kurz zuvor diesen extremen Schmerz gespürt hatte. Doch da war nichts, kein Blut, kein Schmerz mehr. Ich atmete laut und erschrocken und drehte mich nach dem Mann um, der nun etwa zehn Meter hinter mir lief und sich im selben Moment umdrehte wie ich. Doch er sah mich an als hätte er mich ertappt. Er schaute unfassbar böse, genauso wie in meinem Traum eben und ich erschrak. Beinahe war es so als hätte er meinen Traum auch gesehen. Seine grimmige Maske entspannte sich dann aber plötzlich, er drehte sich um und lief weiter. Wieder holte ich tief Luft und noch mit meiner Hand auf meiner Traumwunde lief ich weiter. Ich war so frustriert, voller Angst, voller Schmerz und unendlich verwirrt. Meine Beine wurden immer schneller. Das alles musste raus. Ich rannte und rannte, bis das Brennen in meiner Lunge das Einzige war, was ich wahrnahm und alle anderen Sorgen verdrängte. Als ich wieder Zuhause ankam und mich auslief, merkte ich wie ich zu weinen begann und nach der Anstrengung schluchzte ich nur so, um Luft zu bekommen. Ich setzte mich auf die Steintreppe vor unserem Hauseingang und lies alles raus. Es war mir egal, ob mich jemand sah, ich konnte nicht anders. Alles war zu viel. Mir kamen alle Bilder und alle Träume wie geballt und durcheinander in den Kopf. Die Momente erschienen mir, wie kleine Lichtblitze, die von Traum zu Traum sprangen. Von Marks Kuss zu der Wucht des Autounfalles über den Schmerz des Messers zurück zur warmen Hand an meinem Hals. Binnen Sekunden machten sich gefühlt hunderte Bilder in meinem Kopf breit. Ich legte ihn zwischen meine Knie und schlang die Arme über mich als müsste ich mich selbst beschützen. Hingekauert, wie ich war, konnte ich kaum etwas von meiner Umwelt wahrnehmen. Nach einer Weile aber merkte ich, wie mein Handy klingelte und das brachte mich etwas in die Realität zurück. Ohne mir die Nummer genauer anzusehen, ging ich ran. „Guten Tag, hier ist die Praxis von Dr. Fischer. Sie haben einen Termin bei uns für eine Therapiestunde vereinbart.", ich hörte die freundliche Dame am anderen Ende der Leitung, mit der ich vor wenigen Tagen schon telefoniert hatte. „Hallo, ja richtig.", sagte ich etwas genervt, weil ich davon ausging sie würde dem Tag noch einen draufsetzen und den Termin nochmals um Wochen nach hinten verlegen. „Bei uns ist nun spontan ein früherer Termin frei geworden und wenn Sie möchten, könnten Sie bereits morgen um neun Uhr ihren Termin wahrnehmen.". ‚Oh Gott sei Dank, meine Rettung!‘, dachte ich mir und atmete innerlich auf. „Sehr gerne, vielen Dank!", ich war mir sicher, dass sie mir meine Erleichterung anmerkte. „Alles klar, dann bis morgen und noch einen schönen Tag." „Vielen Dank, ebenso", antworte ich freundlich zurück. Ich holte tief Luft und stieß meine ganze Erleichterung aus. Das war jetzt genau das Richtige. Es hatte mich aus

meinem gedanklichen Teufelskreis geholt und gleichzeitig Mut gemacht, da ich nur noch einige Stunden
ohne Hilfe überstehen musste. Na hoffentlich war
die Hilfe auch wirkliche Hilfe und nicht ein Reinfall.
Aber in vierundzwanzig Stunden sollte ich schon
mehr wissen.

Mir wurde langsam etwas kalt und ich erschrak,
dass ich wie auf dem Präsentierteller vor dem
Haus saß und Olaf die ganze Zeit ausgeliefert war.
Ich wagte einen schnellen Rundumblick und da ich
ihn nicht sah, machte ich mich auf den Weg nach
oben. Ach, ich war erschöpft und dennoch blieb es
nicht aus, dass ich mir überlegte, wie es wohl beim
Arzt laufen könnte. Doch nach einer Weile brachten
mich diese Gedanken nur in Rage und machten mich
nervös, weshalb ich meine Probleme und Sorgen mal
wieder visuell in eine Ecke stellte, um etwas Ruhe
und Schlaf zu bekommen. Am nächsten Morgen
dann war ich schon früh wach. Ich ging nochmals
duschen, machte meine Haare zurecht und zog mir
etwas an, was einen anständigen und nicht verrückten

Eindruck machte. Um zu der Praxis zu kommen, musste ich circa eine Stunde früher los. Ich lief zur nächsten Bahnhaltestelle und fuhr ungefähr fünfundvierzig Minuten über Land. An sich war die Strecke nicht weit, doch die ganzen Haltestellen dazwischen hielten etwas auf. Als ich an meiner Zielhaltestelle ausstieg, war es noch ein kleiner Fußweg bis zum Arzt. Ich klingelte und die Tür öffnete sich automatisch. Im Vorraum war ein großer Anmeldetresen und dort wartete ich bis ich drankam. Dahinter saß eine Frau mit blonden Haaren, elegant gekleidet und mit einem offenen sympathischen Lächeln auf den Lippen. Als sie mich ansprach, wurde mir anhand der Stimme klar, dass das die Frau gewesen sein musste, mit der ich telefoniert hatte. Aus einem bestimmten Grund schaffte sie es, dass ich mich direkt wohlfühlte. Sie schickte mich noch eine Weile ins Wartezimmer, der Doktor würde bald für mich bereit sein. So hell und freundlich der Eingangsbereich war, so klein und düster war das Wartezimmer. Plötzlich

fühlte ich mich gar nicht mehr so wohl und ich bekam wieder ein mulmiges Gefühl. Was mich wohl
erwarten würde? Ich schlug die Beine übereinander,
kreuzte meine Finger ineinander und legte sie auf
meine Knie. Mit einem Bein wippte ich hin und her,
um meine Nervosität herunterzufahren. An der
Wand hingen verschiedene Kunstwerke und auf einem war ein blauer Kringel zu sehen, der immer kleiner zu werden schien. Ich verlor mich etwas in dem
Bild, als mich nach einer Weile die Ärztin aus dem
Bann riss. „Anne?", stand eine etwas ältere, kleinere
und adrett wirkende Dame in den Raum. „Ja.", gab
ich entgegen, etwas zittriger in der Stimme als mir
lieb war. „Guten Tag, ich bin Doktor Fischer.", sagte
sie freundlich und gab mir die Hand. Ich antwortete
mit einem schüchternen „Hallo!" und folgte ihr einen
langen Flur entlang, an dessen Ende eine offene Türe
stand. Wir gingen in den Raum und die Dunkelheit
verschwand durch eine große Glasfront, die auf der
gegenüberliegenden Seite des Zimmers vom Boden
bis zur Decke ragte. Die Einrichtung war ziemlich

genau so, wie man es sich bei einem Psychologen vorstellte. Eine große schwarze Ledercouch, auf der man sich hinlegen und sich den Ballast von der Seele weinen konnte, stand mitten im Raum. Gegenüber davon war ein einziger, schlichter Stuhl und zwischen beiden ein kleiner Tisch mit einer hübschen Glasfigur darauf. Sie sah aus wie moderne Kunst, ich konnte aber keine genaue Form erkennen. „Bitte!", sagte Doktor Fischer und zeigte dabei auf das Sofa. Ich ging hinüber und nahm Platz, während sie hinter mir die Türe schloss. Die Helligkeit tat der Stimmung gut, aber ich war immer noch angespannt und fühlte mich, wie ein kleines Mädchen, das einen Termin bei ihrer Lehrerin hatte. Sie nahm auf dem Stuhl gegen-über von mir Platz und lächelte mich an. In der Hand trug sie ein Klemmbrett und ein Kugelschreiber war zwischen ihren Fingern der rechten Hand, fertig, um darauf loszuschreiben. Während mir das auffiel, wurde mir bewusst, wie viele Klischees in diesem Moment erfüllt wurden. Es war wirklich wie im Film. „Wie geht es Ihnen?", fragte sie mich. „Gut, danke", antwortete ich automatisch. Die Frau Doktor hielt kurz inne und grinste mich weiterhin an. „Und warum sind sie heute bei mir?", hakte sie weiter nach. Ich merkte, dass meine erste Antwort ganz offensichtlich blöd war. „Nun ja.", ich holte tief Luft. In meiner Hand hielt ich den Reisverschluss meiner Jacke und spielte daran nervös herum. „Ich habe momentan öfter… Albträume.", irgendwie fiel es mir unangenehm schwer, mit der Sprache herauszurücken. „Und was sind das für Albträume?", eigentlich eine berechtigte Frage doch wie sollte ich nur die Antwort ausdrücken. Ich überlegte einen Moment. „Ich träume, dass ich etwa einen Autounfall habe oder dass mich jemand verletzt", gab ich langsam zu, mit einer Spannung in der Stimme die vermuten ließ, dass da noch einiges an Information folgen wird. „Und seit wann haben Sie das?". Wieder eine interessante Frage. Sollte ich den ersten Traum von Mark mitreinzählen? Sollte ich ihr überhaupt von den intimen Träumen berichten oder mich lediglich auf die

Unfälle konzentrieren. Ich war mir selbst nicht sicher, deshalb gab ich „Seit wenigen Wochen.", zurück. Etwas fühlte es sich an, als müsste mir Doktor Fischer alles aus der Nase ziehen, deshalb gab ich ihr noch ein paar Informationen mit hinterher. „Ich habe als Kind meine Eltern bei einem Unfall verloren in den ich auch verwickelt war." Die Ärztin, schien hellhöriger zu werden und interessierte sich dafür. Sie wollte weitere Details und fragte mich zur damaligen Zeit und meinem heutigen Standpunkt dazu. Eine ganze Weile unterhielten wir uns darüber. Doch irgendwie wollte ich dann nicht mehr davon erzählen. In mir entstand ein Drang, ihr endlich den wirklichen Grund meines Termins zu verraten, denn hätte ich nur ein paar normale Albträume wegen meiner Kindheit gehabt, hätte ich ganz sicher keinen Termin beim Psychologen deswegen ausgemacht. „Das eigentliche Problem für mich sind nicht die Albträume an sich.", versuchte ich sowohl vom Thema abzulenken als auch mich endlich zu offenbaren, „sondern wie real sie sind.", fuhr ich fort. „Erklären Sie mir das bitte genauer.", kam von der Ärztin zurück. „Na ja, also zum einen passieren sie nicht während ich schlafe, sondern untertags. Meinen ersten starken Albtraum", während ich das Wort sagte, zeigte ich mit den Händen kleinen Apostrophe in die Luft, weil ich selbst nicht genau wusste, ob das denn nun wirklich ein Traum war, „hatte ich als ich von der Arbeit mit dem Auto nach Hause fuhr. Ich meine, ich war wach und dann….", ich hielt kurz inne, weil die ganzen Bilder in meinem Kopf wieder hochkamen. Gleichzeitig fiel mir ein, dass ich noch einen anderen schlimmen ‚Traum' hatte und es einfach nur schwer war darüber zu reden, ohne den Schmerz wieder zu spüren.

„Nehmen Sie sich Zeit. Erzählen Sie mir ganz in Ruhe, was passiert ist." Ich sah sie an und ihre freundliche Mimik ermutigte mich. Ja, es war an der Zeit darüber zu reden und mich jemandem anzuvertrauen. Die innerliche Angst, die permanent in mir brodelte, brauchte ein Ventil. Also erzählte und erzählte ich, es platzte förmlich aus mir heraus und obwohl ich dachte, ich könnte das alles nie vernünftig in

Worte fassen, fand ich in diesem Moment genau die richtigen. Es kam sogar eine Art Begeisterung in mir hoch, als würde ich von etwas Aufregendem und Faszinierendem reden. Tatsächlich fing es sogar an mich zu faszinieren. Was hatte ich da nur erlebt. Mit jedem Detail, das ich preisgab, fühlte ich mich besser. Ich erzählte auch von meinem Erlebnis mit dem Mann beim Joggen, den Schmerz den ich wahrgenommen hatte, die Furcht die in mir hochstieg. Doktor Fischer sah mich ruhig und mit gelassener Miene an, sie wirkte aufmerksam und interessiert. Da ich mich wohlfühlte, erzählte ich also auch noch von meinem Traum mit Mark. „Wissen Sie, es war so unglaublich real und intensiv. Als würde alles tatsächlich geschehen.", meine Begeisterung wuchs und wuchs. Als ich fertig war und mir erst mal nichts mehr einfiel, bemerkte ich, dass ich mit einem breiten Grinsen auf dem Sofa saß. Ich erschrak förmlich. Wie konnte ich mich über das, was mir solche Angst eingejagt hatte, so derart freuen. Im selben Moment sah ich, wie sich die Mimik der Therapeutin stark änderte und nun Skepsis und Besorgnis in ihrem Gesicht standen. ‚Oh Mann, was hatte ich getan.' Dieser Gedanke stieg in mir hoch. Sie machte sich Notizen und war eine Weile selbst in Gedanken verloren. Dann entspannte sich ihre Gestik wieder und sie entschuldigte sich bei mir für die lange Pause. „Also fürs erste finde ich das alles wirklich interessant. Wenn sie an den Traum mit dem Autounfall und dem Messerstecher denken, was empfinden Sie als allererstes?", darauf konnte ich leicht antworten. „Angst!", kam wie aus der Pistole geschossen. „Und haben Sie im Moment auch Angst?", fragte sie weiter. Ich zögerte einen Augenblick und überlegte. „Ja, etwas.". „Wovor?", wollte sie wissen. „Davor, verrückt zu werden. Angst davor, dass etwas mit mir nicht stimmt, aber auch davor nicht ernstgenommen oder abgestempelt zu werden.", ich war selbst erstaunt, wie gut ich das in diesem Moment erkannt hatte. Wieder machte sie Notizen. Dann plötzlich schien sie das Gespräch beenden zu wollen. Sie sah auf die Uhr und sagte, „Nun gut, ich denke, wir sollten uns in den nächsten Wochen regelmäßig sehen. Vereinbaren Sie dafür mit meiner Sekretärin gerne Folgetermine und dann sehen wir uns bald wieder", ich war so enttäuscht. Musste ich mich jetzt von Termin zu Termin hangeln, um in Minischritten mein Problem zu erörtern? Ich wollte nicht gehen, ich wollte weiter darüber reden und Hilfe bekommen. So lange war ich doch noch nicht da. Aber das Beste kam noch. „Bis dahin werde ich Ihnen etwas verschreiben, dass ihre Ängste etwas herunterfährt." Ja, natürlich. Schön mit Tabletten beruhigen, das war genau das, was ich nicht wollte. Warum hatte ich nur alles erzählt. Jetzt saß ich in der Falle und brachte der Ärztin ordentlich Geld mit zig Sitzungen und Medikamenten ein. Ich fühlte mich verarscht und im Stich gelassen. Wut stieg in mir hoch. „Das möchte ich nicht, ich will mich doch nicht ruhigstellen." „Das ist kein Ruhigstellen, ich möchte es Ihnen nur erleichtern, damit Sie die nächste Zeit nicht unter einem solchen Stress und Angstzuständen leiden müssen.", versuchte sie auf mich einzureden. „Ich möchte es aber nicht leichter, ich möchte verstehen.", das brachte mich so in Rage, dass ich aufstehen musste. „Das alles muss doch einen Grund haben. Und das ist mehr als nur ein Trauma aus der Kindheit. Ja, ich habe Schlimmes erlebt, aber darum geht es mir nicht. Ich bin nicht verrückt und ich will mich auch nicht so behandeln lassen, sondern alles verstehen und daran arbeiten. Ich will mehr als nur ein paar Medikamente.", die Worte sprudelten geradezu aus meinem Mund. Ich war fassungslos und hilflos. Die Ärztin sah mich an, hielt kurz inne und antwortete dann. „Also gut, es gibt womöglich noch eine andere Möglichkeit.", sagte sie ruhig, aber mit einer wachsenden Freude, so als hätte ihr gefallen, was ich gesagt hatte. Sie kritzelte etwas auf ihren Block, riss es ab und gab es mir. „Ich habe einen Kollegen, der auf genau solche Fälle spezialisiert ist. Er wird Ihnen sicher weiterhelfen. Das ist die Adresse, fahren Sie hin und stellen Sie sich vor." Auf dem Stück Papier stand nur eine Adresse und der Name ‚Dr. Leon'. „Muss ich nicht vorher für einen Termin anrufen?". „Nein, das brauchen Sie nicht.", antwortete Dr. Fischer. „Ich werde ihm sagen, dass Sie kommen." Okay, also damit hatte ich nun nicht gerechnet und etwas verdutzt verließ ich die Praxis. Noch vor der Tür gab ich die Adresse in mein Handy ein. Es waren einige Kilometer bis dorthin und leider schien es keine vernünftige Zugverbindung zu geben. Das ärgerte mich und Lust erneut zu einem anderen Arzt zu fahren, der mich dann ebenfalls mit Pillen ruhigstellen wollte, hatte ich wenig. Es war noch früh am Tag und ich überlegte, ob ich nach Hause und dann mit dem Auto zu diesem Doktor Leon fahren sollte. Doch ich war mir noch unschlüssig. Dann ging ich zu meiner Haltestelle und machte mich auf den Heimweg. Ich musste erst noch darüber nachdenken. Auf der Fahrt nach Hause wurde ich müde, ich fühlte mich erschöpft und war heilfroh endlich Zuhause zu sein. Doch noch bevor ich zur Eingangstüre lief, kam in mir der Drang hoch mich ins Auto zu setzten und eben zu dieser Adresse zu fahren. Würde ich jetzt nur in meiner Wohnung sitzen, würde ich mir wieder permanent den Kopf zerbrechen und spätestens, wenn ich wieder zur Arbeit müsste hätte ich bereut, dass ich vor lauter Angst den Zug nehmen müsste. So konnte ich mich meiner Angst stellen und wenigstens etwas tun. Was dann dabei herauskam, konnte ich zu diesem Zeitpunkt ohnehin nicht sagen. Ich blieb an meinem Wagen stehen und atmete. ‚Wird schon schiefgehen.‘, sagte ich mir, dann stieg ich ein, gab die Adresse in mein Navi und fuhr vorsichtig los. Der Weg führte mich etwas außerhalb der nächsten Stadt und verlief sich in ein Waldgebiet. Vor lauter Neugierde und Aufregung, wo ich denn wohl landen würde, vergaß ich meine Angst darüber, dass ich wieder so einen fiktiven Unfall erleben könnte, komplett. Mein Navi zeigte nur noch zwei Minuten und das letzte Stück verlief über einen schmalen Feldweg mitten im Wald. ‚Ob ich hier wohl richtig war?‘, fragte ich mich. Vielleicht hatte ich ja die falsche Adresse eingegeben. Doch zuerst einmal wollte ich sehen, wo ich herauskam. Am

Ziel angekommen stand ich vor einem großen eisernen Tor, vor dem sich eine Sprechanlage befand. Ich hielt davor an und ließ die Scheibe herunter. Auf der Sprechanlage war ein kleiner Knopf, den ich drückte und wartete. Ich konnte hinter dem Tor die Umrisse eines Gebäudes erkennen, allerdings wurde es durch viele Bäume verdeckt. Es schien, als würde ein riesiger Garten es umhüllen. „Ja, bitte?", kam aus dem Lautsprecher. Oh Gott, was zur Hölle tat ich da. „Ja, ähm, ich wollte zu Doktor Leon. Er wurde mir von Doktor Fischer empfohlen und sie sagte, ich solle einfach vorbeikommen.", sprach ich schon fast rechtfertigend in die silberne Säule. „Ah, Anne, richtig? Kommen Sie rein." Ich war etwas erschrocken, dass derjenige, mit dem ich sprach, schon meinen Namen kannte, aber auch gleichzeitig erleichtert, dass ich wohl doch an der richtigen Adresse war und Doktor Fischer ihr Wort gehalten und mich angemeldet hatte. „Danke!", gab ich etwas emotionslos zurück und beobachtete, wie sich das Tor vor mir von alleine öffnete. Ich fuhr den Weg entlang. Durch ein weiteres Stückchen Wald und dann in einen schönen großen Garten. Mit jedem Meter zeigte sich etwas mehr vom Gebäude und es war wesentlich moderner als es die Umgebung vermuten ließ. Es hatte ein flaches Dach und klare Kanten. Die Fassade sah aus wie aus schwarzem Glas, dass nicht reflektierte und in hunderte kleine Dreiecke zerbrach. Kurz vor dem Gebäude befand sich ein kleiner Parkplatz unter einer riesigen Trauerweide. Dort stellte ich mein Auto ab und fasziniert von dem was ich sah, lief ich wie ferngesteuert auf den Eingang zu. Er war ebenerdig und links und rechts davon ragten hunderte wunderschöne bunte Blumen auf den Weg. Der Garten und die Natur standen im klaren Kontrast zu dem Gebäude, aber dennoch bildeten sie eine schöne Symbiose. Ich strecke meinen Arm schon aus, um die Tür zu greifen als ich vor mir das Schild ‚Fachklinikum - Nervliche Heilanstalt' sah. Mir blieb die Luft weg und mir wurde schlecht. Das durfte nicht wahr sein. Hatte mich Doktor Fischer hinterrücks in eine Psychiatrie gelockt, aus der ich nicht wieder herauskommen würde? Panik stieg in mir auf. Ich stellte mir vor, wie gleich eine Handvoll Mitarbeiter in weißen Kitteln auf mich zukommen und mich einsperren würden. Nein, das war nicht das, was ich wollte. Noch bevor ich die Türe überhaupt berührt hatte, machte ich kehrt und lief weg. Mein Herz raste. Ich bog, um einen kleinen Busch der einige Meter vor dem Eingang stand, um auf den Parkplatz zurückzukommen und plötzlich stand vor mir ein Mann. Er war etwas größer als ich, hatte schulterlange braune Haare, einen gepflegten Bart und Augen, die sowohl blau als auch grün waren. „Hallo, Anne.", sagte er. Wieder erschrak ich. Ich kam mir vor wie in einem Horrorfilm und gleich würde ich gefangen werden. ‚Keiner wird mich hier wieder hinauslassen, wenn sie mich erst einmal haben.' Dieser Gedanke huschte mir durch den Kopf. Ich atmete lauter, bekam Angst und das schien man mir wohl auch anzusehen. Ich konnte mich nicht bewegen, obwohl ich wegrennen wollte. Es war als wüsste mein Gehirn nicht, wie es jetzt reagieren sollte. Dieser Mann sah mir in die Augen und nahm meine Hände. Ich wusste nicht, ob ich mich dagegen wehren wollte, ich konnte es auf jeden Fall nicht. Seine warmen Hände umgreifen meine und es durchdrang mich ein Gefühl der Ruhe und des Friedens. Ich schloss wie von selbst die Augen und hörte nur noch meinen Atem, der sich mit jedem Zug wieder beruhigte. „Es ist alles gut.", sagte er mit einer unglaublich weichen Stimme. Wir standen dort eine Weile, Hand in Hand und jeglicher Fluchtinstinkt war verschwunden. Ohne diesen Mann wäre ich bereits im Auto auf dem Weg nach Hause gewesen, fluchend über das Geschehene und voller Angst vor dem, was mich in Zukunft erwarten würde. Er hatte diesen Moment völlig verändert und schon bald würde ich verstehen, wie wichtig das war.

DAS CENTER

Ich öffnete wieder meine Augen und er löste seine
Hände von meinen. Er sah mich freundlich aber
auch gleichzeitig ernst an und sagte „Ich bin Dr.
Leon, gehen wir ein Stück?". Ich nickte und dachte
nicht mal daran abzulehnen. Wir liefen auf dem Weg
am Parkplatz und der großen Trauerweide vorbei
und kamen in einen schönen Nebengarten mit noch
mehr Blumen und Bäumen. Alles war wunderschön,
idyllisch und wirkte sehr gepflegt. Wir liefen, wie
selbstverständlich, still nebeneinander her bis wir zu
einem kleinen Pavillon kamen, der von wilden Rosen
überzogen war. Darunter befanden sich zwei Bänke,
die sich im Halbkreis gegenüberstanden. Jeder nahm
auf einer Seite Platz und er sah mich an. Noch bevor

er etwas sagte, verlor ich mich in die Farbe seiner Augen. Sie schimmerten wie kleine Planeten, die von Wasser und Wald gleichermaßen überzogen waren. Ich versuchte die Farbe greifbar zu machen doch es gelang mir nicht. Es war als würde sie sich laufend verändern. Mal dominierte das Blau und mal das Grün. „Als Erstes sollst du wissen, dass du hier nicht gefangen gehalten oder eingesperrt wirst. Du kannst jederzeit gehen. Ich würde mich freuen, wenn du dich etwas mit mir unterhältst, doch das ist deine Entscheidung.", damit riss er mich aus meiner Konzentration auf seine Augen. Woher wusste er, dass ich Angst davor hatte, dass man mich dort einsperren würde? Eventuell war mein Verhalten vorher doch ziemlich eindeutig. „Okay.", sagte ich freundlich und gelassen. Ich war gerne bereit, mich mit ihm zu unterhalten und bekam auch wieder Hoffnung, dass er mir vielleicht doch helfen konnte. Trotzdem wartete ich bis er anfing das Gespräch zu führen. „Dr. Fischer hat mir gesagt, dass du Albträume hast.", fing er an. „Ja, richtig.", gab ich sofort zurück. Er sah mich kurz an und ich nutze den Moment, um gleich weiterzureden. „Es sind nicht einfach nur Träume. Sie sind wie echte Visionen. In diesen Momenten kann ich alles fühlen, und zwar intensiver als in jedem Traum. Als wäre alles Realität. Außerdem muss ich dafür nicht schlafen, es passiert tagsüber, innerhalb von Sekunden und im nächsten Moment ist es so als wäre gar nichts passiert.", wieder stieg meine Begeisterung während ich davon erzählte. Ich konnte gar nicht anders, es geschah von ganz alleine. „Das hört sich gut an. Möchtest du mir alles im Detail erzählen? Ich würde gerne wissen, wie diese Träume oder Visionen", er hielt kurz inne und es schien sich ein winziges Lächeln auf seine Lippen zu legen, „anfangen und aufhören und was du dazwischen erlebst." Eigentlich sollte ich doch genervt sein mich an diesem Tag schon wieder preisgeben zu müssen, doch ich freute mich, dass er Interesse daran hatte und erzählte ihm von jedem Traum. Den Kommentar, dass sich das ‚gut anhörte' ignorierte ich einfach.

Da ich bereits am Vormittag mit der Ärztin gesprochen hatte, empfand ich auch keine großen Hemmungen mehr. Dieses Mal fing ich mit dem Traum von Mark an, wie er mich küsste obwohl er es nicht tat und beschrieb auch meinen Autounfall und meinen Messerangriff äußerst ausführlich. Ich sprach über jedes Detail und jedes Gefühl. Es war als würde ich die besten Geschichten meines Lebens erzählen und mit jedem Satz, den ich sagte, wurde er interessierter und neugieriger. Er sagte zwar nichts, aber er gab es mir mit seiner Gestik zu verstehen. Nach einer ganzen Weile kam ich nun endlich zum Ende und er frage direkt „Hast du schon einmal etwas Schlimmes erlebt?". „Nein. Äh…doch ich war als Kind in einen Autounfall verwickelt, bei dem meine Eltern starben. Es war ziemlich genauso wie in meinem Traum von dem Unfall. Damals ist auch ein Auto von der Gegenfahrbahn frontal in uns gefahren.", ich erzählte es so beiläufig als wäre es nichts Schlimmes und mir fiel auf, dass ich das vorher überhaupt nicht erwähnt hatte, weil es für mich mehr oder weniger keine Rolle spielte. Ich wusste, dass das, was mit mir nicht stimmte, nicht nur damit zusammenhängen konnte. Es musste etwas Anderes sein. Zu meinem Glück ging er auch nicht weiter darauf ein, sondern stellte die nächste Frage. „Wovor hast du Angst?", na ja, das war eine gute Frage. „Auf jeden Fall mal vor potenziellen Messerattacken.", ich machte eine kurze Pause und dachte intensiv darüber nach. Wovor hatte ich denn noch richtig Angst? Der Autounfall spielte zwar grundsätzlich eine Rolle, aber wirklich Angst hatte ich davor nicht. Die Angst kam erst mit den ersten Visionen. „Ich habe Angst den Schmerz, den ich empfunden habe immer wieder zu spüren oder die Kontrolle währenddessen zu verlieren und wirklich einen Unfall zu verursachen. Ansonsten fällt mir nichts ein. Ach, und in Menschenmassen fühle ich mich nicht besonders wohl", gab ich noch dazu. Mehr fiel mir wirklich nicht ein. „Ich möchte dir jetzt etwas sagen. Das, was du da beschreibst, ist keineswegs etwas Schlechtes.", ich atmete tief. Na, er hatte ja leicht reden, er musste das ja nicht durchmachen.

„Ich merke dir deine Verzweiflung an, aber du bist keineswegs ein Opfer. Du kannst etwas, was du noch gar nicht weißt. Allerdings ist es aufgrund der Details, die du während deiner Visionen erlebst, notwendig, dass du mit mir hineinkommst.", irgendwie vertraute ich ihm zwar, aber dennoch sträubte ich mich innerlich wieder etwas. Wie ich kann etwas? Was hat das mit Können zu tun? Eine kleine Stimme in mir sagte, er war die böse Hexe, die mich in ihr Süßigkeiten Haus locken und dann essen wollte. Anscheinend bemerkte er meine zurückweichende Art und kam mir entgegen. „Ein Vorschlag, du kommst mit rein, schaust dir alles an und hörst mir zu und danach kannst du entscheiden, wie es weitergehen soll. Du kannst jederzeit wieder gehen, vergiss das nicht. Sei gewiss, wenn ich dir sage, dass dir hier keiner etwas Böses möchte.", ich wäre, denke ich, in jedem Fall mit ihm reingegangen, weil ich zum einen unser Gespräch nicht abbrechen wollte und zum anderen, weil ich nun viel zu neugierig war, was da wohl hinter den

Türen auf mich wartete. Ich stimmte zu. Wir standen auf und gingen gemeinsam zum Eingang zurück.

Etwas nervös holte ich tief Luft, bevor er die Tür öffnete. Als wir hineingingen, standen wir in einer riesigen Eingangshalle mit hohen Decken und einem glänzenden Steinboden, der eine grobe und beeindruckende Musterung hatte. Mitten im Raum war eine große Wand aufgestellt, auf der Wasser floss. Erst beim genaueren Hinsehen erkannte ich, dass das Wasser anstatt wie gewöhnlich von oben nach unten, von unten nach oben lief. Wie ein rückwärts verlaufender Wasserfall. „Willkommen im Center, liebe Anne. Ab jetzt kann sich dein ganzes Leben verändern, denn deine Visionen, die du hast, sind tatsächlich Visionen. Hier kommen die Menschen zusammen, denen es ebenfalls so geht.", begann er zu erzählen, als wäre ich ein Besucher in einem Museum. Er lief zu dem Wasserfall. „Du kennst doch die Aussagen, dass man das anzieht was man denkt, dass die Macht der Gedanken sich auf unser Leben auswirkt. Und genauso ist das auch. Bei den meisten bleiben die Gedanken einfach nur Gedanken. Sie finden sich maximal in einem Traum wieder, wenn sie schlafen. Es gibt aber einige wenige, so wie dich, da realisieren sich diese Gedanken. Erst in Visionen, so wie du sie erlebt hast, doch je detaillierter diese Visionen sind, desto höher ist die Wahrscheinlichkeit, dass sie sich in Realität verwandeln." Bitte, was? Ich verstand die Welt nicht mehr. Er drehte sich um und sah mich an. Anscheinend konnte er mir meine Verwirrung im Gesicht ablesen. „Ich weiß, das ist jetzt viel auf einmal, aber versuche mir zu folgen und lasse es auf dich wirken. Du bist eine Visionärin und eine ziemlich gute noch dazu. Das macht dich auch so gefährlich." „Gefährlich? Warum denn gefährlich?", fragte ich erschrocken nach. „Visionen sind Visualisierungen unserer Gedanken. Es ist nicht so, dass die Vision die Details preisgibt und du sie deshalb kennst, sondern die Details sind bereits in deinem Kopf. Nur durch dich entstehen diese Details und nur dadurch werden sie realitätsnah. Wenn du also ein und dieselbe Vision immer wieder hast und mit jedem Mal mehr Details dazukommen, schafft das Umstände, die es begünstigen, diese Visionen tatsächlich passieren zu lassen. Dabei gibt es natürlich Grenzen. Schauen wir auf diesen Wasserfall hier. Die Naturgesetze sind nur schwierig zu beeinflussen. Dieses Wunder ist eine Entstehung eines der besten Visionäre, die es gab. Er ist schon lange tot, doch er hat es geschafft, Naturgesetze alleine durch seine Vision, seiner Vorstellungs- und Willenskraft zu durchbrechen und etwas zu erschaffen, dass es eigentlich nicht geben kann.", er machte eine Pause und hielt seine Hand in das Wasser. Man konnte ihm anmerken, wie fasziniert er war. Ich stellte mich neben ihn, unfähig, nachdem was ich gehört hatte, irgendetwas zu sagen. Sprachlos beobachtete ich, wie das Wasser aus dem Boden schwebte und zur Decke flog. Auch ich strecke die Hand und ließ sie hineingleiten. Ich spürte, mit welcher Kraft das Wasser nach oben drang und gleichzeitig wie unglaublich weich es war. Zwar wusste ich nicht genau was, aber das hat etwas mit mir gemacht. Es fesselte mich in den Moment und unterstrich die Wahrheit in Dr. Leons Worten. Dennoch war ich schlichtweg überrumpelt. „Menschen dagegen", sprach er weiter, „lassen sich leichter und schneller beeinflussen. Deine Vision, als du Joggen warst….du hast erzählt, dass sich der Mann danach zu dir umdrehte und dich grimmig ansah, so wie in deiner Vision." „Ja!" bestätigte ich und bekam Angst. „Du meinst?", wollte ich nachhaken. „Ja, das war solch eine gefährliche Situation. Deine Vision war so real, dass sie schon Auswirkungen gezeigt hat. Nicht mehr viel und dieser Mann hätte dich, ohne es zu wollen, wirklich verletzt und sonstige Dinge getan. Natürlich würde er danach selbst keine Erklärung dafür finden und sicherlich verrückt werden, passiert wäre es dennoch und das alleine durch deine eigene Vorstellungskraft.", mir wurde ganz anders bei dem Gedanken daran, dass dieser Albtraum wirklich hätte Realität werden können und dass meine schlimmsten Ängste wahr werden konnten. „Du hast sicher schon dein Leben lang von verschiedensten Fällen gehört.

Menschen, die sich ohne Grund selbst töten, Menschen die andere verletzen, ohne dass sie einen Grund benennen können. Mörder, Vergewaltiger, Diebe. Es gibt keine Grenzen. Nicht wenige behaupten, sie hätten eine Stimme gehört, die ihnen sagte was sie machen sollen. Nun, das sind eventuell einfach nur die lauten Gedanken eines anderen, eines Visionärs.", er drehte sich zu mir und sah mich an. Wieder sah ich wohl völlig verstört aus. „Ich will damit nicht alle in Schutz nehmen und sicherlich sind auch einige dabei, die selbst einfach böse oder krank sind, dennoch hat unsere Gabe Auswirkungen, die wir zu kontrollieren lernen müssen. Nicht nur für uns.", dabei legte er zart seine Hand auf meine Schulter, so als würde er versuchen mir ins Gewissen zu reden. „Wir? Also bist du auch…?", fragte ich wie ein kleines Mädchen. „Ein Visionär, ja.", beendete er den Satz. „Komm mit, ich möchte dir noch mehr zeigen", fuhr er fort. Er führte mich leicht mit seiner Hand an meinem Rücken an die Stirnseite des Raumes zu drei Aufzügen. Wir gingen in einen hinein mit

dem wir zwei Etagen tiefer fuhren. Als sich der Fahrstuhl öffnete, kamen wir in einer riesigen offenen
Halle an, in der mehrere gläserne Würfel standen, die
jeweils locker die Größe und Höhe eines kompletten
Zimmers hatten. Wir liefen an einigen Glaswürfeln
vorbei. Mir fiel auf, dass jeder von ihnen in der
Raummitte eine Stelle mit einem anderen Boden
hatte. Von denen, die ich sah, war einer mit Gras, einer mit Kieselsteinen und ein anderer mit Wasser be-
deckt. In jedem Würfel hing an der Wand eine seltsame Maske, ansonsten waren sie komplett leer. „Das
sind unsere Trainingsräume. Hier können wir, abgestimmt auf die jeweiligen Visionen, Szenen visualisie-
ren und in einer sicheren Umgebung unsere Kontrolle über unsere Gedanken trainieren." „Aber wie
funktionier das? Wann weiß man, dass man eine Vision bekommt? Bei mir kam es meist völlig unkontrolliert und unterwegs, bis ich hier bin, ist meine Vision wieder weg", hakte ich nach und mir war noch
ganz unklar wie das Ganze funktionieren sollte. Dr.
Leon, blieb vor einem Glaswürfel stehen, auf dessen

Boden sich Sand befand, zog seine Schuhe aus, öffnete ihn und ging hinein. In dem Moment fing eine kleine Lampe über der Türe an, violette zu leuchten. Er nahm die Maske von der Wand, die bis auf ein paar kleine silberne Kreise komplett durchsichtig war und, bis auf seine Augen und seinen Mund, das ganze Gesicht bedeckte. Ein Teil von ihr ging sogar über die Stirn bis zum Hinterkopf. Dann stellte er sich in die Mitte des Raumes. Ich hörte, wie eine weibliche Stimme sagte, „Hallo Dr. Leon.", und kurz darauf begann sich der Raum zu verändern. Mit einem Mal schien der ganze Würfel voller Wasser zu sein. Ich konnte Dr. Leon durch die Wassermengen hindurch noch gut erkennen, doch er schien Probleme mit der Luft zu bekommen. Blasen kamen aus seinem Mund und stiegen im Würfel nach oben. Er fasste sich an den Hals und ich sah, wie er kämpfte nicht zu ertrinken. Nun bekam auch ich Panik, was sollte das nur? „Dr. Leon!", rief ich und klopfte dabei mit meinem Handballen gegen die Scheibe. Doch es passierte nichts, ich ging zur Tür, um sie zu öffnen und ihn zu retten, aber ich bekam sie nicht auf. Als ich an dem Türgriff zerrte fiel mir das Licht über der Tür auf und es war nicht mehr violette, sondern rot. Verdutzt schaute ich zu Dr. Leon. Einen Moment später verwandelte sich das Wasser und tausende kleine bunte Perlen schwebten in dem Raum. Dr. Leon entspannte sich und atmete, das Wasser verschwand und die Perlen blieben. Das Licht an der Tür leuchtete jetzt grün und als ich zu ihm sah, drehte er sich zu mir um und winkte mich herein. Ich zögerte kurz, doch dann zog auch ich meine Schuhe aus und ging hinein. Vor mir schwebten all diese wunderschönen kleinen Perlen und ich sah, dass sie sich von mir wegbewegten als ich weiter in den Raum lief. Dennoch waren sie ringsum mich, so als würden sie mir einen Weg öffnen und mich hindurchlassen. Als ich vor Dr. Leon stand, lächelte er nur und fing an seine Hände zu bewegen, als wollte er vor sich etwas auf Seite schieben. Die tausenden kleinen bunten Kugeln fingen an sich hin und her zu bewegen und mit einem Mal tanzten sie um uns, ehe sie sich zu einem riesigen Kreis bildeten, der um uns herum schwebte und sich dabei drehte. Er bewegte die Hände nach oben und dann zügig wieder nach unten und die Perlen bildeten einen riesen Wasserfall. Es war wunderschön anzusehen. Als wäre ich in einem bunten Traum. Er kam auf mich zu und nahm mich bei den Händen, so, wie er es vor dem Gebäude schon getan hatte und in dem Moment fielen alle Perlen zu Boden und lösten sich auf. Ich atmete. Was war da eben passiert. So wunderschön, so real und wir hatten es beide gesehen.

„Was war das?", fragte ich ganz aufgeregt. „Einer meiner Ängste ist es zu ertrinken. Durch die Erinnerung an meine Angst kann ich hier das entsprechende Umfeld auslösen und mich meiner Angst stellen. Indem ich sie durch Glücksgefühle ersetze, kann ich meine Vision kontrollieren. Ich muss bei mir sein und meine Gedanken auf Freude, Liebe und Glück lenken, um das zu sehen und zu spüren, was ich möchte und nicht was meine Angst mir aufzwingt.", er drückte meine Hände etwas fester. „Anne, somit ist alles möglich. Du kannst dir Welten erschaffen, die es nicht gibt, du kannst Sachen erleben, die aktuell noch außerhalb deiner Vorstellungskraft liegen und du musst nie wieder Angst vor der Angst haben. Deine Gedanken sind deine Fantasie und du kannst sie kontrollieren. Die Kunst ist es, sich während dem Gefühl der Panik und Hilflosigkeit daran zu erinnern und den schönen Dingen Details zu geben. Auf die kommt es an, du musst es sehen. Erst im Kopf und dann vor dem Auge.", wir hielten kurz inne und er löste seine Hände von meinen. Ich kratze mir mit meiner rechten Hand über die Stirn und sah mich um. Es war nicht leicht alles zu sortieren und vor allem alles zu glauben. Andererseits hatte ich das ja soeben auch gesehen oder lag ich wieder auf meinem Sofa und träumte das alles nur? Ich kratze fester an meiner Stirn, um den Schmerz zu spüren und einzuschätzen ob ich wirklich wach war. „Komm mit, setzen wir uns", Dr. Leon ging mit mir aus dem Würfel heraus und in die Mitte der Halle, in der ein großes rundes Sofa stand. Wir nahmen Platz und schwiegen eine Weile. „Ich weiß, das ist jetzt sehr viel für dich. Doch ich bin überzeugt davon, dass du hier gut aufgehoben bist. Trotz fehlender Absicht bist du schon unglaublich genau in deinen Visionen. Um einen Unfall, einen Überfall oder was sonst noch kommen mag, zu verhindern, solltest du trainieren!“, eröffnete er mit ruhiger Stimme wieder das Gespräch. „Und wie, was muss ich dafür tun?“, fragte ich eine der tausend Fragen, die in meinem Kopf herrschten. „Du würdest erst einmal eine Weile hierbleiben. Wir sehen wie es läuft und wie du dich fühlst. Wenn du soweit gut zurechtkommst, kannst du natürlich einfach gelegentlich mal kommen, um ein Training zu absolvieren. Wir Visionäre bleiben unter uns. Wir leben verdeckt, um nicht ausgenutzt oder weggesperrt zu werden. Zudem würden wir ohnehin als verrückt erklärt werden. Wenn du das jemandem erzählst, der diese Fähigkeit nicht hat, wird er dir nicht glauben. Deshalb haben wir uns auch als Psychiatrie getarnt. Hier können die Menschen herkommen und sein, wer sie sind. Es ist eine Tarnung, denn während alle anderen denken hier wären Verrückte, wissen wir, wer wir wirklich sind und nur darauf kommt es an.", erklärte er mir. „Aber was ist mit Dr. Fischer? Weiß sie Bescheid oder warum hat sie mich hierhergeschickt?", fragte ich, neugierig auf die Antwort. „Doktor Fischer ist selbst Visionärin.", lächelte er. „Was? Aber wieso wollte sie mir dann Medikamente geben?", ich wurde leicht sauer. „Das war ein Test. Hättest du dich einfach so ruhigstellen lassen, hättest du auch nicht über den Willen verfügt an deinen Visionen zu arbeiten. Sie zu kontrollieren sieht vielleicht leicht aus und hört sich simpel an, doch es erfordert Willenskraft, Selbstvertrauen und innerliche Stärke. Nur wer dies schon von Anfang an mitbringt, hat gute Chancen Kontrolle zu erlernen." „Aber was ist mit denen, die das nicht haben? Laufen draußen tausende ruhig gestellte Visionäre herum?", fragte ich verwundert. „Nun vielleicht nicht tausende. Von uns gibt es nicht sehr viele. Wir sind überall verteilt, aber in der Masse sind wir dennoch definitiv eine Minderheit. Aber ja, es gibt Visionäre die mit Medikamenten ihre Angst bekämpfen und so dem Ganzen aus dem Weg gehen. Sie haben aber keine Visionen mehr und nur das hilft ihnen zur Ruhe zu kommen und schlimme Ausrutscher zu verhindern. Sie würden sonst lediglich eine Gefahr entweder für sich selbst oder auch für andere sein.", okay, das verstand ich. Ich war dennoch vollkommen überlaufen von diesen ganzen Informationen. Wie das alles tatsächlich möglich sein konnte. Verzweifelt schüttelte ich den Kopf. Dr. Leon drehte sich wieder zu mir. Er nahm wieder meine Hände in seine. „Hör zu, du kannst ganz ruhig bleiben. Fahr nach Hause und überlege dir, was du möchtest. Du bist hier jederzeit willkommen. Wir haben genug freie Zimmer und du kannst so lange bleiben, wie du willst. Versuche nur bitte keine schlimme Vision zu haben. Umgehe die Trigger.". „Was sind denn meine Trigger?", gab ich zurück. „Nun ja, du hast mir erzählt, dass du vor der ersten Unfallvision das Radio aufgedreht hast. Eventuell war es das Lied. Vielleicht hat das Lied dich an früher oder an den Unfall erinnert. Vielleicht lief einfach genau der Song im Radio als deine Eltern gestorben sind. Und nachdem du an der Stelle diese Vision schon hattest, wird es dort auch immer wieder ein Ort für Visionen für dich sein. Also, wenn möglich, umfahre diese Stelle. Deine instinktive Angst vor einem bösen Menschen ist in dir verankert, also vermeide Situationen, in denen diese Panik in dir aufsteigen könnte. Und die Vision mit deinem Chef, nun davor brauchst du keine Angst zu haben. Lust und Liebe lösen ebenso intensive Visionen aus wie Angst, doch haben sie meist einen schöneren Inhalt. Das schlimmste was dir da passieren könnte ist, dass Mark wirklich über dich herfällt.", erklärte er mir mit einem wachsenden Schmunzeln im Gesicht. „Ich kann nicht einfach so …weg. Ich habe einen Job und zwei Katzen. Wie soll ich das alles organisieren?" „Naja, ich bin Doktor, du bekommst natürlich für die Zeit eine Krankmeldung für deine Arbeit und deine Katzen, bring sie einfach mit. Wir haben hier ausreichend Platz und es sind alle Tierlieb.", antwortete er. „Wo sind eigentlich die

Ganzen anderen? Hier ist es so leer?", fragte ich verwundert. „Die wirst du kennenlernen, sobald du dich dazu entschieden hast zu uns zu kommen." er lächelte etwas und brachte mich dann zurück zum Ausgang. Wir verabschiedeten uns und ich machte mich auf den Weg nach draußen. Als ich die Tür öffnete, kam von ihm ein „Übrigens.", ich drehte mich zu ihm um. „Ich bin Tim.", dann lächelte ich und er zurück. Im Anschluss verließ ich das Center.

Wie automatisiert stieg ich in mein Auto, gab meine Heimatadresse ein und fuhr los. Während der ganzen Autofahrt war ich benommen von dem, was ich erlebt hatte. Einerseits hatte ich das Gefühl nur noch verrückter zu werden und andererseits war ich überglücklich und erleichtert. Immerhin sollte das alles, wenn es denn wahr war, der Beweis sein, dass ich eben nicht verrückt war, sondern dass es einen Grund für das Ganze gab und ich jemand, na ja, jemand Besonderes zu sein schien. Meine Gedanken kreisten und kreisten und ich wusste nicht, wie ich weitermachen sollte. Wie ferngesteuert kam ich Zuhause an und setzte mich noch mit Schuhen an den Füßen und der Jacke am Leib auf mein Sofa. Es fühlte sich an, als würden mich die Gedanken lähmen und ich konnte einfach nichts mit mir anfangen. Ich sah auf das Bild vor mir und weinte. In mir war so viel Verzweiflung ebenso wie Erleichterung. Eigentlich hatte ich vor, mir einen Schlachtplan zu überlegen und mir Zeit zu geben, bis ich mich entscheiden würde. Doch in diesem Moment warf ich das alles über Bord. Ich stand auf, warf die Jacke von mir, nahm das Bild von meinen Eltern und ging in mein Schlafzimmer. Aus dem großen Wandschrank holte ich meinen alten Reisekoffer, auf dem noch unzählige Aufkleber von den Ausflügen und Festivals mit meiner Schwester klebten. Ich legte das Bild und alles, was mir spontan als wichtig vorkam, hinein. Im Bad suchte ich das Wichtigste zusammen, packte es in meinen Kulturbeutel und legte alles in meinen Koffer. Unter meinem Bett, hatte ich die Reisetasche für meine Katzen verstaut. Bisher hatte ich sie hauptsächlich benutzt, um sie sicher zum Tierarzt zu bringen, deshalb war sie nicht oft im Einsatz und etwas verstaubt. Ich pustete einmal kräftig die Flusen runter und holte dann Minzi und Luna, die natürlich etwas überrascht waren, und setzte sie hinein. Handtücher, Kleidung, Katzenfutter, ich ging alles zügig im Kopf durch und packte so viel wie nötig und so wenig wie möglich zusammen. Falls ich was vergessen hatte, würde ich bestimmt bald noch einmal kommen können um es nachzuholen. Mit einem Mal fiel mir ein kleines Katzenreiseklo ein, dass mir meine Schwester einmal als Scherzartikel geschenkt hatte, kurz nachdem ich die Katzen zu mir holte. Es war mit einer Tüte Gummibärchen gefüllt, die wie kleine Katzenhaufen aussahen und nach Lakritz schmeckten. Ich kramte das Ding aus meinem Wandschrank hervor und konnte mir ein Lächeln nicht verkneifen als ich die Gummibärchentüte herausnahm und auf mein Bett warf. Das Klo packte ich noch mit ein, holte dann meine Jacke in der mein Geldbeutel und mein Autoschlüssel waren, warf noch einmal einen Blick in den langen Flur meiner Wohnung und mit einem tiefen Atemzug nahm ich meine Siebensachen und verschwand durch die Türe. Ich packte alles den Kofferraum meines Autos, meine zwei Liebsten auf den Beifahrersitz und fuhr los. Es war glasklar, noch einen weiteren Tag alleine würde ich nicht aushalten. Ich wollte mich nicht den Risiken aussetzen, die diese Visionen mit sich brachten und ich musste mehr erfahren. Ich wollte wissen, was es alles zu lernen gab, wer die anderen waren und was noch alles auf mich zukommen würde. Es zog mich wie automatisch zurück ins Center, das war der einzig richtige Weg. Das Navi konnte ich dieses Mal auslassen, ich hatte mir die Strecke gut gemerkt und allzu kompliziert war sie auch nicht. Am Tor angekommen ließ ich das Fenster herunter und wollte wieder klingeln, doch noch bevor ich den Knopf drücken konnte, öffnete sich bereits das Tor vor mir. Jemand muss mich gesehen haben. Es war mittlerweile dunkel geworden und links und rechts vom Tor waren schöne große Lampen angebracht, die ein helles Licht abstrahlten. Ich überlegte, wo genau wohl die Kameras befestigt worden sind. Als ich durch das Tor fuhr, stieg meine Aufregung. Es war Vorfreude und auch etwas Angst vor dem, was mich erwartete. Doch in keiner Sekunde empfand ich Zweifel. Wieder parkte ich an der gleichen Stelle wie ein paar Stunden zuvor und bepackt mit allem, was ich so brauchte, stand ich vor dem großen Eingang. Ich klingelte und einen Augenblick später öffnete sich die Tür. Zunächst konnte ich niemanden sehen, doch dann zeigte sich Tim mit einem breiten Lächeln vor mir. Er sagte nichts, er strahlte mich nur an und ich grinste zurück. Indem er sich in den Raum drehte, öffnete er mir den Weg in das Gebäude und bat mich somit herein. Ich lief hinein, bewunderte erneut den Wasserfall und war erstaunt wunderschön er am Abend beleuchtet war. Bei diesem Anblick war ich eine Sekunde lang froh, dass ich mir das alles doch nicht eingebildet hatte und gleichzeitig fühlte ich eine starke Bestätigung, dass ich das Richtige tat. „Ich zeige dir dein Zimmer.“,

Tim grinste mich noch immer an, anscheinend glücklich über meine Entscheidung und brachte mich zum Fahrstuhl. Wir fuhren in den ersten Stock. Kurz bevor sich der Fahrstuhl öffnete, sagte Tim, „Nicht erschrecken!" Ich sah ihn an und war etwas überrumpelt. Warum er das wohl sagte? Die Tür öffnete sich und vor mir sah ich eine große Küche voll mit Menschen. Natürlich schauten alle zu mir und keiner sagte mehr ein Wort. Tim legte seine Hand auf meine Schulter und lächelte mir noch immer vertraut zu. Wir gingen in den Raum, der wie ein großes Loft geöffnet war. In der Mitte befand sich ein langer Holztisch mit bestimmt zehn Holzstühle drum herum und an der linken Seite machte sich eine große Küchenzeile, in einem industriellen Look, auf. Einer der Leute war gerade dabei den anderen Essen zu servieren, doch als er uns sah, hielt auch er kurz inne. „Darf ich euch Anne vorstellen?", alle sahen mich weiterhin an. „Hi.", quietschte ich ziemlich schüchtern heraus. Dann fingen alle an zu strahlen und es kam ein „Hi, Anne.", wie im Chor gesungen

zurück oder aber auch wie bei einer Selbsthilfe-
gruppe. Na ja, mehr oder weniger war es das auch.
Ich gab ein beschämtes, aber erleichterndes Lächeln
zurück. „Bringen wir dich erst einmal auf dein Zimmer, dann kannst du deine Sachen ablegen. Ihr könnt
euch nachher noch kennenlernen und Mario hat
reichlich gekocht. Es wird sicher noch genug übrig
sein." Wir drehten uns um und verließen die erste
Küche die ich je gesehen hatte, in der es einen Aufzug gab. Wir kamen in einen langen offenen Flur in
der sich eine weiße Holztür an die nächste reihte.
Etwa bei der fünften auf der linken Seite machten wir
halt und Tim öffnete sie mir. Vor mir sah ich einen
Raum in dem ein Einzelbett und ein schlichter weißer Schreibtisch mit einem einfachen Holzstuhl davor stand. Es wirkte einladender und moderner als
gedacht. Obwohl es doch sehr schlicht eingerichtet
war, wirkten die Möbel hochwertig und freundlich.
„Sieh dich ganz in Ruhe um und komm erst einmal
an. Wenn du etwas benötigst, ich bin in der Küche.",
bot mir Tim freundlich an und war dabei die Türe

hinter mir zu schließen, nachdem ich in das Zimmer gelaufen war. „Ach und Anne", fügte er noch hinzu und machte dann eine kurze Pause, „Es ist schön, dass du bei uns bist." Mit einem Lächeln schloss er nun die Türe und ich atmete erst einmal durch und sah mich um. In dem Zimmer war noch eine weitere Türe, hinter der sich ein kleines Bad mit einer Dusche und einer Toilette befand. Alles war wirklich sauber, schlicht und gemütlich. Ich setze die Tasche mit meinen Katzen auf das Bett und öffnete sie. Luna und Minzi zögerten etwas, doch kamen dann neugierig heraus. Auch sie sahen sich vorsichtig um. Eine Weile beobachtete ich sie, doch dann ließ ich mich auf mein Bett fallen und starrte für ein paar Minuten an die Decke. Ich war komplett erschöpft, doch zu aufgeregt, um einzuschlafen. Ich ließ meine Gedanken schweifen. Dachte über das nach, was ich erlebt hatte und überlegte, was mich wohl erwarten würde. Ob ich hier wirklich richtig war? Diese Frage kam immer wieder hoch, obwohl ich die Antwort eigentlich schon kannte.

Nach einer Weile konnte ich dann nicht mehr ruhig liegen und beschloss meine Sachen auszupacken. Meine Klamotten räumte ich in den Schrank, die Koffer unter mein Bett, meine Hygieneartikel, Handtücher und die kleine Katzenreisetoilette ins Bad und die Näpfe für Luna und Minzi neben meinen Schreibtisch. Ich füllte sie auf und die beiden begannen direkt zu essen. Als ich fertig war, wollte ich eigentlich nach vorn zu den anderen doch irgendwie traute ich mich nicht. Ich war die Neue und das fühlte sich seltsam an. Allerdings hätten sie sicher gedacht, ich wäre komisch, wenn ich mich den ganzen Abend dort eingesperrt hätte. Obendrein war ich hungrig und es duftete wahnsinnig gut nach Essen. Also öffnete ich leise meine Türe und schlich regelrecht hinaus. Aus der Küche konnte ich hören, wie sie sich unterhielten, lachten und wie Besteck klimperte. „Wenn du es so viel besser kannst, dann koch du doch künftig für das anspruchsvolle Gremium hier, Ben!", rief derjenige der Mario zu sein schien scherzhaft über den Tisch als ich dort ankam. Alle lachten und wurden mit einem Schlag leiser als sie mich sahen. Dennoch behielt jeder ein Lächeln im Gesicht. „Setz dich zu uns. Möchtest du noch etwas essen?", brach Tim die Stille und klopfte auf den freien Stuhl neben sich. „Gerne.", gab ich freundlich zurück und mit einem Strahlen im Gesicht, weil ich aus dem Teller der anderen erkennen konnte, dass es Pasta gab. Nichts war jetzt besser als ein Teller voll Nudelglück. Mario stand auf, ging an die Küchenzeile und füllte einen tiefen Teller voll mit Essen. Er war ein großer, kräftiger Mann mit einer Glatze und einem roten Vollbart. In Verbindung mit seinen leuchtenden grünen Augen erinnerte er mich an einen Wikinger. Stark, robust und gleichzeitig lieb und mystisch. Er brachte es mir. „Lass es dir schmecken!", sagte er dabei uns grinste mich freundlich an. Es gab Spaghetti mit einer Pilz Soße. ‚Jippi' hüpfte es in mir vor Glück und ich nahm eine große Gabel voll in den Mund. Als ich diese dann genüsslichst herunterschlang, bemerkte ich, wie alle mich anstarrten. Ich schmunzelte über mich selbst, weil ich wusste, dass ich bei leckerem Essen alles um mich herum vergaß. „Entschuldigung, aber das ist so lecker.", sagte ich mit meiner Hand vor dem Mund, weil ich darin immer noch etwas Nudeln hatte und ich nicht unhöflich sein wollte. Alle fingen an, freundlich zu lachen. „Seht ihr, endlich mal wieder jemand der guten Essen zu schätzen weiß!", schimpfte Mario alle anderen und schien sich über meine Aussage sehr zu freuen. „Lass dich bloß nicht von uns stören!", ermutigte mich eine hübsche Frau mit dunkler Haut, weit nach obenstehenden lockigen schwarzen Haaren und warmen braunen Augen. Ich erwiderte ihr freundliches Lächeln und sie stellte sich vor. „Ich bin Sarah.", und zeigte dabei mit ihrer Handfläche auf sich selbst. „Das sind Ben, Marco, Glenn, Beth, und Mario. Wir wohnen hier alle auf der Etage. Ach, und Daniel noch, aber der isst meistens in seinem Zimmer. Den wirst du sicher auch noch bald kennenlernen.", während sie alle vorstellte, zeigte sie reihum auf jeden am Tisch außer auf Tim, den kannte ich ja bereits. „Wohnst du auch hier?", fragte ich ihn. „Nein, ich wohne auf der Etage der Trainer. Wir schauen immer gerne überall vorbei, gerade wenn jemand Neues ankommt und vor allem, wenn es so gutes Essen gibt.", antwortete und betonte den letzten Teil besonders. Mario lachte wieder. „Ja, ja.", antwortete er scherzend. „Wie viel Etagen gibt es denn?", frage ich nicht nur Tim, sondern so in die Runde. „Wir haben fast vier volle Etagen mit Teilnehmern, eine Etage mit Trainer, eine Etage für Organisatorisches und eine…", antwortete Glenn und zögerte am Ende. Ein etwas älterer und kleinerer Mann mit Halbglatze, dunklem Oberlippenbart und einer knallblauen Brille. Auf mich wirkte er freundlich und intelligent. Er sah Tim an und sprach nicht mehr weiter. Ich merkte, dass da etwas seltsam war, doch wollte nicht weiter nachfragen. „Teilnehmer?", fragte ich stattdessen. „Teilnehmer am Training", erklärte mir Sarah. „Ah, verstehe.", gab ich mit dankender Miene zurück. Wieder entstand eine kleine, unangenehme Stille. „Keine Sorge Anne, ich werde dir morgen alles zeigen und dich herumführen.", erklärte mir Tim mit so einem breiten Grinsen im Gesicht, dass ich einfach nur das Gleiche erwidern konnte. Während ich meinen köstlichen Teller Pasta verschlang, fragten die anderen mich grob aus. Wo ich herkam und wie alt ich war. Sie boten mir alle an, die Tür zu meinem Zimmer offen zu lassen, die Katzen dürften sich hier frei bewegen. „Und das ist für den anderen auch okay? Der gerade nicht hier ist?", hakte ich nach, um keine Probleme zu bekommen. „Aber na klar, der beschwert sich nie und ist ja ohnehin die meiste Zeit alleine in seinem Zimmer, also was sollte da schon das Problem sein.", beruhigte mich Sarah gleich. Ich verdrückte weiterhin meine riesige Portion Seelenglück während mir die anderen erzählten, wie es dazu kam, dass Mario ihr gewissermaßen flureigener Koch geworden war. Es war wohl seine geheime Leidenschaft sich im Internet Kochvideos anzuschauen und als er im Center ankam und sich keiner recht um vernünftiges Essen kümmern wollte, fing er an jeden Abend etwas Neues auszuprobieren. Er hatte Spaß daran und alle anderen waren glücklich regelmäßig etwas

Leckeres serviert zu bekommen. Wir unterhielten uns noch eine Weile, doch nicht über das, was wir sind oder warum ich dort war. Es war wie ein Treffen mit Freunden in einem Restaurant oder einer Bar. Sicher wussten sie, dass es alles sehr viel war und wollten mir einfach etwas Freiraum von allem geben. Ich fand das nett und es tat mir auch gut. Es war ohnehin schon mehr als genug an diesem Tag passiert, da war es schön einfach mal etwas abzuschalten und wie Tim es sagte, anzukommen. Als wir alle fertig waren, halfen wir zusammen, um die Küche aufzuräumen und verabschiedeten uns voneinander, indem sich jeder eine gute Nacht wünschte. „Bis morgen, Anne." sagten einige während sie sich auf den Weg in ihr Zimmer machten. Ich antwortete ihnen freundlich zurück und war froh, mich nun etwas zurückziehen zu können. „Schlaf dich aus. Wir sehen uns morgen. Ich werde hier auf dich warten, um dir dann alles zu zeigen. Wir machen das Stück für Stück.", Tim gab sich große Mühe mich nicht abzuschrecken und mir zu zeigen, dass ich nicht alleine war. Das machte mich wirklich froh. „Danke, Tim.", antwortete ich ihm, lächelte ihn an und ging zu meiner Türe. Es war auf jeden Fall die fünfte links. Das hatte ich mir beim Herausgehen vorher gemerkt. Ich ging in mein Zimmer und verschloss die Türe hinter mir. Vielleicht war es blöd abzuschließen, doch das machte ich immer so. Selbst Zuhause schloss ich die Wohnungstüre erneut von innen mit meinem Hausschlüssel ab. In dem Moment fiel mir auf, dass ich anscheinend noch eine Angst hatte, und zwar vor Einbrechern. Ich fand es interessant, dass mir das nicht gleich alles eingefallen ist bei der direkten von Tim „Wovor hast du Angst?". Vielleicht lag es daran, dass mich das vorher einfach noch nie jemand gefragt hatte, nicht einmal ich selbst. Ohne weiter darüber nachzudenken, machte ich mich fertig fürs Bett und genoss die Wohltat, mich hinzulegen. Es gab in diesem Zimmer keinen Fernseher, deshalb lenkte ich mich noch eine Weile mit einem Handyspiel ab, weil ich Angst hatte meine Gedanken würden so laut um alles kreisen, dass ich nicht einschlafen könnte. Doch das tat ich dann irgendwann, ohne es zu merken. Als ich am nächsten Morgen aufwachte, wusste ich im ersten Moment nicht, wo ich war. Es dauerte eine Weile mich zu orientieren. Als ich über den gestrigen Tag nachdachte, stieg in mir Vorfreude auf. Ich wollte zu gerne mehr erfahren und war gespannt, was mich wohl an diesem Tag alles erwarten würde. Ich sah auf mein Handy und es war kurz vor acht. Luna und Minzi lagen an meinen Füßen und schliefen noch. Ich ging ins Bad, nahm eine heiße Dusche und machte mich fertig. Als ich rausging, schliefen die beiden immer noch, weshalb ich mich erst einmal dazu entschied, die Türe geschlossen zu halten. Auf dem Weg zur Küche konnte ich schon Stimmen von dort wahrnehmen. Tim und Mario saßen am Tisch und frühstückten. „Guten Morgen!", kam von beiden gleichzeitig. „Guten Morgen.". Ich setzte mich und Mario stand sofort auf, obwohl er selber noch aß, und bot mir alles Mögliche an. Am Ende entschied ich mich für einen Kaffee und ein Brötchen, das ich mit Erdbeermarmelade bestrich. Es war nicht zu glauben, wie gut diese Tasse Kaffee tat und zum Glück schmeckte er. „Und hast du erholsam geschlafen?", fragte mich Tim, während er sein Rührei aufgabelte. „Wie ein Stein.", gab ich schmunzelnd zurück. Ich fühlte mich etwas schlecht, dort zu schlafen, zu duschen und mich verköstigen zu lassen, ohne etwas zu bezahlen, deshalb hakte ich nach. „Wie läuft das mit der Bezahlung hier? Ich meine,", ich hörte auf zu reden und zeigte auf mein Frühstück. „Da mach dir mal keine Gedanken.", antwortete Tim. „Das alles hier wird finanziert. Wir haben Visionäre in allen Kreisen und auch einige sehr reiche, die ein persönliches Interesse daran haben, das Trainingscenter zu unterstützen und zu fördern. Nicht zuletzt, weil sie hier selbst trainiert haben oder es sogar gelegentlich noch tun. Wir haben einmal im Jahr eine große Zusammenkunft. Eine Feier, dort wirst du sicher noch den ein oder anderen kennenlernen, der uns finanziell unterstützt. Außerdem haben wir noch einen Fond, in das Spenden von Teilnehmern einfließen. Jeder kann geben, was er möchte, muss es aber nicht. Das alles hier wurde über Jahrzehnte strukturiert. Wir haben eine separate Haushaltsabteilung, eigene Putzkräfte, Hausmeister und Einkäufer. Alles Visionäre, die für das Center arbeiten und dafür auch aus dem, uns zur Verfügung gestelltem Geld, bezahlt werden." Ich wollte antworten und zeigen, dass ich es verstanden hatte, doch anscheinend schaute ich ihn nur fragend an. „Keine Sorge, wenn ich dir gleich alles zeige, wird es sicher alles etwas klarer für dich", fügte Tim hinzu. „Aber lass dir erst einmal dein Frühstück schmecken.", dabei zwinkerte er mir zu und nahm einen Schluck von seinem Kaffee.

Als wir fertig waren, bot ich mich an, die Küche mit aufzuräumen, doch Mario schickte uns los. Tim nahm mich mit in den Aufzug und wir fuhren auf die sechste, die oberste Etage. Als die Tür sich öffnete, ging Tim mit mir aus dem Fahrstuhl und sagte, „Die sechste Etage. Hier findest du alles rund um das Center. Administration, Haushalt, Zentrale

Rechnungsbearbeitung und einen kleinen Sanitätsbereich." Im Gegensatz zu der ersten Etage befand sich der Fahrstuhl nicht in einer Küche, sondern in einem großen runden Flur, in dem ein ovaler Empfangstresen stand. Dahinter saß ein junger Mann. Er trug ein blaues Hemd und hatte schöne schwarze Haare, die er nach hinten gekämmt hatte. „Das ist Philip. Er organisiert hier oben alles. Unser Dreh- und Angelpunkt. Philip, das ist Anne, sie ist neu hier.", stellte Tim mich ihm vor, während wir auf ihn zuliefen. Wir begrüßten uns und gaben uns die Hand. „Na dann herzlich willkommen, ich hoffe, du fühlst dich hier wohl. Solltest du etwas benötigen oder Fragen haben, kannst du gerne jederzeit vorbeikommen oder mich anrufen. Meine Nummer findest du auf der Telefonliste in deinem Zimmer." Ich war erstaunt, denn seine Stimme war viel tiefer als gedacht, aber angenehm und er roch unwahrscheinlich gut. Ein sehr eleganter Mann. „Vielen Dank!", gab ich freundlich zurück. Er gab mir noch einen Anmeldebogen den ich in den nächsten Tag wieder ausgefüllt vorbeibringen sollte. Wir verabschiedeten uns und liefen wieder Richtung Fahrstuhl. Auf dem Weg dorthin, entdeckte ich auf der linken Seite viele Portraits inmitten einer schwarzen Umrandung an der Wand. „Das sind alles wundervolle Menschen, die leider nicht mehr unter uns weilen.", erklärte mir Tim. Ich fand das ziemlich bedrückend, doch fragte nicht weiter nach. Anschließend fuhren wir in die nächst tieferer Etage. Als sich die Tür öffnete, zeigte sich vor mir ebenfalls wieder eine geräumige Küche, nur etwas anders gestaltet. Mir fiel der größte Unterschied bei den Stühlen auf. Dort waren bunte Plexiglas Stühle, während wir auf unsere Etage dagegen rustikale Holzstühle hatten. Tim stellte einen Fuß in die Tür und sagte, „Das ist die Etage der Trainier. Du erkennst uns an unseren Anzügen. Die der Trainer sind schwarz und die der Teilnehmer silbern." Ich sagte nichts und grinste nur neugierig. Er grinste zurück und schloss den Aufzug. Wir fuhren nochmals eine Etage tiefer. Wieder fast das gleiche Bild nur mit blauen Polsterstühlen. „Hier

fangen die Etagen für die Teilnehmer an. Es gibt vier
bis eins und alle sind in etwa gleich", erklärte Tim.
Wir fuhren also alle Etagen durch, warfen jeweils einen kleinen Blick hinein und tatsächlich waren die
Stühle in allen Küchen unterschiedlich. Es war vielleicht nicht von Bedeutung, aber es fiel mir auf. In
Etage drei und zwei sahen wir einige Teilnehmer und
wir winkten ihnen, mit einem kurzen „Hallo.", zu.
Nachdem wir dann die erste Etage übersprungen hatten, weil ich diese bereits kannte, fuhren wir direkt in
das erste Untergeschoss. „Hier kommen wir jetzt in
einen separaten Bereich.", erzählte er mit etwas erns-
terer Stimme, während sich die Tür öffnete und wir
hineinliefen. „Die meisten die hier trainieren begeben
sich bei ihren Visionen in keine akute Gefahr. Es gibt
aber Menschen, die extreme Angst davor haben, sie
könnten sich selbst oder andere verletzen. Ihr Selbstvertrauen und die Liebe zu sich selbst sind so insta-
bil, dass sie vor ihrem eigenen Handeln Angst haben.
Deshalb haben wir hier einen separaten Bereich für

die Art von Ängsten geschaffen. Dieses Umfeld bietet weniger Gefahren zur Umsetzung von Selbstverletzung und ist darüber hinaus permanent überwacht. Das ist zum einen Schutz für die Betroffenen selbst, zum anderen auch Schutz für die anderen Teilnehmer. Diese Visionäre hier sind nicht böse, sie haben einfach nur Angst und unsere Aufgabe ist es ihnen ein Umfeld zu bieten, in denen sie beschützt sind und kontrolliert mit der Angst in Verbindung treten können." Ich sah mich um, während wir in einem Vorraum standen, ähnlich wie in Etage sechs. Es befanden sich Stühle, ein Tisch und ein großes Sofa darin. Von dort aus gingen zwei Flure weg, in denen sich die Türen zu den Zimmern befanden. „Keine Küche?", frage ich. „Nein, sie würde zu viele gefährliche Gegenstände für die Teilnehmer bieten. Sie bekommen ihr Essen von Mitarbeitern gebracht. Wir haben hier überall eine spezielle Beleuchtung an den Decken angebracht, die das Sonnenlicht imitieren, um die Stimmung und das Wohlbefinden so gut es geht oben zu halten. Ihre Zimmer sind auf das Nötigste beschränkt und ihre Trainer überprüfen regelmäßig ihre privaten Gegenstände. Das klingt jetzt alles sehr nach Gefängnis, doch so ist das nicht. Es ist eine intensive und private Zusammenarbeit zwischen den Teilnehmern hier und ihren Trainern. Gerade diese Visionäre wollen, dass man ihnen hilft und hier haben sie die Möglichkeit einige Sorgen loszulassen und sei es nur durch die Gewissheit, dass sich in ihrem nahen Umfeld keine scharfen Gegenstände befinden. Sollte doch einmal etwas sein, können die Teilnehmer auf ein Alarmarmband zurückgreifen, das beim Auslösen ihre Trainer und die Sanitätsstation informiert." Das war noch einmal ein ganz anderes Level an Visionen, wie es mir schien. Einerseits beängstigend und andererseits hatten sie alle mein vollstes Mitgefühl. Wenn mir es mit meinen Visionen schon so schwer fiel zurechtzukommen wie würde es ihnen dann wohl gehen. Wir sahen noch einen Moment nachdenklich ins Leere, bis Tim die Stille brach. „So dann fahren wir mal zu den Trainingsräumen, die du bereits kennst. Es wird Zeit, dich Mary vorzustellen."

MARY

Als wir wieder im Aufzug standen, fragte ich ihn, „Wer ist Mary? Meine Trainerin?". „Mary ist unser zentraler Punkt, der uns beim Training hilft und das alles überhaupt erst ermöglicht. Sie ist unsere künstliche Intelligenz, mit der wir zusammen unsere Visionen virtuell erstellen können.", erklärte er mir. Die Tür öffnete sich und wir waren wieder in der Etage mit den großen Glaswürfeln angekommen. Doch eröffnete sich mir dieses Mal ein vollkommen anderes Bild. Am Tag davor war ich alleine mit Tim in dieser Trainingshalle. Jetzt waren hier viel mehr Menschen. Teilnehmer, die in den Würfeln standen, Trainer die teilweise vor und teilweise mit in dem Würfel waren. Wir liefen den Flur entlang. Links und rechts Trainingsräume und aus jedem wirkte ein anderes Szenario. Ich wollte niemanden anstarren oder beobachten und ließ meinen Blick daher nur beim Vorbeigehen schweifen. Doch erst jetzt fiel mir auf, dass sich hinter den Würfeln, nochmals Würfel befanden. Es waren weit mehr als ich beim ersten Mal bemerkt hatte. Sicher auch, weil am Tag davor nur ein Teil der Halle beleuchtet war. Links neben mir machte sich plötzlich Feuer breit und ich erschrak. Der Trainingsraum schien von innen in Flammen aufzugehen. Doch anscheinend war das eine Vision, denn keiner bekam Panik und auch Tim lief einfach weiter geradeaus. In dem Würfel daneben sah ich Marco, der sich in einer Art Krankenhauszimmer befand. Sein Trainer stand direkt hinter ihm und vor Marco entstand ein Mensch, der einen weißen Kittel trug, ein Klemmbrett in der Hand hielt und wohl ein Arzt zu sein schien. Rechts neben mir sah ich wie Glenn und Beth gemeinsam in einem der Räume waren. Sie war geschätzt gleich alt wie er und hatte ebenfalls dunkles Haar nur weit mehr. Sie waren lang und reichten bis zu ihrem Steiß. Auch sie trug eine Brille doch nicht in einem strahlenden blau wie seine, sondern in einem sanften dunklen grün. Sie standen sich gegenüber und hielten sich die Hände während um sie herum Laub flog das sich immer schneller und wilder drehte. So als würde ein Tornado um sie herum entstehen. Noch bevor ich das weiterverfolgen konnte, fiel mein Blick auf den nächsten Würfel bei dem eine Teilnehmerin gerade dabei war mit ihrem Trainer hineinzugehen. Sie hatte wunderschöne lange blonde Haare, die sie zu einem Zopf gebunden hatte und ihr Trainer war ein kleinwüchsiger Mann der seine dunklen schulterlangen Haaren ebenfalls nach hinten gebunden trug. Als sie die Tür hinter sich schlossen verwandelte sich das Glas des Würfels in Milchglas und die beiden waren nicht mehr zu sehen. Kurz darauf schaltete sich das Licht des Würfels von violette auf rot.

Wir liefen weiter an dem großen runden Sofa vorbei und gingen durch eine Tür, die sich an der Wand kurz dahinter befand. Dort eröffnete sich eine weitere Halle in der auch Glaswürfel standen. Nur nicht so viele und kleinere. Sie waren eingerichtet wie kleine Wellnessbereiche mit Liegen, Handtüchern, einem Tisch mit einer Karaffe Wasser darauf. Tim blieb stehen und drehte sich zu mir um. „Bevor Mary dir deine Visionen zeigen kann, muss sie dich erst kennenlernen und einige Sachen über dich erfahren", erklärte er mir weiter mit Freude im Gesicht. Er öffnete gleich den ersten der kleineren Würfel und bat mich hinein. Hier waren die Böden ganz normal nicht wie bei den Räumen in denen die anderen waren und vor den Türen befand sich auch keine Lampe die hätte leuchten können. „Nimm Platz und mache es dir gemütlich.", er zeigte auf die Liege, die wie eine Kosmetikliege wirkte, nur noch gemütlicher. Sie war beige und hatte breite Armlehnen. Man lag darauf nicht komplett nach unten, sondern nur angenehm nach hinten geneigt und als ich komplett darauf Platz genommen hatte, merkte ich wie gut gepolstert und weich sie an allen Partien war. Als ich lag, fiel mir die Maske auf, die auf einer Art Aufsteller neben der Liege stand. Es war die gleiche Maske, die auch Tim am Tag zuvor und die Teilnehmer eben bei ihren Trainings getragen hatten. Tim schenkte mir ein Glas Wasser ein in dem sich kleine Steine befanden. Es waren wohl Energiesteine, so was kannte ich aus dem Buchladen. Dort verkauften wir neben Büchern auch jeglichen Krimskrams, den man so verschenken konnte. Lesezeichen, Duftkerzen, Täschchen und Armbändchen und eben solche Steine, die man ins Trinkwasser legen konnte, um das mit positiver Energie anzureichern. Ich hatte sie zwar schon einmal in der Hand aber keine Ahnung, ob das wirklich funktionieren könnte oder einfach nur ein Scherzartikel war. ‚Oh Mann der Laden', schoss es mir durch den Kopf. Ich musste mich auf jeden Fall noch bei Ihnen melden und Bescheid geben, dass ich den Tag darauf, wenn ich arbeiten musste nicht kommen konnte. Für einen Moment schien es so als ob ich aus meiner Traumwelt in der ich gerade war in die reale Welt gezogen wurde. Tim merkte es mir offensichtlich an und fragte, was los sei. „Ich habe nur kurz an meine Arbeit denken müssen.", erklärte ich ihm einigermaßen beiläufig. Er reichte mir das Glas Wasser und tätschelte mir auf die Hand. „Keine Sorge, wir kümmern uns nachher noch um alles. Du kannst bei Philip dann noch eine Krankmeldung an deinen Arbeitgeber schicken.", versuchte er mich wieder zu beruhigen und das schaffte er auch. Ich nahm einen Schluck aus dem Glas und stellte fest, dass die Steine sich zumindest mal geschmacklich nicht auf das Wasser auswirkten. Er nahm es mir wieder ab und stellte es auf den kleinen Tisch neben mir. „Hallo, Mary.", sagte Tim. „Wir haben hier jemand Neuen." „Hallo, Tim.", antwortete die freundliche weibliche Stimme, die ich auch schon tags zuvor gehört hatte als Tim in dem Trainingswürfel war. „Das freut mich zu hören. Ich freue mich schon darauf, dich kennenzulernen.", sprach Mary weiter. „Mary wird sich jetzt mit dir unterhalten und ein paar Fragen stellen, um sich bestmöglich für deine Trainings vorzubereiten. Sei einfach ganz entspannt und unterhalte dich mit ihr, ich werde derweil rausgehen.

Nachher wird noch deine Trainerin dazu stoßen, dann habt auch ihr die Möglichkeit euch näher kennenzulernen." Ich nickte und er verließ den Raum.

„Wie ist dein Name?", fragte Mary mich. „Ich bin Anne.", antwortete ich ihr noch etwas nervös. „Hallo, Anne. Schön, dass du bei uns bist. Ich bin Mary, deine KI, die dich hier im Center begleiten wird. Ich möchte gerne mehr über dich erfahren, um ein perfekt auf dich abgestimmtes Training zu ermöglichen. Deine Visionen werden nur dann ausgelöst, wenn die Umgebung die richtigen Emotionen in dir hervorruft. Dafür sind Details für mich von großer Bedeutung, je mehr du mir über die Momente erzählen kannst, bevor du eine Vision hattest, desto besser kann ich mich auf dich einstellen. Um ein optimales Ergebnis zu erhalten, hilfst du mir, indem du mir nicht nur davon erzählst, sondern dir diese Situationen im Kopf vorstellst. Dafür setze bitte die Maske auf, die sich neben dir befindet." Ich richtete mich kurz etwas auf und nahm die Maske von dem Aufsteller. Dann zog ich sie an und war überrascht, wie bequem sie war, obwohl sie nicht so aussah. Sie war weder aus Glas noch aus hartem Plastik. Das Material war eher wie ein dicker Gummi, flexibel und weich. Ich lehnte mich wieder zurück. „Sehr gut, vielen Dank.", sprach Mary. Anscheinend wusste sie, dass ich die Maske trug. Ich fragte mich, ob sie das nur erkannte, weil sie mir ihr verbunden war oder ob sie mich auch sehen konnte. Kurz suchte ich mit meinen Augen die Ecken des Würfels ab, ob sich dort Kameras befanden, doch ich konnte keine entdecken. „Um dich nicht in eine wirkliche Vision und den Angstzustand zu versetzen, halte die Augen bitte geschlossen, während du mit mir sprichst.", erklärte sie mir. Bis zu einem gewissen Grad verstand ich, was sie meinte aber irgendwie war ich noch immer vollkommen verwirrt darüber, wie das Ganze funktionierte. Ich fragte nicht weiter nach und antwortete mit „Okay." Also schloss ich die Augen und Mary fragte, „Kannst du dich an deine erste Vision erinnern?". Ich bejahte die Frage. „Bitte erzähle mir davon. Versuche es dir dabei nochmals bildlich in Erinnerung zu rufen und vergiss nicht, jedes Detail hilft uns weiter.", wieder antwortete ich mit „Okay.". Es war mir etwas unangenehm, weil ich wusste, was meine erste Vision war und nun wieder an Mark zu denken kam mir nach allem was passiert ist auf einmal ganz fremd vor. Aber ich versuchte es und ließ mich so gut es ging darauf ein. Ich erzählte Mary von der Situation im Buchladen, beschrieb, was ich anhatte, was Mark anhatte und wie er aussah. Ich ging auch auf den Raum ein und wie er eingerichtet war, was an der Wand hing und welche Farbe der Boden hatte. Auch an den Geruch erinnerte ich mich und versuchte ihn ihr, nach ihrer Aufforderung, zu beschreiben. Sie fragte mich was ich in dieser Situation empfunden hatte und ich versuchte es so gut wie möglich wiederzugeben. „Ich war nervös und angespannt. So war das eigentlich immer, wenn ich mit ihm redete. Ich hatte Angst etwas Dummes zu sagen, aber war gleichzeitig voller Hoffnung, dass etwas Schönes zwischen uns passiert." Versuchte ich ihr zu erklären. Dann erzählte ich weiter von dem Moment als er plötzlich neben mir war und mich küsste, wie es sich anfühlte, wie langsam die Zeit verging und wie schnell er plötzlich wieder am Ausgangspunkt stand. Ich erzählte ihr auch wie es sich anfühlte als mir bewusstwurde, dass etwas nicht stimmte. Nachdem dieses Szenario durchgespielt war und ich mit Herzklopfen auf der Liege saß, bedankte sich Mary. „Das war super. Du konntest mir viele Details liefern, vielen Dank. Wir können nun eine kurze Pause einlegen. Sag mir wann du bereit bist weiterzumachen." Doch ich benötigte keine. Es machte Spaß auf diese Weise mit Mary zu interagieren und in mir stieg wieder eine Begeisterung über die Visionen auf, wie ich sie bereits entwickelte als ich zum ersten Mal darüber sprach. „Wir können direkt weitermachen.", antwortete ich ihr. „Okay Anne, dann kommen wir zu deiner nächsten Vision.", gab sie zurück. Wir gingen wieder alles durch. Vom Ablauf über mein Umfeld und was ich alles wahrnahm und fühlte. Als ich an den Schmerz dachte und darüber erzählte, spürte ich ihn wieder. Doch er war nicht so intensiv wie in der Situation als ich im Auto saß. Es war mehr wie eine Erinnerung. Deshalb schwand meine Begeisterung auch nicht wirklich. Für einen kurzen Moment bedrückte mich dieses Gefühl, doch noch immer hatte ich Spaß daran Mary davon zu erzählen und mich darin zu verlieren. Es war bizarr, dass ich über etwas was mir so viel Angst und Schmerz bereitete so begeistert erzählen konnte, dass die Erinnerungen daran plötzlich positive Gefühle hervorbrachten. Und so erzählte ich ihr im Anschluss auch gleich von der nächsten Vision mit der Messerattacke. Wir gingen alles durch und obwohl ich sicher eine gewisse Zeit damit verbrachte, verflog sie geradezu. Mary bedankte sich wieder bei mir und ich fragte mich warum. Sie half ja mir, also musste ich mich eigentlich bei ihr bedanken. „Zum Schluss muss ich deine Impulse bei Emotionen kennenlernen, um im Training zu erkennen, ob du dich gerade in einer Angstemotion befindest oder in einer stabilen oder sogar glücklichen Emotion. Bitte erzähle mir von etwas, was dich glücklich macht. Es könne Farben, Gerüche, Personen sein. Alles was in dir ein Glücksgefühl auslöst." Ich dachte einen Augenblick nach, weil mir das dann gar nicht so leichtfiel. Doch dann erzählte ich von meiner Schwester und beschrieb sie. Ich sprach davon wie sie mich immer in den Arm nahm und wie glücklich mich das machte. Dann erzählte ich von dem Glücksgefühl, das ich beim Laufen hatte vor allem, wenn es gerade Frühling war. Die Vögel zwitscherten und das Gras entfaltete seinen Duft durch die warme Sonne, die darauf schien. Dann wechselten wir und ich versuchte mich so gut es ging in meine Angst hinein zu fühlen. Am leichtesten fiel mir das bei meiner Angst vor jemand der mir etwas Schlimmes antun wollte. Ich dachte dabei an meine Vision mit dem Mann beim Joggen. Ich stellte mir vor, ich wäre wieder dort. Sah, wie der Mann sich auf mich zubewegte und ging meine Vision noch einmal ganz genau durch, erinnerte mich an mein Gefühl und spürte die Angst. Das war dann auf einmal so intensiv, dass ich nicht mal mehr reden konnte. Mein

Puls beschleunigte sich und in mir stieg Panik auf.
Ich merkte, wie die Angst anfing, mir die Kontrolle
zu entreißen und plötzlich hörte ich um mich herum
Vogelgezwitscher. Ich öffnete die Augen und noch
völlig angespannt und mit in die Armlehnen gekrall-
ten Händen, sah ich frisches, grünes und saftiges
Gras um mich herum. Zudem spürte ich die Wärme
einer Sonne und sah über mir einen wunderschönen
blauen Himmel. Es roch nach Frühling, genauso wie
in meiner Erinnerung. Die Wände um mich herum
hatten sich verändert und mein Puls beruhigte sich.
Meine Angst und Anspannung verschwanden. „Entschuldige Anne, dass ich dich diese Angst spüren lassen musste. Doch es ist ein wichtiger Teil des Trainings und du hast mir sehr weitergeholfen, deine
Visionsbedingungen für dich anzupassen.", sprach
Mary mit sanfter Stimme zu mir. „Ich danke dir!",
gab ich zurück. Immer noch verwundert wie real dieses Bild um mich herum war. Als wäre ich wirklich
auf dieser Wiese. Alles sogar der Boden veränderte
sich so realistisch, dass ich dachte, ich würde das

Gras spüren, sobald ich von meiner Liege steigen würde. Plötzlich verschwand alles und ich war wieder in dem Raum, in den ich gegangen war. Die Türe öffnete sich und hereinkam eine Frau in einem schwarzen Trainingsanzug, auf dem der Name Charlie auf ihrer linken Brust stand. Sie war groß, schlank und hübsch. Ihre Haare waren schulterlang und aalglatt und ihre Augen dunkelblau wie ein tiefes Meer. In ihrer linken Hand hielt sie ein Tablet. Sie kam auf mich zu und streckte mir ihre Hand aus. „Hi, du bist also Anne. Ich bin Charlie, deine Trainerin und ich freue mich schon darauf mit dir zu arbeiten.", stellte sie sich vor und wir schüttelten uns die Hände. Sie war einige Jahre älter als ich und machte einen sehr starken, stabilen und verlässlichen Eindruck. Ich mochte sie auf Anhieb. „Hi, ich freue mich auch." Gab ich zurück. „Wie ich sehe, hat das Kennenlernen mit Mary gut funktioniert. Ich habe euch zugehört und einige Notizen aufgeschrieben, die für mich wichtig sind.", erklärte sie mir mit einem sanften Lächeln im Gesicht. „Nun möchte ich dir unsere Trainingsräume erklären.", mit einer Gestik gab sie mir zu verstehen, dass wir aus diesem Würfel hinausgehen würden. Ich stand also auf und folgte ihr nach draußen. Dort stand wieder Tim der gerade telefonierte und dabei war aufzulegen. „Wunderbar!", kommentierte er nur und wandte sich dabei Charlie und mir zu. „Du hast mit Charlie eine wirklich einfühlsame und effektive Trainerin bekommen. Ich bin sicher, dass ihr beide hervorragend miteinander zurechtkommen werdet und hiermit übergebe ich an sie. Ab jetzt ist sie hier deine linke und rechte Hand. Ich werde mich etwas zurückziehen und nach neuen Teilnehmern Ausschau halten die Hilfe benötigen. Falls dennoch was sein sollte, kannst du mich natürlich jederzeit erreichen. Meine Nummer findest du ebenfalls auf der Liste und sicher werden wir uns ohnehin noch über den Weg laufen. Ich wünsche euch beiden eine tolle Zusammenarbeit. Ach, und ich habe eben mit Philip telefoniert, du kannst bei ihm deine Trainingsanzüge und deine Krankmeldung abholen.", erklärte er. Ich bedankte mich bei ihm für alles und er verschwand durch die Tür in die erste Halle.

Charlie ging mit mir an den anderen Glaswürfeln vorbei, die genauso aussahen, wie der in dem ich eben gewesen war und blieb dann vor einem stehen, der wieder genauso aussah, wie die, die sich in der ersten Halle befanden. „Das sind unsere Trainings-räume wie du sicher schon gesehen hast. Sie sehen aus wie Glaswürfel deshalb nennen wir sie einfach nur ‚Cubes‘. Allerdings bestehen die Wände nicht einfach nur aus Glas, sondern sind eine Art Holo-gramm Reflektor und können somit Bilder abbilden. Die Lasertechnik an der Cubedecke ermöglichte es mithilfe von Mary Szenarien in Verbindung mit den Wänden und dem Boden dreidimensional darzustel-len. Insbesondere die ganze Technik ist hochkom-plex und dank unserer super intelligenten Technik-nerds wird es über die Jahre immer wieder verbessert. Wenn man überlegt, dass die ersten Cubes einfach nur, bereits eingescannte Bilder, abspielen konnten ist das, was heute möglich ist, wirklich beeindruckend

und es hilft ungemein wirklich in eine Vision hinein-
zukommen und sie so zu erleben, wie man es draußen auch tun würde. Sie zog ihre Schuhe aus und
ging zur Tür. Wortlos tat ich das gleiche und folgte
ihr. Vor der Türe blieb sie stehen und sah nach oben.
Sobald sich jemand in den Cube begibt, schaltet sich
die Lampe auf violette. Das signalisiert lediglich nach
außen, dass der Cube in Betrieb ist. Für einige Szenarien ist es nämlich zum privaten Schutz der Teilnehmer hilfreich, die Wände undurchsichtig zu machen.
Fängt Mary an eine Vision auszulösen, schaltet sie die
Lampe auf rot. Das heißt, man sollte unter keinen
Umständen hineingehen. Lediglich der zugeordnete
Trainer darf sich währenddessen dort aufhalten. In
dieser Phase ist der Teilnehmer meist hochsensibel
und hat in dem Moment noch keine Kontrolle über
seine Vision. Sobald ihm das aber gelingt, registriert
Mary die positiven Emotionen und schaltet die
Lampe um, auf grün. Dann ist es auch anderen mög-
lich den Cube zu betreten. In einigen Fällen ist das

besonders wichtig um die guten Gefühle und positiven Visionen zu teilen und somit im Teilnehmer zu manifestieren.", erklärte mir Charlie langsam und verständlich. Sie sah während des ganzen Gespräches immer wieder zu mir und ich gab ihr mit Nicken zu verstehen, dass ich ihr folgen konnte. Sie ging in den Cube und nahm die Maske von der Wand. Mit ihr in der Hand erklärte sie weiter. „Diese Maske bildet eine Verbindung zwischen den Teilnehmern und Mary. Über tausende kleine Sensoren in der Maske, kann sie Emotionen, Stressimpulse und Gedanken wahrnehmen. Dadurch kann sie auch das, was du im Kopf siehst, also was du visionierst, sehen und abbilden." Sie hing die Maske wieder an die Wand und ging zu dem kleinen freien Stück in der Mitte. Dort, wo ich bei den anderen Cubes verschiedene Untergründe gesehen hatte, war hier der Boden leer. „Bei den anderen Cubes befinden sich hier verschiedene Inhalte. Sie dienen dazu, den Visionär in den Moment zurückzuholen und eine Verbindung zwischen seiner Vision und der Realität herzustellen. Das hilft dabei, die Kontrolle zu behalten. Es ist so, wenn wir wissen, wo wir wirklich sind, können wir auch besser steuern was um uns herum passieren soll. Kontrolle ist das, was wir benötigen um loslassen zu können. Je weniger Kontrolle man hat, desto intensiver ist der Untergrund. Du wirst also, so wie alle neuen, mit einem eher unangenehmen Boden anfangen. Je besser du darin wirst deine Visionen zu steuern, desto weicher und sanfter wird der Untergrund. In Zukunft wird deine Verbindung zur Gegenwart automatisch bestehen.", ich nickte immer noch. Was sie sagte, war alles logisch doch überlegte ich immer wieder, wie sich solch ein Training dann tatsächlich anfühlen würde. Zudem war diese ganze Technik unglaublich modern. Das neueste womit ich es in dieser Richtung mal zu tun, hatte war eine Virtual-Reality-Brille und die konnte dem, was ich hier sah, nicht im Ansatz das Wasser reichen. Mit ihrem nackten Fuß fuhr Charlie über die Lücke im Boden und sprach dabei weiter, „Wir nennen diese Stellen ‚Grounder'. Ihr Name ist

Programm, denn sie erden dich und holen dich zurück in die Gegenwart. Dieser Cube hier ist an dieser Stelle leer. Es ist ein Cube zum Kennenlernen, Erklären und unsere Techniker arbeiten an diesem hier gelegentlich wie an einem Prototyp um neue Innovationen zu testen." Sie wandte sich mir zu. „Hast du Fragen, Anne?", ich überlegte kurz. „Ja.", fing ich an. „Was passiert, wenn ich es nicht schaffe meine Vision zu kontrollieren?". „Wenn du aus deinem Angstzustand nicht von selbst herauskommst, wird Mary dir helfen und das Umfeld so anpassen, dass du dich beruhigen kannst.". „Ach, so wie eben bei dem Gespräch mit ihr?", fragte ich wieder und dachte dabei an die wundervolle Frühlingswiese, die sie mir zeigte. „Ganz genau.", antwortete Charlie mit einem wachsenden Lächeln. Dann wurde ihr Lächeln wieder kleiner. „Allerdings ist das nur eine Hilfe. Wir dürfen uns nicht darauf verlassen, denn außerhalb des Cubes gibt es keinen der die Vision für uns ändert. Wenn wir sie nicht kontrollieren können und Glück haben, durchleben wir sie nur und die Realität bleibt unberührt. Doch wenn sie zu stark ist, können schlimme Dinge passieren. Gerade deine Visionen, Anne, sie sind auf Menschen ausgerichtet. Die Wahrscheinlichkeit, dass eine Vision unter diesen Umständen real wird, ist sehr hoch. Deshalb ist es so wichtig, dass du trainierst und fühlst wie du sie verändern kannst.", ihr Ton wurde dabei richtig ernst. Sie sprach so emotional, dass ich den Eindruck bekam als würde sie aus einer Erfahrung heraus sprechen. Doch nachzufragen traute ich mich nicht, das war wohl noch zu persönlich. „Komm' ich möchte dir etwas zeigen.", sagte sie, nahm mich bei der Hand und ging mit mir aus dem Cube.

Wir zogen unsere Schuhe an und liefen durch die Tür, durch die Tim zuvor verschwand und standen wieder in der ersten Trainingshalle in der noch genauso viel Trubel war, als einige Zeit vorher. Charlie blieb an dem Würfel stehen in dem zuvor Glenn und Beth gemeinsam waren. Allerdings war jetzt nur noch Beth darin und Glenn stand vor dem Cube und schaute gespannt zu. „Beth und Glenn leiden an einer Geophobie, sie haben Angst vor Naturphänomenen. Na ja, besser gesagt vor Naturkatastrophen. Erdbeben, Tornados, Überschwemmungen, Tsunamis. Alles, was man vielleicht mal gehört aber nur selten oder nie erlebt hat. Ihr großer Vorteil ist, die Naturgesetze lassen sich nur schwierig beeinflussen. Ein Tornado kann unmöglich einfach so entstehen nur, weil man eine Vision davon hat und ein Tsunami bildet sich auch nicht aus einer Laune heraus. Für das alles bräuchte es unglaublich viel Energie und vor allem Zufälle. Doch noch kein Visionär hat bis jetzt eine Naturkatastrophe ausgelöst. Den größten Einfluss, von dem wir wissen, hatte Roderick Felden.", der Name kam mir bekannt vor. „Derjenige, der den Wasserfall oben erschaffen hatte?", fragte ich. Charlie nickte. „Ich hatte seinen Namen auf einem kleinen Schild dort gesehen.", fügte ich hinzu. „Er war bis jetzt der einzige", sprach sie weiter, „der es schaffte die Naturgesetze zu durchbrechen und sie zu beeinflussen. Das heißt also, dass Glenn und Beth nicht viel Chaos anrichten könnten, doch haben sie einen entscheidenden Nachteil. Sie sind durchgehend ihren Ängsten ausgesetzt. Egal, ob sie sich am Meer, in einem hohen Gebäude, auf der Straße oder in einem Zug befinden. Die Angst die Natur könnte sie einfach überrollen und Tod und Chaos mit sich bringen ist permanent vorhanden und die Visionen sind so intensiv wie häufig." Ich stellte mir das schlimm vor, wenn es um einen herum permanente ‚Trigger' wie Tim sie nannte, gab. „Da kommt man wohl kaum zur Ruhe.", gab ich verständnisvoll hinzu. „Genauso ist es. Doch die beiden üben und üben. Sie sind ein Paar weißt du, sie haben sich hier kennen und lieben gelernt. Ich denke ihr unglaubliches Verständnis für das, was in dem anderen vorgeht, hat viel dazu beigetragen. So geht es vielen. Unter den Visionären gibt es einige, die sich gefunden haben. Sie beide können sich während der Visionen Halt geben und für den anderen ein Schlüssel zur Kontrolle und zu Glücksgefühlen sein. Natürlich sind sie nicht permanent zusammen, weshalb es ihnen auch wichtig ist alleine zu trainieren. Doch mit ihrer Liebe zueinander schaffen sie es immer leichter Kontrolle zu erlangen und erschaffen Welten die wunderschön sind. ‚Geophobias' wie wir sie nennen, erschaffen unglaublich fantasievolle Gegenvisionen. Sieh selbst.", erklärte sie mir und sah zu Beth. Sie stand in dem Cube, mit der Maske auf dem Gesicht und den Füßen in feinem Kies. Das Licht an der Türe schaltete sich von violette auf rot. Um sie herum entstand eine Stadt mit großen Gebäuden, Straßenlaternen und Ampeln. Menschen waren überall zu sehen und der Untergrund verwandelte sich in eine asphaltierte Straße. Man konnte von außen sehen, wie sich die Glaswand durch die wir sahen auch veränderte, doch es war noch so weit transparent, dass man sowohl Beth als auch ihr neues Umfeld gut erkennen konnte. Das war mir tags zuvor auch bei Tim aufgefallen. Durch die Unmengen von Wasser konnte ich ihn immer noch gut sehen, alles war von außen nur wie ein Schleier wahrzunehmen. Plötzlich sah man wie sie anfing zu schwanken und versuchte das Gleichgewicht zu halten. Der Boden schien sich zu bewegen und warf Risse aus diesen immer größere Spalten entstanden. Sie erlebte gerade ein Erdbeben und an ihrem Gesicht konnte man erkennen, wie entmachtend das alles war. Diese klare Angst in ihren Augen zu sehen erschrak mich etwas. In mir stieg automatisch das Bedürfnis auf ihr zu helfen, so echt war das. Sie ging in die Hocke und hielt sich auch mit ihren Händen am Boden fest, um nicht umzufallen und als ihre Verzweiflung in ihrem Gesicht immer mehr anstieg und man sich fragte, ob sie überhaupt noch Luft bekommen würde vor Angst, merkte man, wie sie einen Moment innehielt. Ihr Finger und Zehen griffen sich in den feinen Kies und sie machte einen tiefen Atemzug. Dann stand sie wieder auf, ohne zu schwanken oder zu wackeln und die Risse, die sich um sie herum im Boden gebildet hatten, füllten sich mit einer Flüssigkeit, die wie hellgrünes Metall aussah, leuchtend und glänzend. Sie floss durch die Spalten wie flüssige Lava und mit einem Mal wuchsen aus diesen Rissen

Blumen, Bäume und Sträucher. Alle wirkten wie aus Metall geformt und glänzten in den buntesten Farben. An den Bäumen wuchsen Blätter aus Diamanten und die Blumen schmückten sich mit Blüten aus Edelsteinen. Es wuchsen Rosen mit glänzendem metallischem Stiel und einer Blüte aus hauchdünnem Glas, Pilze in verschiedenen Größen, die aussahen als würden sie von oben bis unten aus Glasnuggets bestehen und in Regenbogenfarben leuchteten und Moos das sich wie Samt über den Rest des Bodens ausbreitete. Duzende Pflanzen entstanden aus den grünen Adern die vorher noch tiefe gefährliche Erdrisse waren. Beth bewegte sich dynamisch und wo immer sie hinzeigte entstand etwas Neues, so als würde sie die Skulpturen ihrer Fantasie aus dem Boden, der zuvor noch so viel Angst in ihr auslöste, emporziehen und mit jedem weiteren Gewächs wurde ihr Lächeln breiter, bis sie dann einfach da stand und sich voller Glück umsah. Glenn wartete mittlerweile schon ungeduldig an der Türe und als das Licht auf grün schaltete, huschte er hinein. Er sah sich ebenso begeistert um und war vollkommen fasziniert. Er tat so als würde er die Gegenstände berühren und ging dann zu Beth. Die beiden lächelten sich an, küssten sich und in dem Moment schmolzen alle erschaffenen Figuren und lösten sich Stück für Stück auf. Dann sahen sich wieder beide in die Augen und fingen an zu lachen. „Warum hat er die Sachen nicht richtig berührt?", fragte ich Charlie die das Ganze ebenso begeistert verfolgte wie ich. „Das, was wir sehen oder erschaffen sind hier nichts Anderes als wirklich reale Hologramme. Man kann es sehen aber nicht berühren. Nur der Visionär selbst kann noch mehr, er kann die Verbindung dazu spüren, weil er sie erschaffen hat.", erklärte Charlie. Das warf bei mir wieder Fragen auf. „Also wenn, Beth das draußen visioniert hätte, ohne Cube, was wäre dann geschehen?", fragte ich, sehr neugierig um das alles zu verstehen. „Sie hätte genau das gesehen, was wir jetzt gesehen haben aber nur sie. Alle anderen hätten sie vielleicht nur ein paar Sekunden teilnahmslos erlebt, aber hätten nicht sehen können, was sie sah. Oftmals ist das gut, denn nicht jeder möchte mit den Ängsten konfrontiert werden, die Visionäre so in sich tragen, jedoch ist es auch wieder schade, weil man so viele wundervolle Fanatsiewelten verpasst oder sie als Visionär nur für sich selbst erschaffen kann. Das ist auch ein Grund warum hier immer wieder gerne Teilnehmer zu uns kommen und regelmäßig Trainings absolvieren. Sie teilen gerne, was sie erschaffen. „Wodurch beendet sich eine Vision?", fragte ich nach und wollte wissen ab welchem Punkt sich die Abbildungen auflösen. „Sobald die Konzentration auf die Vision schwindet. Das kann entweder bewusst oder unbewusst geschehen. Gerade am Anfang ist es relativ schwer die Vision weiter auszubauen. Ohne Cube ist das Ganze noch schwerer. Etwas zu sehen, was man nicht sieht erfordert noch mehr Vorstellungskraft, noch mehr Konzentration.", ich sah sie an und gab ihr wieder mit einem Kopfnicken zu verstehen, dass ich verstanden hatte. Gleichzeitig atmete ich lange angespannt aus, weil mir bewusst wurde was für ein mentaler Kraftakt das Ganze sein musste. Charlie drehte sich um und lief zu dem Cube, in dem Marco trainierte. Schon vorhin befand er sich in einem Umfeld, das wie ein Krankenhaus wirkte und wieder oder immer noch schien es die gleiche Vision zu sein wie die, die ich bei ihm vorher sah. „Hier haben wir das extreme Gegenteil.", fuhr Charlie fort, während sie nun gebannt du Marco schaute.

Wir stellten uns neben seinen Trainer, der höchst konzentriert dem Geschehen im Cube folgte. „Marco ist ein Hypochonder, den Begriff kennst du sicherlich. Er denkt bei jedem kleinsten körperlichen Anzeichen, dass er die schlimmste Krankheit hat. Und hier wird es gefährlich. Denn eine dauerhafte genaue Vorstellung davon wie krank der eigene Körper ist, ruft eines Tages auch eine wirkliche Krankheit hervor. Unser Körper reagiert auf die Vorstellung, die sich in unserem Kopf abspielen. Denke zum Beispiel nur mal an eine Zitrone, wie du sie isst und wie sauer sie schmeckt, alleine dadurch fängt dir schon an das Wasser im Mund zusammenzulaufen, weil der Körper mehr Speichel produziert. Unser Gehirn kann also in Verbindung mit unserer Körperreaktion nicht klar von Realität und Einbildung unterscheiden. Das ist auch der Grund warum diese fiktiven Bilder von Mary es schaffen in uns eine Vision auszulösen. Wir wissen, dass es nicht echt ist, dennoch reagieren wir.", ich hörte ihr aufmerksam zu während ich beobachtete wie der Arzt der vor Marco entstand, sich mit ihm unterhielt und ihm währenddessen tröstend die Hand auf die Schulter legte. Ganz eindeutig übermittelte er ihm gerade eine schlechte Nachricht. „Was er wohl zu ihm sagt?", murmelte ich so vor mich hin. „Er erzählt ihm gerade, dass sein plötzlicher Gewichtsverlust Folge einer Krebserkrankung sei, die schon so weit fortgeschritten ist, dass er ihm leider nicht mehr helfen könne.", der Trainer, ein großer alter Mann mit grauem Vollbart und üppigem Bäuchlein erzählte mir davon, während er weiter gespannt auf Marco sah. „Das ist sicher ein Albtraum für jeden.", gab ich verständnisvoll zurück. „Ja, das stimmt. Allerdings ist das genau die Realität, an die

Marco glaubt, sobald sich nur etwas an seinem Gewicht verändert. Er achtet zwanghaft darauf, immer ziemlich genau das Gleiche zu essen und wiegt sich mehrmals am Tag. Sobald er das Gefühl hat, er nimmt unkontrolliert ab, bricht Panik in ihm aus und er ist davon überzeugt, dass er sterben wird.", erklärte er weiter. „Wie entsteht so eine Angst?", fragte ich neugierig. „Er hat miterlebt, wie sein Vater an Krebs erkrankte und wie sehr er abgebaut hat. Es war ein langer Leidensweg für die Familie, da war Marco gerade mal neun Jahre alt. Doch solche Erlebnisse sind kein Garant dafür an solchen extremen Angstzuständen zu erkranken. Genauso wie es nicht immer einen speziellen Grund oder ein Erlebnis dafür geben muss. Es liegt zwar oft nahe, doch wir hatten auch schon Fälle bei denen die Teilnehmer einfach von Natur aus extreme Angst vor Krankheiten hatten. Jeder Fall ist anders.", antwortete er. „Wie versucht er seine Vision zu ändern?", fragte ich beide vor mich hin. „Nun hier wird das Ganze weniger kreativ werden als bei Beth. Eine Fantasie Welt um sich herum zu erschaffen wäre hier zu weit hergeholt und würde nicht funktionieren. Aber er kann auf das eingehen, was er empfindet und was er hören möchte.", antwortete mir Charlie als erste. „Genauso ist es.", fügte der andere Trainer hinzu. „Er versucht sich auf positive Gefühle zu konzentrieren und vor allem auf das Vertrauen zu seinem eigenen Körper. Wenn er sich darauf fokussiert und es schafft im Moment zu bleiben, dann wird ihm der Arzt sagen, dass alles bestens ist. Seine Werte und sein Gesundheitszustand loben und wenn Marco dieses positive Geschehen immer und immer wieder sieht und zu hören bekommt, wird das nicht nur helfen seine Visionen zu kontrollieren, sondern wird ihm auch helfen daran zu glauben, dass es wahr ist und das wiederum wirkt sich gut auf seine Gesundheit aus." „Aber würde es dann nicht einfach reichen, wenn ihm ein echter Arzt das sagen würde? Also ganz ohne Vision?", hakte ich nach. „Nein, denn er würde einem normalen Arzt nicht glauben. Das, was dieser Arzt ihm hier sagt, ist das, was er sich selbst sagt. Und erst, wenn er sich selbst sagt, dass alles gut ist, kann auch er daran glauben.", gab Charlie mir zu verstehen noch bevor der Mann etwas sagen konnte. Ja natürlich dachte ich nur. So langsam schloss sich für mich der Kreis und ich fing an zu verstehen, wofür das hier alles gut war und wie es funktionierte. Als wir so zu Marco sahen, fing er an seine Hände vors Gesicht zu legen und bitterlich zu weinen. Er stand mit seinen Füßen auf einer Eisfläche und hörte nicht auf zu weinen. Marco war ein junger Mann, der modern gekleidet war und einen eher lockeren und coolen Eindruck machte. Zudem war er groß und gut trainiert, das konnte man durch sein T-Shirt, das er trug eindeutig erkennen. Dennoch weinte er wie ein kleiner Junge und völlig aufgelöst fiel er auf seine Knie. Dann plötzlich waren um ihn herum wunderschöne Berge, schneebedeckt und unter einem strahlend blauen Himmel. Der Arzt vor ihm und das Krankenhauszimmer waren verschwunden und Marco fing an sich zu beruhigen. Das war wohl die Hilfe, die von Mary kam, dachte ich mir.

Charlie zog mich etwas am Arm, um sich mit mir umzudrehen. Vermutlich um Marco und seinem Trainer jetzt etwas Freiraum zu lassen. Als wir mit dem Rücken zu ihnen standen, sahen wir auf einen Würfel, der verblendet war. Das rote Licht leuchtete. „Das war hart.", sagte ich mitfühlend und mit meinen Gedanken immer noch bei Marco. „Ja.", sagte Charlie bestätigend. „Das einzige, was noch gefährlicher ist, ist die Angst vor dem eigenen Handeln. Denn um seinen Körper zu beeinflussen, braucht es eine gewisse Zeit und viele Wiederholungen, es braucht eine starke Manifestation. Um sein eigenes Handeln zu beeinflussen reichen Millisekunden.", sagte sie mit traurig werdender Stimme und blickte zu dem Würfel uns gegenüber. Charlie und ich verstummten für eine Weile. Es bedarf wohl keiner weiteren Erklärung. Dort musste jemand drin sein, der Angst vor einer Selbstverletzung hatte. Ich fragte mich, ob es noch das hübsche blonde Mädchen mit ihrem Trainer war oder ob sich dort mittlerweile jemand anderes befand. Charlie schaute mich kurz an und gab mir ein aufmunterndes Lächeln. „Aber genau dafür sind wir hier. Hier können wir in Sicherheit trainieren und die Angst vor der Angst hinter uns lassen, unser Handeln, unsere Gefühle und unser Leben wieder kontrollieren.", erklärte sie mir eindringlich und mit wieder wachsender Freude. Ich lächelte zurück, doch sagte nichts. Ich war zu überwältig von allem und zu froh und dankbar dort zu sein, dass ich es in diesem Moment nicht in Worte fassen konnte. „Hast du Hunger?", fragte Charlie. „Und wie!", gab ich zurück. „Na dann los, es wird Zeit für eine Pause.", sagte sie mit mehr Entspannung in der Stimme. Wir fuhren mit dem Aufzug in den ersten Stock. Währenddessen fragte ich „Das alles ist sehr persönlich. Stört es da keinen, wenn wir zusehen?" „Die meisten haben damit kein Problem. Sie verstehen, dass wir voneinander lernen. Jeder kann von jedem etwas lernen und für sich selbst umsetzen. Klar gibt es immer wieder mal jemanden der seinen Visionen nicht allen zeigen möchte aber auch dafür ist die

Verblendung gedacht, nicht nur für Visionen die andere verstören könnten.", wieder nickte ich kommentarlos. Wir kamen oben an und es war unglaublich aber Mario stand in der Küche und wartete mit selbst gemachter Pizza auf uns. „Na schön, dass wenigstens ihr pünktlich seid.", rief er uns gleich entgegen. Doch noch immer mit einem Lachen im Gesicht. Es schien fast so als könnte ihn nichts die Stimmung verderben. „Nehmt Platz, nehmt Platz. Wir haben Brokkoli-Gorgonzola, Speziale und Hawaii. Was darf es sein, Ladies?", fragte er uns und konnte es wohl kaum erwarten uns mit seinen Köstlichkeiten zu versorgen. Wir entschieden uns beide für die Brokkoli Pizza und ließen sie uns schmecken. Allmählich kamen immer mehr, die auf der Etage wohnten, und setzten sich zu uns. Sie wirkten teilweise etwas erschöpfter als gestern, vermutlich war das Training einfach anstrengend. Beth und Glenn kamen glücklich und Hand in Hand aus dem Fahrstuhl spaziert. Als Marco kam, sah man ihm seine Verzweiflung an und ich versuchte ihn nicht anzustarren. Sarah und

Ben kamen aus ihren Zimmern und setzten sich ebenfalls mit an den Tisch. „Hi Anne, wie ist dein erster Tag hier?", fragte Sarah gleich neugierig. Ich zögerte kurz und antwortete dann, „Einfach unglaublich." Ja diese Beschreibung traf es wohl am besten. „Habt ihr heute auch trainiert?", fragte ich Sarah zurück. „Nein bisher nicht, wir sind nach dem Essen dran.", antwortete sie. „Habt ihr da feste Zeiten?", wollte ich wissen. „Es gibt einen Trainingsplan. Dort kannst du dann sehen, wann du in welchem Cube trainierst.", erklärte Sarah mir. „Ach stimmt die Cubes haben Nummern, richtig? Das ist mir schon aufgefallen.", berichtete ich. Schon bei meinem ersten Besuch mit Tim sah ich, dass sich an den oberen linken Ecken kleine, in das Glas von außen eingravierte, Nummern befanden. Doch bei dem, was ich alles sah, schenkte ich ihnen nicht viel Aufmerksamkeit. „Ja, genau.", antwortete Ben. „Auf dem Plan siehst du dann den Tag, die Uhrzeit und die Nummer des Cubes. Wenn man es mit seinem Trainer bespricht, kann man auch abends und an den Feiertagen für

sich selbst trainieren. Dann sind die Cubes nicht ein-
geplant und es kann jeder trainieren der möchte.", erklärte er. Ich nickte ihm zu, weil ich gerade dabei war
in meine Pizza zu beißen. „Ich werde dir deinen Trainingsplan heute zum Abendessen mitbringen.", erklärte mir Charlie. „Dein erstes Training hast du
gleich morgen früh.", fügte sie hinzu. „Okay!", antwortete ich, nachdem ich meinen Mund wieder leer
hatte und mit wachsender Freude im Gesicht, weil
ich es irgendwie nicht erwarten konnte, selbst als
Teilnehmer in einen Cube zu gehen. „Beth, deine Vision war wirklich beeindruckend. So etwas habe ich
noch nie gesehen.", sprach ich sie quer über den
Tisch an. „Vielen Dank.", gab sie freudig und
schüchtern zurück. „Das war ein langer Weg und viel
Arbeit bis dahin.", setzte sie hinterher und blickte dabei freudestrahlend zu Glenn. Es war wirklich toll die
beiden zusammen zu sehen. Sie wirkten so harmo-
nisch und liebevoll aber nicht so, dass es einem au-
ßenstehenden unangenehm wurde.

Plötzlich stand ein Mann in der Küche, den ich bis dahin noch nicht gesehen hatte. Er war nur etwas größer als ich, so schien es, und hatte kurze dunkle Haare, die an den Seiten noch kürzer waren. Die mittleren Haare hatte er etwas nach oben gegelt. Er trug keinen Bart und seine Statur war eher schmal. „Mahlzeit!", warf er einfach in die Runde und bediente sich an den Pizzen, die in der Küchenzeile nebeneinanderlagen. Seine Stimme wirkte ebenso besonders wie gewöhnlich. „Mahlzeit!", gaben wir alle zurück. Er nahm sich den Teller mit seinen Stücken und wollte wieder in die Richtung, aus der er kam. „Ach Daniel, das ist Anne. Ihr hab euch, glaube ich, bislang nicht kennengelernt, oder?", sprach Sarah ihn quirlig an. Er drehte sich um und sah kurz zu mir auf. Ich erschrak förmlich, denn sein Blick traf mich wie ein Blitz. Seine Augen wirkten sowohl grimmig als auch teilnahmslos und auf eine seltsame Art intensiv abweisend. Sie waren strahlend blau, wie ein weites Meer. „Hi.", sagte er zu mir. Ich erstarrte kurz und gab ein schüchternes „Hallo.", zurück. Dann drehte er sich um und ging in sein Zimmer. Anscheinend merkte man mir an, wie perplex ich war. Bisher waren alle so nett, freundlich und umgänglich und er war das so gar nicht. „Denk dir nichts der ist zu allen so.", tat Sarah sein Verhalten gleich ab und gestikulierte mir ihrer Hand dazu so als sollte ich ihn einfach vergessen. „Alles klar.", gab ich lächelnd und erleichtert, dass es wohl offensichtlich nicht an mir lag, zurück. Wir aßen auf und als wir alles weggeräumt hatten, sagte Charlie, „So dann mach ruhig etwas Pause. Ich würde sagen, wir treffen uns in einer Stunde oben bei Philip und klären alles weitere Organisatorische." „Ja, klingt gut.", gab ich darauf zurück. Wir verabschiedeten uns beiläufig und zufrieden und mit vollem Magen machte ich mich auf den Weg in mein Zimmer. Vor meiner Türe angekommen hatte ich auf einmal ein seltsames, beklemmendes Gefühl. Ich drehte mich um. Plötzlich sah ich, wie eine Tür, die meinem Zimmer schräg links gegenüber war, offenstand. Als ich an ihr entlang nach oben blickte, konnte ich Daniel dahinter sehen und er starrte mich grimmig durch den Türspalt an, bevor er dann mit einem Ruck die Tür schloss. Ich erschrak. Das war seltsam und unangenehm. Ich wandte mich wieder schnell meiner Türe zu und verschwand im Zimmer. Natürlich sperrte ich dieses Mal erst recht hinter mir ab. Was war nur mit diesem Typen los. Seltsamer Mensch, dachte ich mir und freute mich dann Luna und Minzi zu sehen. Ich ruhte mich etwas aus und mir gingen die ganzen Bilder durch den Kopf, die ich an diesem Vormittag gesehen hatte. Es war alles so neu und aufregend, aber auch teilweise so traurig und emotional. Mit einem Mal schossen mir wieder die Augen von Daniel ins Gedächtnis. Doch das machte mich eher sauer und ich wollte keine Zeit damit verschwenden, über jemanden nachzudenken, der ganz offensichtlich kein Interesse an irgendjemandem hier hatte. Vielleicht hatte er auch einfach eine ganz besondere Form von Angst. Na ja, dachte ich mir. Letzten Endes musste ich mich ja nicht mit jedem hier gut verstehen also schenkte ich ihm keine Aufmerksamkeit mehr. Ich stellte mir einen Wecker und schlief ein wenig. Doch noch bevor dieser klingelte, klopfte es dreimal so laut an meiner Tür, dass ich vom Bett aufschrak.

TRAINING

Ich wollte die Tür öffnen doch hatte kurz ein mulmiges Gefühl es könnte eventuell Daniel sein. Nach seinem Verhalten eben hatte ich auf einen Besuch von ihm recht wenig Lust. Gott sei Dank befand sich in der Tür ein Spion und etwas angespannt und auf Zehenspitzen sah ich hindurch. Es war Mario und jetzt verstand ich auch, warum das Klopfen so kraftvoll war. Ich öffnete die Türe. „Hast du den hier verloren?", fragte er mich und hob dabei einen Ohrring vor sich in die Luft. „Ah ja, tatsächlich.", antwortete ich, fuhr mir dabei mit den Händen über die Ohrläppchen und merkte, dass einer fehlte. Es war ein kleiner Sternohrring mit einem blauen Steinchen darin. Meine Schwester hatte sie mir zu meinem letzten Geburtstag geschenkt. „Dankeschön.", sagte ich zu

Mario und war heilfroh, dass er ihn gefunden hatte. „Aber gerne doch. Bis später.", er legte mir den Ohrring in die Hand, lächelte und verschwand dann wieder Richtung Küche. Ich blieb kurz in der Tür stehen und konnte es mir nicht verkneifen, einen schnellen Blick nach schräg gegenüber zu wagen. Doch die Türe war verschlossen. Dann ging ich wieder in mein Zimmer und sperrte ab. Ich machte den Ohrring an mein Ohr und dachte dabei an meine Schwester. Ich werde sie unbedingt noch anrufen müssen. Natürlich konnte ich ihr von dem Ganzen dort nichts erzählen, aber sicher wäre sie froh, wenn sie wüsste, dass es mir gut ging und mir einem Arzt half meine Ängste in den Griff zu bekommen. Und so war es tatsächlich, nur etwas anders als sie vielleicht dachte. Einmal gedanklich in meine ‚andere' Welt eingetaucht dachte ich auch an Tom und ob er mich wohl bald vermissen würde. Natürlich blöd, dass wir nie Nummern ausgetauscht hatten. Dann schweiften meine Gedanken zu meiner Arbeit und mir drehte sich etwas der Magen um. Es war mir immer unangenehm gewesen mich krankzumelden und jetzt würde ich zum einen länger ausfallen und zum anderen hatte ich keinen Grund, den ich dafür hernehmen konnte. Am besten wäre es ich würde gar nicht erst anfangen, einen zu suchen, sondern einfach sagen, dass ich für längere Zeit ausfallen werde. Ich atmete kurz durch, nahm mein Handy und rief direkt bei meinem Chef an. Dann wäre es erledigt und ich müsste nicht immer wieder darüber nachdenken. Als er ranging, schien er offensichtlich beste Laune zu haben. Ich erklärte ihm, dass ich morgen nicht kommen und auch für längere Zeit ausfallen würde. Eine entsprechende Krankmeldung bekäme er noch zugeschickt. Zum Glück reagierte er sehr freundlich und mitfühlend. Er fragte, ob er sich Sorgen machen müsste doch ich beruhigte ihn und nach einem kurzen Small Talk beendeten wir das Telefonat. Ich war heilfroh, dass das nun erledigt war. Jetzt konnte ich mich ganz auf das Training konzentrieren. Bis zum Treffen mit Charlie hatte ich noch eine halbe Stunde und in der Zeit blätterte ich die Telefonliste durch und füllte meinen Anmeldebogen aus, um ihn später Philip wiederzugeben. Sie wollten Standartsachen wissen und ich musste natürlich eine Datenschutzerklärung darauf unterschreiben. Außerdem gab es einen Hinweis zur Verschwiegenheitspflicht über das Center und eine Einverständniserklärung darüber, dass die Trainings aufgezeichnet werden durften. Ich fragte mich zwar wofür das gut war aber sicher hatten sie ihre Gründe dafür. Als alles ausgefüllt war kuschelte ich noch kurz mit meinen Katzen, machte mich wieder fertig und fuhr in den sechsten Stock zu Philip. Charlie wartete dort bereits auf mich. Wir begrüßten uns kurz beiläufig, weil wir uns ja an diesem Tag alle schon gesehen hatten und Philip übergab mir einen Stapel an Klamotten. Es waren zwei Garnituren Sportanzüge in einem wunderschönen Silber. Hosen, T-Shirts und Trainingsjacken. Auf der obersten Jacke sah ich auf der linken Brustseite in Schwarz meinen Namen stehen und das fühlte sich richtig gut an. Endlich war ich ein Teil von dem allen hier. Ich konnte es gar

nicht erwarten loszulegen. „Hier ist noch deine
Krankmeldung von Dr. Leon. Er hat sie für zwei
Wochen geschrieben. Solltest du länger bleiben, bekommst du natürlich wieder eine neue. Du musst mir
nur noch sagen, wo ich sie hinschicken soll.", erklärte
mir Philip freundlich. Ich gab ihm die Adresse und
den Namen des Ladens sowie den ausgefüllten Fra-
gebogen. „Deine Wäsche kannst du übrigens mit diesem Sack hier in der Wäscherei abgeben. Wir rufen
dich dann auf deinem Zimmer an, wenn sie wieder
sauber ist. Die Wäscherei ist den Flur entlang, letzte
Türe links.", fügte Philip noch hinzu und ich fing an
mich wie in einem Hotel zu fühlen. „Gut, dann haben wir soweit erst einmal alles. Danke Philip!", kam
von Charlie. „Ja, vielen Dank!", setzte ich hinterher.
„Immer gerne, dafür bin ich hier.", antwortete er.
Wir liefen vom Tresen weg, wieder in den Aufzug.
„So hast du Lust auf einen Kaffee?", fragte mich
Charlie mit breitem Grinsen. „Ja klar." Wir fuhren in
den ersten Stock. „Bring deine Sachen ruhig auf dein

Zimmer, dann brauchst du sie nicht mitzuschleppen.", sagte sie. „Trinken wir den Kaffee nicht in der Küche?", fragte ich nach während Charlie einen Fuß in die Aufzugstür stellte damit sie nicht wieder zuging. „Nein, im Bistro.", antwortete Sie. Anscheinend sah ich ziemlich verwundert aus, weshalb sie fragte, „Hat dir das Tim nicht gezeigt?" „Nnnein", gab ich verwundert zurück. „Na ja, er ist halt eben auch nicht mehr der Jüngste.", sagte Charlie scherzhaft und lachte dabei. Ich brachte meine Sachen wie sie sagte aufs Zimmer und kam dann zurück zu ihr. Auf Etage Null gingen durch eine Tür, die sich von uns aus an der rechten Seite der Halle befand und dahinter zeigte sich ein wunderschönes und gemütliches Bistro.

Gleich rechts von uns war ein schöner langer Glastresen mit kleinen Leckereien wie Plunder, Pizzastücke, Sandwiches und Kuchen und vor uns gab es mehrere kleine Tische mit gemütlichen und modernen Polsterstühlen, die wiederum direkt vor einer großen Glasfront standen. In der Mitte davon stand eine Flügeltür weit auf, durch die man auf eine Terrasse, mit ebenfalls ein paar Tischen und Stühlen und auch mehreren Loungemöbeln, nach draußen kam. Diese schloss dann wiederum an den wunderschönen Garten an. Hinter dem Tresen waren zwei junge Männer, die elegante Schürzen trugen. Auch sie waren schwarz und silbern, so wie die Trainingsanzüge der Teilnehmer und Trainer. Außerdem trugen sie kleine Klemmschildchen auf denen ihr Name stand. Der eine hieß Oliver. Er war groß, hatte kurze Haare, keinen Bart und eine schwarze rechteckige Brille. Der andere Max, war eher klein mit Bauch, etwas längeren Haaren und kurzem Bart. Hinter Ihnen machten sich zwei riesige Kaffeemaschinen und viele Schieferschildchen, auf denen Angebote standen, breit. Vor uns waren noch zwei Teilnehmer die gerade etwas bestellten, deswegen stellten wir uns an. Ich sah mich um und entdeckte in der Ecke uns gegenüber einem weiteren offenen Raum der wie ein kleiner Indoorspielplatz oder gar ein Kindergarten wirkte. Dort spielten bereits einige Kinder und ich sah die junge blonde Frau mit ihrem kleinwüchsigen Trainer, die ich schon am Vormittag sah, als sie beide in einen Cube gingen. Sie beugte sich gerade herunter zu einem jungen Mädchen und nahm es in den Arm, so als würden sie sich begrüßen. „Was ist das?", fragte ich meine Trainerin. Sie folgte meinem Blick und erklärte dann, „Das ist unsere Kinderbetreuung. Nicht alle haben die Möglichkeit hier zu wohnen, weil sie unter anderem Kinder haben. Dann können sie nur für das Training kommen und ihre Kleinen können sie hier zu Betreuung abgeben. Da es oft die gleichen Kinder sind haben sich schon richtige Freundschaften entwickelt und die Betreuerinnen sind wirklich super im Umgang mit den Kids." Dann wandte sie sich ab und sprach mit den beiden Herren hinter dem Tresen. „Hey ihr zwei.", begrüßte Charlie sie. „Ich nehme einen Cappuccino und was möchtest du Anne?", sie drehte sich zu mir. Ich überflog die Tafel und obwohl ich eigentlich erste einen Kaffee wollte, sah ich die Teeauswahl. „Eine Tasse grünen Tee, bitte.", das musste einfach sein. Irgendwie war ich nämlich ganz schön auf Entzug von meinen Gewohnheiten. Ich suchte mit meinen Augen weiter, ob es nicht eventuell ein täglich wechselndes Pasta Gericht gab. Doch ich fand nichts und als ich so vor mich hinsuchte, hörte ich plötzlich Gekicher. Anscheinend hatte Oliver mich angesprochen, doch ich war zu vertieft in meine Suche. Ich fing selbst an zu grinsen. „Entschuldigung, wie bitte?", fragte ich nach. „Ob du neu hier bist, wollte Oli wissen.", wiederholte Charlie das, was ich offensichtlich verpasst hatte. „Oh ja, ich bin seit gestern hier." „Hör auf so viel zu quatschen und mach den Tee fertig, Oli!", hörte ich Max rufen, der gerade dabei, war den, Kaffee für Charlie zu machen und mit dem Rücken zu uns stand. „Wenn du mal etwas schneller arbeiten würdest, bräuchtest du meine Hilfe gar nicht!", gab Oli spitz zurück. Ich war etwas erstaunt über den rauen Umgangston, doch Charlie brachte Licht ins Dunkle. „Wunder dich nicht, die sind immer so zueinander. Wie ein altes Ehepaar, sie können schlecht mit aber auf keinen Fall ohne einander." Alle drei lachten. „Tja, ich befürchte, da hast du Recht", gab Max hinzu und fing an uns abzukassieren. Zum Glück hatte ich meinen kleinen Geldbeutel mitgenommen. „Hier zahlt jeder das, was er bestellt. Getränke und Essen, was in den Flurküchen oder in der Trainingsetage zur Verfügung steht, stellt das Center bereit.", erklärte Charlie. Während sich Oli und Max wegen den zu belegenden Brötchen neckten nahmen wir an einen der Tische auf der Terrasse Platz. Auf den Weg dorthin konnte ich beobachten, wie die hübsche Frau ihr Kind an der Hand nahm und sich von ihrem Trainer verabschiedete. Dieser nahm ihre Hand und vergewisserte sich, ob sie ein Armband trug. Als wir draußen Platz genommen hatten, verließ sie das Café mit dem Mädchen über die Terrasse. Das Wetter war absolut herrlich und die Sonne verbreitete gute Laune. Ich lehnte mich etwas zur Charlie rüber, die gegenüber von mir saß und fragte, „Die blonde Frau mit dem kleinen Mädchen eben.", Charlie nickte. „Wer ist sie?", fragte ich neugierig, obwohl mich das eigentlich nichts anging. „Das ist Lisa. Sie, na ja, sie ist eine Teilnehmerin vom ersten Unterge-schoss.", ich wusste, dass sie damit die meinte, die gefährdet waren sich selbst zu verletzen. „Normaler-weise wohnt sie bei uns, doch sie lebt in Scheidung und an den Tagen, an denen sie ihre Tochter bei sich hat, kommt sie nur zum 'ambulanten Training'," fuhr sie fort und setzte den letzten Teil in fiktive Satzzei-chen. „Aber ist das nicht sehr gefährlich. Ich meine für beide?" „Ja leider, Dr. Leon kann in diesen spezi-ellen Fällen ein Medikament verschreiben, dass für die Zeit, in der sie nicht hier ist, zur Beruhigung bei-trägt. Allerdings ist das keine Dauerlösung. Zudem hat sie auch außerhalb immer ihr Armband bei sich und wenn es sein muss, fährt ihr Trainer und ein Sa-nitäter zu ihr.", klärte sie mich weiterhin auf. „Also können sie die Armbänder aufspüren? Mit GPS?", fragte ich gleich hinterher. „Ganz genau.", sie machte eine kurze Pause. Anscheinend wirkte ich ziemlich besorgt. Ich wollte nicht daran denken, was alles pas-sieren könnte und obwohl ich diese Frau nicht ein-mal kannte, fiel sie mir einfach auf. Sie hatte so ein sanftmütiges und wunderschönes Erscheinungsbild, wie eine Elbe aus ‚der Herr der Ringe‘, dass ich einfach nicht übersehen konnte. Charlie legte ihre Hand auf meine, „Hier ist sie wirklich gut aufgehoben. Ihr Trainer ist sehr erfahren und weiß wie er ihr helfen kann. Jeder Trainer und jeder Mitarbeiter ist hier sehr bemüht, den Menschen zu helfen. Gemeinsam schaffen wir das, solange wir füreinander da sind und voneinander lernen kann unsere Bürde zu einem Geschenk werden.“, setzte Charlie nach, weil sie meine Besorgnis offenbar bemerkte. Ich lächelte sie an, ihre Worte machten mich sehr glücklich. Sie hielt kurz inne, lehnte sich zurück und wechselte das Thema. „Ich würde mich gerne mit dir über das Training morgen unterhalten, über den Ablauf.“, fing Charlie an. Ich nickte ihr zu und war gespannt, was sie zu sagen hatte. „Wir starten mit Phase 1 Visionen also Visionen, die von stimulierenden Momenten, Triggern, ausgelöst werden und üblicherweise mit der, die für den Teilnehmer etwas weniger instinktiv ist. Bei dir ist das der Autounfall. Dein Ziel soll es sein, dir einen positiven Verlauf vorzustellen und dabei ist es das Einfachste und Beste du stellst dir vor, wie es nicht passiert.", sie machte eine Pause, doch ich hing gebannt an ihren Lippen und wollte mehr erfahren also sprach sie weiter. „Wenn du spürst, dass in dir Bilder hochkommen, wie das Auto die Fahrbahn verlässt oder wie der Fahrer das Lenkrad bewegt, dann komm genau dann im Moment zurück. Fühle den Untergrund mit deinen Füßen und spüre die Luft, die du einatmest. Auch, wenn es dir so vorkommt, aber du musst nicht hetzen. Halte inne, komm in den Moment und dann stell dir vor, wie das Auto einfach an dir vorbeifährt und ihr beide sowohl sicher als auch unverletzt in euren Autos weiterfahrt." Wieder machte sie eine Pause. Ich dachte kurz nach und sagte dann, „Okay, das klingt logisch." „Du wirst in dem Moment, wenn die Vision kommt Angst verspüren, doch erinnere dich an gute, glückliche Gefühle. Denke daran, dass alles gut wird und nichts passiert und vergiss deine Details nicht. Deine Vorstellung, wie das Auto an dir vorbeifährt, muss ebenso exakt sein, wie die schlimmere Vision.", betonte sie eindringlich. Meine Ellenbogen hatte ich auf dem Tisch aufgestellt und meine Finger über dem Tee ineinander gekreuzt. Ich legte meinen Mund auf meine Hände und wippte mit meinem Kopf hin und her. „Okay, ich versuche es", gab ich angespannt und herausgefordert zurück. Ich wollte es unbedingt auf Anhieb gut machen auch, wenn Charlie danach nochmals betonte, dass es keine Schande ist, wenn es nicht sofort klappt. Das alles würde jedem viel Zeit und Übung abverlangen. „Was sind Phase zwei Visionen?", frage ich, weil ich wieder an den Anfang des Gesprächs dachte. „Das sind Visionen, die wir selbst auslösen möchten. Sobald du Kontrolle über die P1 Visionen hast, kannst du üben die Kontrolle über das Visionieren an sich zu erlangen. Das heißt du schaffst es, dir zu jeder Zeit und an jedem Ort eine Vision zu verschaffen.", Charlie wurde immer langsamer beim Reden so als würde sie mir ein riesiges Geheimnis anvertrauen und das war es für mich auch. „Wie bitte?", ich ließ mich in meinen Stuhl nach hinten und die

Arme nach unten fallen. „Ja.", antwortete sie nur. Ich war vollkommen perplex. Immer wenn ich dachte, ich hätte alles verstanden, kam eine neue Information, die unerwarteten Ausmaße mit sich brachte. Ich versuchte darüber nachzudenken, welche Möglichkeiten dadurch entstehen würden und was das für mich, mein Umfeld und die ganze Welt bedeuten könnte. „Du könntest also gezielt Dinge sehen und erleben, die du eben gerade möchtest. Ganz für dich, ohne dass du davor jemals Angst empfinden müsstest und vor allem immer dann, wenn du es möchtest. Aber das bringt auch viele komplizierte Gefahren mit sich. Darüber sprechen wir, wenn P1 abgeschlossen ist. Versuche dich darauf zu konzentrieren und alles Weitere kommt zu seiner Zeit o. k.?" „Okay.", gab ich sehr erleichtert zurück, weil das nun doch langsam anfing, meinen Horizont zu sprengen. „Sehr gut.", sagte sie und lächelte mich an. „Ich werde mich jetzt an deinen Trainingsplan machen. Sehen wir uns zum Abendessen?". „Alles klar, ja gerne. Danke, Charlie!", gab ich zurück. Mit zufriedener Miene ging sie wieder rein und ich saß noch eine Weile draußen, trank meinen Tee aus und genoss die Sonne.

Plötzlich klingelte mein Handy. Alex rief an. Ich nahm den Videoanruf entgegen und war heilfroh, dass ich gerade ohnehin draußen war und damit überall hätte sein können. „Hi, Alex.", versuchte ich so glücklich und positiv wie möglich zu klingen. „Hey, na wie geht es dir? Was treibst du?", fragte sie neugierig nach. Ich erzählte ihr, dass es mir gut ginge und ich gerade in der Stadt in einem Café wäre. Sie machte sich Sorgen und erkundigte sich nach dem Arzttermin bei Dr. Fischer, von dem ich ihr im Vorfeld erzählt hatte. Natürlich gab ich von diesem Gespräch nur Positives zurück und dass ich froh war diesen Schritt gegangen zu sein. So war es ja wirklich. Dann band ich ihr einen kleinen Bären auf und erzählte ihr, dass ich nun öfter zu Dr. Fischer gehen würde und voller Zuversicht war, dass sie mir dabei helfen könnte meine Albträume loszuwerden. Alex war sehr erleichtert und das machte mich glücklich.

Wir unterhielten uns noch eine Weile bis sie das Gespräch beendete, weil ihr die Kinder wohl nebenbei den ganzen Kühlschrank ausräumten. Ich lachte nur und verabschiedete mich von ihr. Mit einem großen Schluck machte ich meine Tasse leer und stellte sie in einen Tablettwagen der auf der Terrasse stand. Dann entschied ich mich dazu noch etwas durch den Garten zu spazieren und zur Ruhe zu kommen. Ich lief einen gekiesten Weg entlang, der durch einen dichten und saftigen Rasen verlief und kam an dem Pavillon vorbei, unter dem ich mit Tim am Vortag saß. Er war hinter hohen Hecken gelegen, weshalb er den Blick auf das Bistro versperrte und ich es deshalb auch noch nicht gesehen hatte. Ich ging weiter und kam an eine kleine Brücke über die ich ging und unter der sich ein wunderschöner Teich befand der mit Wasserrosen übersät war. Zwischen ihnen konnte man immer wieder schwimmende Goldfische erkennen. Der Weg ging weiter an großen schönen Trauerweiden vorbei, die im saftigen grün strahlten und deren

Blätter im leichten Wind sanft hin und her schwingen. Ich folgte ihm und ging einmal um das komplette Gebäude, das ich immer noch aufgrund seiner ungewöhnlichen sechseckigen Form und seiner einzigartigen Fassade bewunderte. Überall befanden sich Blumenbeete, Sträucher und Hecken und immer wieder fand man einen kleinen Pavillon der zum Verweilen einlud. Es war so ruhig und wunderschön. Als ich dann vorne am Eingang ankam, ging ich durch diesen zurück ins Gebäude. Als ich die Tür öffnete und das Schild daneben mit dem Wort „Heilanstalt" darauf sah, musste ich bei dem Gedanken an meine erste Reaktion schmunzeln. Einige Stunden zuvor wollte ich noch wegrennen und jetzt mochte ich gar nicht mehr gehen. Ich lief zum Fahrstuhl und drückte den Knopf um nach oben zu fahren. Als die Türe aufging, stand darin Daniel. Verdammt, eine Anspannung machte sich in mir breit wie ein Blitz. Er sah mich an und als ich reinging dauerte es einen kurzen Moment voller Stille bis er dann sagte „Und hast du dich schon eingelebt?", ich konnte es nicht fassen, denn als ich zu ihm sah, lächelte er. Und ich konnte es nur ungern eingestehen, doch dieses Lächeln war so schön, dass es mich ganz aus der Fassung brachte. Wie ein Trottel starrte ich ihn an und benötigte gefühlt ewig für meine Antwort. „Ja.", wieder legte ich eine Pause ein „So langsam schon", fügte ich noch hinzu. Verlegen wand ich meinen Blick ab und als ich so neben ihm stand und etwas zu ihm rüber sah, viel mir seine Hand auf. Sie wirkte stark und drahtig. Mit einem Mal hatte ich ein unbändiges Verlangen sie zu berühren. Es zog mich beinahe tatsächlich zu ihm hin und deshalb war ich froh als der Fahrstuhl aufging, bevor ich mich noch völlig zum Obst machte. Ich blickte noch einmal kurz zu ihm, versuchte ein kleines Lächeln herauszuquetschen und huschte dann in Richtung meines Zimmers. Als ich hörte, wie sich die Aufzugtüre schloss, drehte ich mich noch einmal um. Er war nicht ausgestiegen, sondern weitergefahren und ich brachte mich hinter meiner Tür in Sicherheit. Nein bitte nicht, ich

hatte wenig Interesse daran wieder das durchzuma-
chen wie mit Mark, jetzt, wo ich ihn doch erst einmal
für eine Weile los war. Ich versuchte meine Gedanken auf sein seltsames Verhalten und nicht auf sein
wunderschönes Lächeln zu lenken und dann ging es
mir auch schon besser. Mein Blick fiel auf meine
Trainingsanzüge, die ich zuvor nur auf mein Bett geworfen hatte, um Charlie nicht so lange warten zu
lassen. Ich hob die Jacke, die obendrauf lag an und
hielt sie mir vor dem Spiegel an den Oberkörper, so
als würde ich sie tragen. Es gefiel mir, was ich sah
und ich konnte es nicht erwarten am nächsten Morgen in den Anzug zu schlüpfen und offiziell ein Teilnehmer zu werden. Kurz überlegte ich, ob ich darin
zum Abendessen gehen sollte doch da ich bisher
nicht ein einziges Training absolviert hatte, würde ich
mir damit selbst heuchlerisch vorkommen. Ich ver-
trieb mir die Zeit noch etwas am Handy und ging
dann Richtung Küche, sobald ich von dort Geräusche wahrnahm. Mario kochte und ich half ihm dabei. Er testete ein neues Rezept aus dem Internet und

ich tat einfach, was er mir sagte. Am Ende ergab es eine Art Auflauf mit sehr viel Käse. Zwischendurch kamen immer mehr Leute von diesem Flur und mit jeder Person mehr wurde ich nervöser ob Daniel auch kommen würde. Doch er kam nicht. Beim Essen fragte ich unschuldig in die Runde „Isst Daniel nichts?". Marco antwortete „Ne, der isst nur sehr selten was bei uns mit und wenn dann alleine so wie heute Mittag. Tim sagte, er würde viel trainieren und keine Ahnung was er auf seinem Zimmer sonst so treibt.", er schmunzelte etwas als er das sagte, so als würde er an etwas Schmutziges denken und ein paar der anderen stiegen auf diesen Gedanken mit ein. „Wie lange seid ihr eigentlich hier?", die Frage ging wieder an alle. Einer nach dem anderen antwortete. Beth und Glenn waren seit einer Woche da. Sie verbrachten hier gemeinsam ihren Urlaub und hatten noch zwei Wochen vor sich. Anstatt an einen schönen Urlaubsort zu fahren, kamen sie meistens ins Center und trainierten miteinander. Es gefiel ihnen anscheinend in die Welt des anderen einzutauchen.

Ben und Glenn waren seit zwei Monaten und Mario seit zwei Wochen da. Alle kamen immer wieder in regelmäßigen Abständen, weshalb sie sich auch schon länger kannten. Je nachdem wie gut ein solcher Aufenthalt in ihr Privatleben passte, waren sie für ein paar Tage oder Wochen im Center. Sarah war bereits seit knapp vier Wochen da. Ich hatte sie beim Training bisher nicht gesehen deshalb fragte ich nach, was bei ihr Visionen auslöst. „Ich bin ein Hypochonder so wie Ben und Marco.", erzählte sie mir offen. „Wir sind aktuell die drei Psychos.", sagte sie lachend. „Sind wir das nicht alle?", gab ich zurück und wir alle lachten. Mehr oder weniger waren wir ja alle in einem Boot. „Mario, was ist mit dir?", wollte ich wissen, denn ich konnte mir bei ihm nur schwer vorstellen, dass er überhaupt vor etwas Angst hatte. „Ich habe extreme Angst vor Bienen und Wespen. Ich bin gegen sie allergisch und bekomme daher immer Panik, wenn eines der Viecher in meine Nähe ist. In meinen Visionen stechen sie mich und ich erleide dann einen anaphylaktischen Schock. Das Problem ist…", „dass du ihn alleine durch die Vision davon schon bekommst.", antwortete ich für ihn, überrascht darüber, dass ich das wohl verstanden hatte, was Charlie versuchte mir zu erklären. „Ganz genau.", antwortete Mario mit ernster und leidender Stimme, so als würde er sich an seine Schmerzen zurückerinnern. Ich signalisierte ihm mit meiner Mimik mein Mitgefühl. Es war auch bei ihm wieder mal nicht vorstellbar, welche Ängste und Qualen er damit erleiden musste. Schließlich hatte jeder hier ein normales Leben und Mitmenschen, die wahrscheinlich gar nicht damit umzugehen wussten oder Leute wie uns aus Unwissenheit für verrückt hielten. Na ja, wer konnte es ihnen verübeln, ich hielt mich ja selbst für verrückt. „Und wie ist das bei Daniel?", fragte ich ganz beiläufig und hoffentlich unauffällig. Es antwortete keiner und alle sahen sich fragend an. „Hm gute Frage, irgendwie weiß, dass keiner so genau.", antworte Sarah, die offenbar selbst darüber verwundert war.

Wir aßen, unterhielten uns und als wir aufräumten, kam Charlie noch mit meinem Trainingsplan vorbei. Ungeduldig schaute ich darauf und sah ihn mir an. Ich hatte die nächsten drei Tage jeden Tag Training und war sehr aufgeregt. Ich bedankte mich bei ihr und wir verabschiedeten uns alle um zu Bett zu gehen. Doch aus einem unbekannten Grund konnte ich nicht so recht einschlafen. Es war halb zehn abends und ich fragte mich, ob das Bistro wohl noch geöffnet hatte. Mir fiel ein, dass es unter den Schiefertafeln auch eine mit verschiedenen Cocktails gab. Sicher hätten sie die nicht angeboten, wenn sie so bald schon geschlossen hatten. Also schlich ich mich aus meinem Zimmer und fuhr hinunter. Ich hoffte, sie hätten dort ein paar Zeitschriften oder ein gutes Buch. Ohne Fernseher war es mir abends etwas zu langweilig und ich hatte nichts was mir beim Einschlafen helfen konnte. Als ich reinging, begrüßte mich Oli gleich von rechts. „Hey, Anne. Was kann ich für dich tun?". Er liebte, seine Arbeit hier das spürte man sofort. „Hey, habt ihr vielleicht etwas zum Lesen? Eine Zeitschrift oder ein Buch?", fragte ich vorsichtig nach. „Wird dir hier schon langweilig, ja?", fragte er scherzhaft nach. „Ich brauche nur etwas zum Einschlafen.", erklärte ich mich schüchtern. „Verstehe, verstehe.", gab er wieder lächelnd zurück. „Hier ums Eck ist ein Aufsteller mit Zeitschriften, da ist sicher etwas für dich dabei." Er zeigte mit seiner Hand an das andere Ende vom Tresen. Ich ging dorthin und war überrascht, wie viel Auswahl doch vorhanden war. Es freute mich, dass ich diese gute Idee hatte hier nachzusehen. Mit meinen Augen überflog ich Stück für Stück die Zeitschriften vor mir und hatte vier für mich ausgesucht. Eigentlich handelten alle vom Laufsport. Dabei fiel mir ein, dass ich dort wohl die Tage unbedingt mal wieder zum Laufen gehen sollte. Meine Schuhe hatte ich jedenfalls eingepackt. Ich nahm die vier aufeinander in meine Hand und wollte zu Oli an die Kasse. Als ich mich umdrehte, sah ich Daniel der mit einem Buch und einer Tasse Kaffee an einem Tisch saß. Er starrte mich an. Ausdruckslos. Es war kein böser Blick aber auch nicht überschwänglich freundlich. Ich starrte ihn kurz an, warum wusste ich selbst nicht, rang mir dann schnell ein kleines Lächeln ab, um nicht allzu seltsam zu wirken und bezahlte ganz aufgeregt. Dann machte ich mich schnell wieder auf den Weg nach oben. Währenddessen konnte ich wieder nur den Kopf über mich selbst schütteln. Mein Herz schlug schneller und nur Gott wusste warum. Es nervte mich, dass ich mir selbst immer das Leben so schwer machte und fing an meine Reaktionen auf gewisse Männer gar nicht mehr ernst zu nehmen. Als ich im Bett lag, blätterte ich noch eine Weile durch eines der Magazine und las einen Artikel über eine neue Trainingsmethode. Noch bevor ich damit fertig war, schlief ich ein. Doch ich schlief unruhig, aufgewühlt und träumte viele schnelle Träume durcheinander. Wahrscheinlich war ich einfach wahnsinnig aufgeregt wegen meines ersten Trainings. Am nächsten Morgen klingelte der Wecker und ganz hibbelig machte ich mich fertig, hüpfte in meinen Trainingsanzug, frühstückte wieder mit Mario und fuhr in die Trainings-halle. Acht Uhr, Cube vier. Charlie war mal wieder vor mir da und wartete schon auf mich. „Guten Mor-gen!", begrüßte ich sie. „Guten Morgen. Und ner-vös?", kam von ihr zurück. „Und wie!", antwortete ich. Mit der Zeit trudelten immer mehr in der Halle ein und die Cubes füllten sich stetig. Auch wir zogen unsere Schuhe aus und gingen rein. „Guten Morgen Charlie, guten Morgen Anne!", begrüßte uns Mary und wir begrüßten sie ebenso. Ich fing an, über das ganze Gesicht zu strahlen, weil ich das einfach immer noch so cool fand. Charlie nahm die Maske von der Wand und gab sie mir. Ich zog sie an und sie passte wie angegossen, wirklich angenehm. „Drückt sie dich irgendwo?", frage Charlie höflich nach. „Nein, sie sitzt hervorragend.", gab ich zurück. Dann liefen wir in die Mitte des Raumes. Mein kleiner Untergrund hatte raue Kieselsteine. Als ich darauf stieg, dachte ich an einen Aufenthalt am See vor einigen Jahren bei mir Zuhause. Dort waren die Kieselsteine ebenso rau und es tat jedes Mal weh, wenn ich entweder in das

Wasser ging oder herauskam. Der Vorteil war, dass ich hier nicht viel laufen musste. Jetzt stand ich da also mit meiner Maske und war sehr aufgeregt. Ich versuchte locker zu bleiben doch es fühlte sich an, als würde ich in einer Achterbahn sitzen, die jeden Moment anfangen würde zu beschleunigen. „Perfekt!", sagte Charlie, als sie mich positioniert hatten. „Ich komme sofort wieder.", sagte sie und ging raus. Kurz darauf kam sie mit einem Stuhl wieder rein und stellte ihn hinter mich. „Da du ja in einem Auto sitzen wirst, wird es dir helfen auch wirklich zu sitzen. Das macht das Ganze etwas realer und es Mary etwas leichter.", erklärte sie und ich nahm Platz. Charlie stellte sich wieder vor mich. Versuche ganz ruhig zu bleiben und sieh dir einfach erst einmal an, was passiert und wie du reagierst. Ich werde fürs Erste draußen warten, um dich nicht noch nervöser zu machen. Wenn die Vision vorbei ist, kannst du einfach sitzen bleiben, ich komme dann zu dir." Ich nickte und brachte fast kein Ton mehr raus. Es war ein seltsames Gefühl, denn ich war zwar komplett unter Anspannung aber gleichzeitig voller Freude, dass es endlich losging. Als Charlie aus dem Cube lief, wagte ich einen Blick nach draußen und schaute nach ob da noch jemand stand der mich beobachtete. Doch da war keiner, nur Charlie. Alle anderen Teilnehmer und Trainer waren mit sich selbst beschäftigt und das beruhigte mich etwas. „Sollen wir loslegen, Anne?", fragte Mary und ich blicke schnell wieder gerade aus, um mich bereitzumachen. Dann atmete ich noch einmal tief ein und aus und antwortete, „Kann losgehen." Es dauerte einen Augenblick und plötzlich verwandelte sich der Raum um mich herum.

Ich saß wirklich eins zu eins in meinem Auto. Ich konnte es nicht glauben. Es sah ganz genauso aus und die Strecke war auch die gleiche. Vollkommen verdutzt über diesen Zustand war ich ab da schon ganz unfähig zu reagieren. Als dann das Auto auf der Gegenfahrbahn entgegenkam, fehlte mir die Kraft und Geistesgegenwärtigkeit um einen Unfall zu verhindern. Die Angst nahm mir jede Form der Kontrolle. Es war als hätte mich etwas in diese Vision gezogen, so stark und intensiv. Erst als ich das Blut in meinem Gesicht spürte, änderte sich mein Umfeld wieder in die wunderschöne grüne Wiese, die Mary für mich einblendete. Ich saß völlig geschockt da. Charlie kam zu mir und ging vor mir in die Hocke. „So hatte ich mir das nicht vorgestellt.", sagte ich zu ihr. „Ich weiß.", antwortete Sie und legte ihre Hand tröstend auf mein Knie. „Es ist alles in Ordnung. Du musst dich erst daran gewöhnen und es ist ganz normal, dass es nicht auf Anhieb klappt. Wenn das so wäre, bräuchten wir das alles hier gar nicht.", erklärte sie tröstend. „Dein Unfall war ungeheuer präzise. Jedes Detail war sehr echt und realistisch. Es ist gut, dass du hier bist. Mich wundert es, dass es bisher nicht wahr geworden ist.", das ließ mich wieder hellhörig werden. „Ich weiß es ist schwer, aber je intensiver, je realistischer eine Vision ist, desto schwieriger ist es auch sie zu kontrollieren. Das mag dir jetzt noch frustrierend vorkommen doch eines Tages wird genau das deine Stärke werden.". Ihre Worte beruhigten mich und gaben mir wieder Mut. „Möchtest du eine kurze Pause?", fragte sie freundlich. „Nein, ich möchte es gleich noch einmal versuchen." „Okay, bleib locker und wenn es nicht klappt, ist es auch nicht schlimm. Du hast hier alle Zeit der Welt. Denke an deinen Boden, verbinde dich mit ihm.", antwortete sie und drückte mit ihren Händen dabei leicht auf meine Fußoberflächen. Dann fing alles wieder von vorn an und es hatte noch ganze fünf Anläufe gebraucht, bis sich endlich etwas in mir tat. Beim sechsten Anlauf in Folge, konnte ich in dem Moment als ich das Auto sah, die Steine unter meinen Füßen wahrnehmen. Ich spürte, wie sie sich unangenehm in meine Sohlen drückten und sah mich für eine Millisekunde nicht nur in der Vision, sondern auch in dem Raum sitzen. Zwar konnte ich die Vision nicht aufhalten doch etwas veränderte sich. Danach machten wir doch eine kleine Pause und setzten uns auf das große Sofa. Während sie mir eine Flasche Wasser öffnete und reichte, erzählte ich

Charlie davon, wie es sich für mich anfühlte und welchen Unterschied ich wahrnehmen konnte im Gegensatz zu den Visionen davor. Sie wirkte zufrieden, „Das klingt schon sehr gut. Du machst das super!", sagte sie mit freudiger Miene. „Versuche dir schon im Vorfeld immer wieder vorzustellen, wie das Auto einfach an dir vorbeifährt. Wenn du das verinnerlichst, hilft es dir, wenn du dich in diesem Moment erst mal nur erinnern musst. Und dann ist es wichtig die Konzentration darauf zu halten und es für dich real werden zu lassen.", stimmt das war eigentlich eine gute Idee. „Ich komme gleich wieder." Sie stand auf und lief zu einem anderen Trainer, den sie sah und mit dem sie offenbar noch etwas zu besprechen hatte. Ich schloss derweil die Augen und lehnte meinen Kopf nach hinten in das gemütliche Rückenteil des Sofas. Dann versuchte ich mir bildlich exakt das vorzustellen von dem Charlie eben sprach und ging es immer wieder durch. „Na machst du ein Nickerchen?", fragte mich eine freundliche weibliche

Stimme, die aber eindeutig nicht Charlie war. Ich öffnete die Augen und vor mir stand Lisa. „Nicht ganz.", antwortete ich lächelnd. „Hi, ich bin Lisa.", stellte sie sich vor und setzte sich mir gegenüber. „Anne.", sagte ich nur. „Du bist neu hier, oder?". „Ja seit zwei Tagen und heute ist mein erster Trainingstag.", erzählte ich ihr mit etwas Erschöpfung in meiner Stimme. „Ist gar nicht so leicht, wie es aussieht, oder?", fragte sie nach. „Ja, das stimmt allerdings." Sie interessierte sich für meine Vision und wollte wissen wie ich sie verändern wollte. Ich erzählte ihr von dem Autounfall, die Vision mit dem Messer schnitt ich nur kurz an. Da ich ja grob wusste, um was es bei ihren Visionen ging, war es mir etwas unangenehm nachzufragen doch dann tat ich es doch damit sie nicht den Eindruck bekam, ich würde kein Interesse zeigen. „Ich habe Angst davor mich selbst zu verletzen. Es ist seltsam, aber ich habe manchmal Panik, etwas Böses ist in mir das in bestimmten Situationen schlimme Dinge machen möchte. Ich kann zum Beispiel kein Messer in der Hand halten, weil ich dann

Angst habe ich verletze mich damit. Auch über hohe Brücken traue ich mich nicht zu laufen oder zu fahren, weil ich dann Panik bekomme, dieses Böse in mir könnte mich dazu bringen dort runterzuspringen. Es ist schwer zu erklären.", sie wirkte etwas verzweifelt, so als könnte sie es keinem wirklich begreiflich machen, ohne schräg angeschaut zu werden. „Ich verstehe schon.", sagte ich zu ihr und wollte ihr zeigen, dass sie damit bei mir auf Verständnis traf. Sie lächelte und wir unterhielten uns noch kurz, ehe Charlie zu mir kam und mich zur nächsten Runde wieder mit in Cube vier nahm. Wir absolvierten dort weitere fünf Runden und mit jeder wurde der Moment der Gegenwart intensiver. Ich konnte immer deutlicher den Untergrund spüren und bewusster atmen. Teilweise sah ich sogar die Vision, die ich mir ausgemalt hatte, doch dann wurde sie von dem Unfall wieder verdrängt. Ich dachte wirklich nicht, dass das so schwierig ist, aber anscheinend war mein Fortschritt trotzdem recht gut und Charlie war mehr als zufrieden damit. Als wir fertig waren beendete sie das

Training und ich hatte den Rest der Zeit für mich. Ich war zwar hoch motiviert und gerne hätte ich weitergemacht doch nach den permanenten angsteinflößenden und schmerzhaften Momenten, die zwar nicht echt waren aber sich wie echt anfühlten, war ich doch ganz schön erledigt und eine Dusche war auch notwendig. Also verabschiedeten wir uns und ich fuhr in meinen Flur, um erst einmal in mein Zimmer zu gehen. Als sich die Tür öffnete, sah ich Tim, Daniel und einen der anderen Trainer in der Küche sitzen. Alle drei lachten. Alle drei, auch Daniel. Sie schienen sich wohl gut zu unterhalten und dieses Lächeln von Daniel war für mich das schönste das es gab. Es war mir unbegreiflich, doch in diesem Moment konnte ich nur Glück empfinden. Mein Herz ging auf und es fühlte sich an als hätte ich etwas Wundervolles gefunden, nach dem ich schon immer gesucht hatte. Dieses Lächeln war für mich der Inbegriff von Freude und Liebe und ich konnte mir einfach nicht erklären warum. Aber das war es was ich dabei fühlte.

ch lief an den Tisch und begrüßte sie und gerade als sich Tim nach meiner ersten Trainingseinheit erkundigte, stand Daniel auf und sagte. „Ich bin dann mal weg." Es klang trocken und beiläufig und es ärgerte mich. Er lief zum Aufzug und verschwand. Warum ging er jetzt? Nur, weil ich kurz da war? War ich ihm so zuwider? Ich hatte das Bedürfnis mich einfach mal mit ihm zu unterhalten. Ganz normal doch aus einem unbekannten Grund schien das nie möglich. Sein Benehmen brachte mich in Rage. Tim und der Trainer sahen sich nur an, mit Blicken, die wohl etwas zu bedeuten hatten, die ich aber nicht verstand. Meine Laune wurde schlechter und ich versuchte höflich das Gespräch mit Tim zu beenden und einfach schnell in mein Zimmer zu kommen. Nun war mein Zimmer meine neue Höhle geworden und es ärgerte mich, dass es in einer so wunderbaren Umgebung wieder einen einzigen geben musste, der mich dazu brachte mich seltsam zu fühlen und mich aufzuregen. Ich sah Luna und Minzi und die beiden taten mir leid, dass sie nur hier in diesem Zimmer waren, doch da ich Daniel einfach immer noch nicht einschätzen konnte, hätte ich kein gutes Gewissen gehabt sie rauszulassen. Wer wusste schließlich schon, was mit ihm nicht stimmte. Ich beschloss sie nach dem Duschen in ihre Tasche zu packen und mit ihnen nach draußen zu gehen. Das tat ich dann auch. In einem der Pavillons auf der Rückseite des Gebäudes nahm ich auf dem Boden Platz und öffnete die Tasche. Ich war gespannt, ob sie herauskommen würden denn als reine Hauskatzen waren sie von Natur aus ängstlicher als andere. Sie trauten sich dann aber Stück für Stück aus der Tasche und sahen sich im Pavillon um. Von der einen Seite schien die Sonne herein und warf einen schönen Kreis auf den Holzboden und die beiden warfen sich direkt in ihren Schein. Sie fühlten sich wohl und mir tat es gut ihnen zuzusehen und zur Ruhe zu kommen. Mein Blick schweifte über die wundervoll bunten Blumen, die das Holzhäuschen umgaben und die riesen Trauerweiden die immer wieder entlang des Gebäudes zu sehen waren. Irgendwann lehnte ich meinen Kopf gegen die Holzwand und schloss die Augen. Eine ganze Weile döste ich so vor mich hin und war überrascht, dass der Garten trotz vieler Teilnehmer so leer war. Als die Sonne verschwand und es anfing, kalt zu werden, packte ich die zwei wieder ein und ging hoch in mein Zimmer. Auf den Weg dort hin fing mich Sarah ab. „Hey, heute ist Bistroabend, kommst du mit?". „Ja, wann?", frage ich. Sie antwortete, dass sich alle um achtzehn Uhr in der Küche treffen und wir dann gemeinsam herunterfahren würden. „Alle? Also der ganze Flur, oder?", fragte ich nach und wollte natürlich wissen, ob Daniel mit dabei ist. Ich hoffte, meine Fragerei würde nicht mal jemandem auffallen. „Ja, genau.", antwortete Sie. Obwohl er mich so aufregte, hoffte ich dennoch, dass er wirklich mit dabei war. Ich konnte mir selbst nicht erklären warum. Ich machte mich also zum Ausgehen fertig und kam zum vereinbarten Zeitpunkt in der Küche an. Natürlich waren alle da außer Daniel. Es machte mich wahnsinnig und ich kämpfte damit, meine gute Laune nicht zu verlieren. Wir suchten uns einen schönen Platz im Bistro, an dem alle Platz hatten und bestellten Cocktails und etwas zu Essen bei Oli und Max. Ich entschied mich für ein großes Sandwich mit Hummus und Grillgemüse. Wir aßen, tranken und unterhielten uns durchgehend über alles Mögliche. Jeder erzählte immer wieder eine witzige Geschichte aus seiner Vergangenheit und seinem Privatleben und wir lachten und verstanden uns gut. Kurz vor Mitternacht machten wir uns dann auf den Weg in unsere Zimmer und gingen ins Bett. Ich sah erneut auf meinen Plan um zu sehen, wann genau am nächsten Tag ich Training hatte. Ich musste erst nach dem Mittag unten sein also konnte ich auf jeden Fall ausschlafen, weshalb ich mir auch keinen Wecker stellte. Mitten in der Nacht wurde ich wach und bekam Durst. Also warf ich mir meinen Morgenmantel über und lief in die Küche um ein Glas Wasser zu trinken. Als ich zum Waschbecken lief, sah ich, wie Daniel dort stand. Auch er war gerade dabei, sich ein Glas Wasser einzuschenken. Mir rutschte das Herz in die Hose und je näher ich ihm kam, desto mehr schlug es. „Hi.", sagte ich. Von ihm kam nichts. Er machte lediglich wortlos Platz, damit ich auch an den Wasserhahn kam. Ich holte aus dem Schrank darüber ein Glas heraus. In dem Moment als ich das Wasser aufdrehte, stellte er sich hinter mich, und zwar so nah, dass ich seinen Körper an meinem spüren konnte. Seine rechte Hand legte sich an meine Hüfte während er mit der anderen Hand meine Haare sanft zur Seite schob und somit meine rechte Halsseite freilegte. Dann fing er an, mit seinen Lippen ganz nah an mich heranzukommen und sie über meinen Hals gleiten zu lassen. Ich spürte seinen Atem auf meiner Haut und es fühlte sich so gut an, dass ich meinen Kopf zur Seite legte, um ihm noch mehr Platz zu gewähren. Seine Hände griffen fester in meine Taille und er zog mich näher an seinen Körper heran. Ich konnte spüren, wie erregt er war, doch dann plätscherte mir das Wasser über die Hand und ich war zurück im Jetzt. Ich hatte eine Vision und erschrak richtig. Damit hatte ich nun wirklich nicht gerechnet. Hektisch stellte ich das Wasser aus und drehte mich um. Er stand da und wie angewurzelt starrten wir uns tief in die Augen. Ich wusste nicht, ob ich atmete. ‚Oh mein Gott‘, schoss mir durch den Kopf. Die Anspannung, die zwischen uns entstand, war so spürbar, dass es mich wunderte, dass keine Blitze entstanden. Es war so intensiv und ich hielt es nicht mehr aus. Wie ein aufgescheuchtes Reh löste ich den Blick und huschte in mein Zimmer. Ich rannte schon fast, schloss die Tür und lehnte mich von innen an sie. Nachdem ich etwas durchgeatmet hatte, ging ich wieder ins Bett und ich war so aufge-wühlt und so erregt, dass ich gefühlt sofort von ihm träumte. Am nächsten Morgen wusste ich nicht mehr genau was in dem Traum alles passierte doch es war ein unglaublich schönes Gefühl, mit dem ich in den Tag startete. Ich überlegte, ob er etwas von meiner Vision gemerkt haben könnte oder ob er mich ein-fach so verwundert ansah. Egal, wie, ich beschloss mir nichts anmerken zu lassen, sollte ich ihm über den Weg laufen. Dennoch raste mein Herz schon be-vor ich dir Tür öffnete, um zum Frühstück zu gehen und ich wusste, das würde jetzt den ganzen Tag so gehen. Ich versuchte meine körperliche Reaktion auf ihn einfach so gut es ging zu ignorieren und ging raus.

FEST

Als ich aus dem Zimmer kam, sah ich vor seiner Tür
einen Koffer stehen. Es sah so aus als würde er
abreisen. Ich wusste nicht ganz, ob es mich ärgerte
oder ob ich froh war, damit innerlichen Ballast loszuwerden. Während des Frühstücks mit Mario lief Daniel dann mit seinem Gepäck in der Hand vorbei und
warf uns ein kleines „Ciao.", zu ohne uns großartig
dabei anzusehen. Wir erwiderten seinen Abschied
und er stellte sich in den Aufzug, drehte sich um und
blickte mich an. Bis die Tür schloss, sahen wir uns
tief in die Augen und konnten unseren Blick nicht lösen. Es raubte mir wirklich den Atem. Seine tiefblauen Augen zogen mich jedes Mal in seinen Bann
und ich verlor mich regelrecht darin. Dass in einem

Blickkontakt so viel Energie und eine so starke Verbindung liegen konnte, brachte mich ganz aus der Fassung. Als die Tür zu und er verschwunden war, merkte ich wie Mario mich ansah. Er hatte unseren Blickkontakt wohl bemerkt und sah fragend aus. Dann huschte ein kleines Schmunzeln über seine Lippen und ich fragte völlig verwirrt, „Was?" Doch er antwortete nur, „Gar nichts.", während sein Schmunzeln in ein Lächeln überging. Da ich das alles selbst nicht verstand, ließ ich es auch gut sein und war froh nicht darüber reden zu müssen obwohl ich immer noch von meinen Gefühlen überrumpelt war. Nach dem Frühstück ging ich noch etwas ins Bistro und genoss eine Tasse Tee, bevor ich dann zum Training ging. Das Mittagessen ließ ich ausfallen, denn das Frühstück war schon üppig genug gewesen. Charlie und ich machten uns wieder an die Arbeit und nach zwei Fehlversuchen verlief die dritte Vision wieder etwas anders. Es war eine Art Mischung aus erst passiert nichts, doch dann lief die Zeit rückwärts und das Auto fuhr doch in mich. Diese Kontrolle zu erlangen, war wirklich ein Kraftakt. Nach den ersten paar Wiederholungen machten wir wieder eine kurze Pause. Ich sah Sarah im Cube neben mir und beobachtete sie eine Weile. Es sah aus, als würde sie sich in einem Wohnzimmer befinden und sie saß auf einem Sofa. Es war hübsch und modern eingerichtet und hatte einen sehr femininen Touch. Ich konnte mir gut vorstellen, dass es wohl ihr eigenes Wohnzimmer war. Plötzlich atmete sie schnell und beugte sich nach vorn. Sie hielt sich ihre linke Schulter und schien Schmerzen in der Brust zu haben. Ganz offensichtlich hatte Sarah Angst davor, einen Herzinfarkt zu erleiden. Ich fieberte mit ihr und sah wie ihre Trainerin, die hinter ihr stand, ebenso gebannt das Geschehen beobachtete. Dann stand Sarah auf, streckte sich und setzte sich mit zufriedener Miene wieder auf das Sofa. Der Schmerz war offensichtlich vergangen und die Panik mit ihm. Ich sah, wie das Licht sich an der Türe von rot auf grün schaltete. Wirklich toll, sie hatte es geschafft und ich freute mich sehr für sie. Auch ihre Trainerin konnte es nicht erwarten, sie zu bejubeln. Als die beiden rauskamen beglückwünschte ich Sarah. „Das war sehr beeindruckend." „Danke, ich habe es das dritte Mal geschafft. Hoffentlich bleibt es jetzt so stabil", antwortete sie. „Wie lange hast du denn gebraucht, um das so hinzubekommen?", frage ich neugierig. „Ich trainiere an dieser Vision, seit ich hier bin.", erzählte sie mir. Also ganze vier Wochen, schoss es mir in den Kopf. Oh Mann, was hatte ich da wohl noch alles vor mir. In mir machte sich etwas Verzweiflung breit, weil ich aufgrund meiner natürlichen Ungeduld gehofft hatte, ich würde schneller in meinen Visionen vorankommen. „Hast du noch andere Visionen, die du trainieren musst?", fragte ich außerdem, während wir uns eine Flasche Wasser holten. „Ja. Schlaganfall.", sagte sie und musste gar nichts mehr weiter erklären. Sie fragte mich, wie es bei mir lief und ich erzählte ihr davon. Offenbar hatte sie diese Vermischung der Visionen auch und es sei ganz normal. Außerdem bewunderte sie mich, weil sie für diesen Schritt wohl ganze zwei Wochen gebraucht hatte.

Ich sollte also mehr als zufrieden mit meiner Entwicklung sein. Motiviert starteten wir beide wieder ins Training und bei mir wurde von Mal zu Mal die Vision, die ich erreichen wollte länger und realistischer, doch ich konnte den Unfall nach wie vor nicht abwenden. Charlie war sehr happy und auch ich fing an mich weniger unter Druck zu setzen und einfach Spaß an den Fortschritten zu haben. Und so trainierten wir auch die folgenden Tage weiter daran. Die Zeit verflog, vor allem an den Trainingstagen und wenn ich mal einen Tag Pause hatte, genoss ich die freie Zeit im Bistro oder im Garten mit meinen Katzen, einer Zeitschrift und guter Musik, die ich mit kabellosen Kopfhörern über mein Handy abspielte. Es war nicht nur Training, sondern wie eine Art Kur für meine ganze Seele. Zwischendurch dachte ich immer wieder an Mark, mein ‚altes' Leben und vor allem an Daniel. Doch dann fiel es mir leicht mich wieder auf das zu fokussieren, warum ich dort war. Ich liebte es mit jedem Mal mehr, Visionen zu bekommen und mit ihnen zu arbeiten. Es fühlte sich wie eine Art Berufung an und das gab mir ein inneres Gefühl der Ausgeglichenheit. Mein Leben lang hatte ich nie wirklich eine spezielle Leidenschaft für irgendetwas entwickelt. Klar, das Laufen tat mir gut und machte mir Spaß aber ansonsten bin ich nie wirklich in etwas aufgegangen. Die Menschen um mich herum, die in ihre Bücher versunken waren, leidenschaftlich und intensiv einem Hobby wie Autoschrauben oder Angeln nachgegangen sind, habe ich immer etwas bewundert. Gerne wollte ich auch etwas haben für das ich morgens früher aufstand und abends länger wach blieb. Doch jetzt schien ich es gefunden zu haben und zwar nichts was mir mal so einfiel, sondern etwas was ein essenzieller Teil von mir war. Ich sprach mit Charlie darüber, dass ich vorhatte, Laufen zu gehen. Eine schöne Runde durch den Wald um das Gebäude. Doch sie hielt das für keine gute Idee, so lange ich meine andere Angstvision nicht im Griff hatte. Sobald wir mit dem Training dieser Vision angefangen hätten und ich erfolgreich wäre sie zu kontrollieren sollte meiner künftigen Laufkarriere nichts mehr im Weg stehen, erklärte sie mir mit einem humorvollen Lächeln. Da ich aber dennoch das Bedürfnis hatte mich draußen zu bewegen, fragte ich Lisa, ob sie nicht Lust hatte, mit mir regelmäßig eine Runde im Wald spazieren zu gehen. So wäre ich schließlich nicht alleine und die Situation eine andere als bei meiner Vision. Unsere Trainer hatten dagegen keine Einwände. Im Gegenteil, sie hielten es für eine gute Idee, denn so konnte auch Lisa einmal etwas ohne ihren Trainer machen. Also trafen wir uns regelmäßig und liefen durch den wunderschönen Wald. Wir unterhielten uns über alles Mögliche. Ich erzählte ihr von meinem Leben. Von meinen Eltern und was geschah, meiner Schwester, meiner Arbeit, Tom und Mark. Sogar von Olaf erzählte ich ihr. Und sie wiederum berichtete mir über ihr Leben. Ihr noch Ehemann war, in meinen Augen, unglaublich ekelhaft zu ihr. Von seiner Seite aus gab es kein Verständnis für ihre Ängste und anstatt ihr zu helfen, überschüttete er sie mit Vorwürfen und Erniedrigungen. Sie berichtete mir wie es zur Scheidung kam und dass sie innerlich den Visionen daran die Schuld gab. Für sie war das alles nur noch ein Fluch, weil es ihr Leben komplett auf den Kopf stellte. Doch sie arbeitete daran, es auch als etwas Positives zu sehen, so gut sie konnte. Wahrscheinlich fiel ihr genau aus diesem Grund auch das Kontrollieren so schwer. Sie erzählte mir auch von ihrer Tochter und wie sie sie vermisste. Am liebsten hätte sie die kleine jeden Tag bei sich doch in ihrem Zustand war das einfach nicht möglich und auch das machte die Beziehung zwischen ihr und ihrem vermeintlichen Talent nicht wirklich besser. Ich bewunderte sie dennoch dafür, dass sie, obwohl die Visionen ihr so viel genommen und sie so in ihren privaten Bedürfnissen eingeschränkt hatten, sich dafür entschied zu kämpfen und nicht vorab für den Weg der Medikation und das sagte ich ihr auch immer wieder. Ich war wirklich beeindruckt von ihr und es tat mir leid, dass jemand der äußerlich wie innerlich so wunderschön war, so hässlich leiden musste.

Auch deshalb versuchte ich ihr bei jeder Gelegenheit Mut zu machen und ihr gut zuzureden. Sie konnte es schaffen, daran glaubte ich ganz fest und ich wollte, dass sie das weiß. Kurz bevor meine zwei Wochen vorbei waren, hatte ich dann endlich den Durch-bruch. Als ich im Cube saß, die Füße auf die Steine drückte, einen langen Atemzug nahm und das Auto einfach an mir vorbeifuhr, ohne dass sich noch ein-mal etwas veränderte konnte ich es nicht glauben. Mit dem Ende der Vision fing ich an zu jubeln und vor Freude aufzuspringen. Charlie freute sich ge-nauso wie ich und eine große Erleichterung machte sich in mir breit. „Gleich noch einmal!", sagten sie und ich schon fast synchron und lachten dann dar-über.

Den Rest der Trainingszeit verbrachte ich immer wieder damit, die ‚neue' Vision durchzuspielen und jedes Mal gelang es mir auf Anhieb. Nach dieser Einheit stand ich unglaublich glücklich und zufrieden unter der Dusche. Ich machte mir Musik an und sang lauthals mit, während ich mich kämmte, eincremte und anzog. Dann beschloss ich meine Flur-Gang auf einen Cocktail einzuladen und ging von Tür zu Tür um ihnen Bescheid zu geben. Alle waren dabei und wir trafen uns wieder zur gleichen Zeit wie immer in der Küche, um dann gemeinsam ins Bistro zu gehen. „Auf dich, Anne!", sagte Ben. „Auf uns alle!", fügte ich hinzu und wir stießen an. Ben war auch Hypochonder und hatte extreme Angst vor einem Hirntumor. Bei jedem Anzeichen von Kopfschmerzen oder wenn er sich mal versprach oder etwas fallen ließ, brach er in Panik aus. Er bekam, dann jedes Mal eine Vision. Nicht selten holten wir seinen Trainer, der ihn dann wieder beruhigte. Auch Sarah und Mario gerieten immer wieder in Panik und hatten Visionen. Das war auf jeden Fall eine Bürde die ihre Angst mit sich brachte, dass sie nicht nur eine Vision hatten, sondern auch in einen Panikzustand verfielen und der Unterschied zwischen Vision und Realität nur schwer für sie zu erkennen war. Jede Angst war für sich so komplex, dass wir großes Glück hatten im Center sein zu dürfen und Hilfe zu bekommen.

Nicht nur von den Trainern auch von anderen Visionären, die einem eine Art von Halt geben konnte, wie es ein nicht Visionär nie geschafft hätte. „Bald ist das große Fest.", erzählte Glenn. „Fest?", fragte ich. „Ja, das Fest der Visionäre. Es kommen alle möglichen Leute. Investoren, alte Teilnehmer, aktuelle Teilnehmer.", erklärte er mir. „Ah, davon hatte mir Tim am Anfang kurz erzählt.", gab ich zurück. „Wo findet das statt?", fragte ich weiter. „Hier im Center. Die Eingangshalle wird dann zu einem riesigen Festsaal umgemodelt. Meistens gibt es eine Live Band und exklusives Essen. Es ist wirklich immer toll und es werden keine Kosten und Mühen gescheut.", antwortete mir Ben. „Na, das klingt doch spaßig.", ich lächelte. „Wann genau ist das?". „Nächste Woche schon, am Samstag.", sagte Ben. Dann fingen sie an alte Storys von den letzten Festen zu erzählen und wie peinlich der ein oder andere getanzt hatte. Auch Tim schien es auf solchen Veranstaltungen wohl faustig hinter den Ohren zu haben. Wir lachten und unterhielten uns den ganzen Abend und jeder einzelne von ihnen war Balsam für meine Seele. Am nächsten Tag hatte ich kein Training, also verbrachte ich den Vormittag im Bistro und den Nachmittag mit Lisa und ihrer kleinen achtjährigen Tochter Stella und den Katzen im Pavillon. Stella war ein sehr höfliches und schüchternes Mädchen. Sie hatte ebenso wunderschöne lange blonde Haare und grüne Augen wie ihre Mutter und war mir von Anfang an sehr zugänglich. Nachdem sie eine Weile mit den Katzen spielte, kam sie zu mir und sagte, „Nenne eine Zahl zwischen zwei und zwanzig.". „Hmmmm,..elf.", sagte ich. Dann erklärte sie mir ein Spiel bei dem man seine Hand aussteckte, der andere legte seine darauf und dann der andere wieder seine zweite Hand auf die des Spielpartners. Das ging so oft wie die Zahl, die man gesagt hatte. Der, dessen Hand am Ende ganz oben war, gewann. Außerdem hatte jeder zweimal die Möglichkeit auszusetzen. „Du fängst an!", forderte sie mich auf. Ich streckte meine Hand aus, sie legte ihre darauf, dann ich wieder meine und im Anschluss setzte sie einmal aus. Wir legten unsere Hände weiter aufeinander bis wir bei der Zahl elf angekommen waren und ihr Hand lag oben. „Gewonnen!", jubelte sie und lachte dabei fröhlich. Wir spielten dieses Spiel noch ein paar Mal und die Zeit verflog wie im Nu. Am Abend machten sich die beiden auf den Heimweg und ich machte mich auf den Weg zum gemeinschaftlichen Abendessen. Es gab Rigatoni mit Gorgonzola Soße und ich liebte Mario dafür, dass er sich meiner Nudelsucht anpasste, nachdem ich ihm davon erzählt hatte, und nun immer öfter Pasta kochte. Zum Glück nahmen die anderen es mit Humor, dass sie fast jeden zweiten Tag Nudeln essen mussten. Nach dem Aufräumen halfen wir noch Glenn und Beth ihr Gepäck ans Auto zu bringen. Ihr Urlaub war vorbei und sie wollten am Tag darauf nach dem Frühstück abreisen. Was sie am nächsten Morgen dann auch taten. Ich verabschiedete mich nach meiner Tasse Kaffee und meinem Brötchen von ihnen und fuhr in die Trainingshalle. Heute hatte ich Cube sieben und ich war gespannt, was mich dieses Mal erwarten würde. Charlie kam etwas verspätet, was recht ungewöhnlich war. „Entschuldigung, ich musste die hier noch holen.", erklärte sie sich und trug einen schweren Karton vor ihrer Brust. Ich sah hinein und konnte nicht glauben, dass er tatsächlich mit Glassplittern gefüllt war. „Was hast du damit vor?", fragte ich fassungslos. Sie sah mich nur kurz an, ging in meinen Cube und schüttete die Splitter auf den Grounder, der nur eine tiefe flache Betonplatte in sich trug. „Nicht dein Ernst!", sage ich als sie mit dem leeren Karton wieder herauskam. „Wir können sie hier leider aus Sicherheitsgründen nicht dauerhaft liegen lassen, aber doch, Anne, das ist dein Untergrund für heute.", gab sie zu. Oh Mann, wie soll ich da unverletzt herunterkommen. „Heute starten wir mit deiner anderen Vision. Sie ist noch einmal etwas instinktiver als die Erste und wenn du denkst, die war schwierig dann warte mal ab bis du die hier versuchst zu kontrollieren.", Charlie lachte dabei, aber mir drehte sich ordentlich der Magen um. „Starke Visionen, fordern noch stärke Maßnahmen.

Vertrau mir, du wirst dich schon nicht verletzen.",
sagte sie fast beiläufig. Kurz fragte ich mich, ob
sie mich überhaupt noch ernst nehmen würde doch
dann begriff ich, dass es nichts brachte, die Angst vor
der Angst anzuheizen, sondern dass sie mit ihrer Art
genau das Richtige tat, und zwar mich aufzulockern
um nicht allzu verbissen und ängstlich an die Sache
heranzugehen. Es schafft einfach einen gewissen
Raum für Mut, wenn man nicht allzu ernst in das
Training startete. Wir begannen und ich stellte mich
behutsam auf die Glasscherben. „Versuche dein Gewicht gleichmäßig zu verteilen.", riet mir Charlie.
„Soll ich hierbleiben oder rausgehen?", fragte sie
mich dann. Intuitiv entschied ich mich dazu, dass sie
im Cube bleiben sollte. „Alles klar. Du wirst jetzt
wieder einer akuten Gefahr ausgesetzt. Versuche dir
vorzustellen, wie dieser Mann einfach weiterläuft.
Ohne, dass er dich angreift oder nur auf die Idee
kommt. Das wird beim ersten Mal nicht gleich klappen, wie du weißt. Egal, was du siehst oder fühlst,

denke daran es ist nicht echt." Ich war wirklich nervös. Auch wenn ich wusste, dass es nicht echt war, wusste ich dennoch, dass mich gleich ein Mann mit einem Messer angreifen würde. Und alleine die Erinnerung daran machte mich nervös. Mary holte sich wieder die Erlaubnis von mir ein, anfangen zu dürfen und bevor der Raum sich veränderte, sah ich kurz nach draußen. Marco und Ben standen gespannt davor und signalisierten mir, dass sie mir die Daumen drückten. Es war mir zwar bewusst, dass ich bisher nicht viel ausrichten konnte, doch ihr aufrichtiges Mitgefühl machte mir Mut und gab mir Kraft. Plötzlich sah ich sie nicht mehr, sondern nur noch Bäume und Wiese. Ich stand auf dem Weg, den ich immer entlanglief und schon von weitem konnte ich den Mann sehen, den ich beim ersten Mal als ich wirklich draußen war, auch sah. Es war verblüffend, wie echt das war. Mary erschuf das virtuelle Szenario anhand meiner Beschreibung und meiner Erinnerung und es erstaunte mich, dass ich mich wohl doch noch an so viele Details erinnern konnte. Auf dem Weg vor mir

klebten Kaugummis am Boden und rechts von mir
zwitscherten Vögel in einem Busch. Der Mann hatte
die gleiche Art zu gehen wie in echt und trug auch
dieselbe abgenutzte Kleidung. Visuell bewegte ich
mich vorwärts, obwohl ich eigentlich stand, doch das
nahm ich in diesem Moment nicht wahr. Für mich
war diese Vision real und beim Anblick dieses Man-
nes stieg in mir Frust, Wut, ja, sogar Hass auf. Alleine
die Tatsache, dass er dort war und eine potenzielle
Gefahr hätte werden können, machte mich wütend.
Wir näherten uns, er ging an mir vorbei und ich sah
seine dunklen bösen Augen. Alles an ihm fand ich
abstoßend und das spürte ich im tiefen Inneren.
Mein ganzer Körper spannte sich vor Angst an und
Sekunden später griff er mir wieder in die Haare. Er
drehte mich, hielt mir den Mund zu und stach mir
·mehrmals in den Bauch. Ich schrie auf vor Schmerz
und vor Angst, spürte das Blut in meinen Händen,
die ich auf die Stellen drückte, die schmerzte. Dann
riss er mich mit. Ich spürte, wie meine Umgebung
sich etwas änderte. Er war weg, doch ich lag noch da

und konnte mich nicht bewegen. Dann hörte ich meine Schwester. „Ich hab' dich so lieb, Anne.", hörte ich sie sagen. Das sagte sie immer, wenn wir uns verabschiedeten und sie mich ganz fest in den Arm nahm. Ich schloss kurz meine Augen, um ihre Stimme zu hören und als ich sie ein paar Sekunden später öffnete, stand ich da und sie umarmte mich. Ich konnte ihren Geruch und ihren festen Griff wahrnehmen. Im nächsten Moment entspannte ich mich wieder und der ganze Schmerz sowie die Angst verschwanden. Dann löste sich Alex auf und ich begriff wieder, wo ich eigentlich war. Charlie war sofort bei mir und nahm mich in den Arm. Ich weinte und zitterte am ganzen Körper, unfähig etwas zu sagen. Es fiel mir wirklich schwer, wieder im jetzt anzukommen. Direkt nach dieser Vision gingen wir raus und setzten uns auf das Sofa. Ich sah aus dem Augenwinkel wir Marco und Ben zu mir sahen, als wir rauskamen doch ich war unfähig sie anzusehen. Wie im Tunnel folgte ich einfach nur Charlie. Sie streichelte meinen Arm, gab mir Wasser und versuchte mich zu beruhigen. „Er hat öfter zugestochen als beim ersten Mal.", sagte ich ihr. „Was wirklich? Bist du dir sicher?", fragte sie aufgeregt. „Ja, beim ersten Mal war es einmal. Jetzt war es dreimal. Was hat das zu bedeuten?", fragte ich nach. „Beruhige dich erst einmal.", sagte sie und reichte mir wieder das Wasser. Ich trank und atmete. Mit jeder Minute ging es mir wieder besser. Ben und Marco kamen zu mir und setzten sich neben mich. Sie sagten nichts. Sie waren einfach da und zeigten mir ihr Mitgefühl. Als ich wieder normal atmete, fragte Charlie „Was hast du gespürt?". „Schmerzen.", gab ich sofort zurück. „Ich meine innerlich. Was hast du empfunden als du den Mann entdeckt hast." „Hass.", sagte ich ebenso schnell. „Du hast eine wachsende Vision. Deine Wut auf diesen Mann ist stärker geworden, weil du die Erinnerung an die erste Vision in dir hast. Du weißt ganz genau, dass er dir schon mal wehgetan hat und somit reagiert er auch extremer. Sein Verhalten ist ein Spiegel deiner Wut und damit deiner Angst.", erklärte sie mir. „Und was bedeutet das nun?", frage ich.

„Dass du auf keinen Fall mehr in Wirklichkeit in diese Situation kommen solltest so lange du noch keine Kontrolle darüber hast. Es muss nicht mal mehr der gleiche Ort und der gleiche Mann sein. Die Erinnerung an diese Vision ist wie ein Traumata, das du auf alle anderen ähnlichen Situationen projizieren könntest. Außerdem könnten sich deine Visionen mit jedem Mal schlimmer anfühlen. Das wird kein leichter Weg, Anne.", erklärte sie mir ganz offen. Na super, es war nicht ohnehin schon schwer genug, dann auch noch so etwas. Ich war sprachlos und mir liefen die Tränen wie kleine Bäche über die Wangen. Sie nahm meine Hand. „Aber wir bekommen das hin. Ich bin für dich da und du bist nicht alleine.", weil ich so weinte, konnte ich darauf nicht antworten. Ich hatte einen Kloß im Hals und versuchte einigermaßen langsam Luft zu holen ohne wie ein kleines Kind zu schluchzen. Marco und Ben standen auf und setzten sich genau neben mich. Sie nahmen mich in den Arm und sagten beide „Es wird alles gut. Hab keine

Angst." Ich fragte mich, womit ich diese Freundlichkeit verdient hatte, obwohl wir uns ja nicht mal lange
kannten. „Möchtest du morgen weitermachen?",
fragte Charlie. Und obwohl es mich ärgerte, aber ich
war in diesem Moment so überfordert, dass ich einfach erst einmal für mich sein wollte. Also sagte ich
ihr „Ja, bitte." und mit viel Verständnis verabschiedeten wir uns. Bevor ich in den Aufzug stieg, drehte
sich Charlie erneut zu mir und nahm meine Hände in
ihre. „Um diese Vision in den Griff zu bekommen,
musst du positive Gefühle hervorbringen.", sie
machten eine Pause. „Du musst sie IHM gegenüber
hervorbringen. Du darfst ihm gegenüber keine Wut
empfinden. Bestenfalls bringst du ihm sogar freundliche Gedanken gegenüber.", das verwirrte mich. „Wie
soll ich das denn schaffen? Er hat mich angegriffen
und tut es immer wieder.", gab ich etwas aufgebracht
zurück. „Ja, aber vergiss nicht, dass der Mann es
nicht von sich aus tat, sonst hätte er es schon tatsächlich getan. Sondern er tut es aufgrund deiner Vision.

Worauf du also Wut empfindest, ist auf einen fiktiven Menschen, den deine Angst für dich kreiert.", verdammt sie hatte recht. Schlagartig tat es mir schon fast wieder leid. Letzten Endes wusste ich nicht, wer dieser Mann war und ich wusste auch nicht ober er überhaupt jemals jemanden angegriffen hatte. „Versuche darüber nachzudenken und wir sehen uns morgen.", ergänzte sie mit freundlicher Stimme und ich machte mich auf den Weg in mein Zimmer. Dort angekommen warf ich mich auf mein Bett zu meinen schlafenden Katzen. Ich war noch immer aufgewühlt und wollte keinen sehen. Eigentlich war geplant, mit Lisa eine Runde spazieren zu gehen, doch ich schrieb ihr eine Nachricht, dass das Training sehr anstrengend war und ich mich lieber etwas ausruhen möchte. Sie antworte mit Verständnis und bot sich an, dass ich mich jederzeit melden konnte, wenn ich reden wollte. Ich bedankte mich und legte dann mein Handy beiseite. Draußen wurde es ohnehin langsam düster und Wolken zogen auf. Wahrscheinlich wäre ein Spaziergang ohnehin ins Wasser gefallen.

Ich riss das Fenster auf und genoss die frische kühle
Luft, die entstand und hörte, wie die Bäume mit ihren Blättern immer wildere Geräusche durch den
Wind entwickelten. In mir kam Freude hoch. Das
war jetzt genau das Richtige. Ich hoffte auf ein schönes Gewitter und hatte vor es mir ganz gemütlich zu
machen. Ich ging duschen, schlüpfte direkt in meinen
Schlafanzug, obwohl es noch nicht einmal Mittag war
und beschloss den ganzen Tag im Bett zu verbringen.
Erst blätterte ich in Zeitschriften, doch dann ärgerte
es mich doch wieder, dass ich keinen Fernseher hatte.
Das war jetzt genau das, was ich benötigte. Einfach
mal Netflix und Chillen. Dabei fiel mir ein, dass ich
mir einfach eine App laden und auf dem Handy
schauen konnte. Und das tat ich dann auch. Voller
Vorfreude startete ich meine geliebte Serie, die ich
gefühlt seit Wochen nicht angeschaut hatte, kramte
vorher noch eine Packung Chips heraus die ich Tage
zuvor im Bistro mal mitgenommen hatte und kuschelte mich auf mein Bett. Heute würde ich nicht
mehr aus dem Zimmer gehen und ich vergaß einfach

mal alles um mich herum. So war ich eben. Ich benötigte diese gedanklichen Pausen, um neue Kraft zu
schöpfen. Dort, wo andere Kontakt suchten und
gerne alles zerredeten, half es mir am meisten mich
einfach zu verkriechen und für mich zu sein. In diesen Momenten würden mich keine zehn Pferde unter
Leute bringen. Draußen zog wirklich ein Gewitter
auf und ich ließ das Fenster offen um den Wind zu
spüren, der durch das ganze Zimmer zog und um
den Regen zu hören. Ich tat genau das, was ich mir
vornahm. Und schon am frühen Abend schlief ich
tief und fest ein. Ich schlief durch bis zum nächsten
Morgen und wachte entspannt auf. Noch bevor ich
aus dem Bett stieg, streckte ich mich und kurz darauf
kamen mir die Bilder vom Vortag, von meiner Vision, wieder in den Kopf. Da war sie wieder, die Anspannung in mir. Beim Frühstück und auch während
des ganzen Vormittags dachte ich über das nach, was
Charlie mir am Ende gesagt hatte. Immer wieder ging
ich es durch und versuchte mir klarzumachen, dass
ich meine Emotionen so steuern musste, damit ich

keine Wut, sondern Freude oder Freundlichkeit empfand. Doch ich spürte wie es mir innerlich wider-
strebte, weil ich eine solche tiefe Abneigung empfand. Ich versuchte es aber, und auch beim Training
gab ich mir alle Mühe. Natürlich klappte es nicht.
Wieder weinte ich, doch ich konnte mich schneller
beruhigen als tags zuvor. Die Vision war genauso
und ist nicht schlimmer geworden und mein Schmerz
wandelte sich in Frust um. Ich wollte diese Gefahr
unbedingt überwinden und sehnte mich nach Kontrolle. Deswegen trainierte ich an diesem Tag wie
eine Verrückte. Immer und immer wieder ging ich
die Vision durch. Ich wusste nicht mehr, wie oft ich
mich der Situation aussetzte, bis Charlie mich dann
zu einer Pause zwang. Sie versuchte mir klarzumachen, dass Verbissenheit auch nicht viel weiterhalf,
doch das wollte ich in diesem Moment nicht hören
und auch nach einigen weiteren Versuchen war kein
Anzeichen von Kontrolle in Sicht. Die nächsten zwei
Tage waren Trainingsfrei und am zweiten hatte ich
mal wieder einen ausgiebigen Spaziergang mit Lisa.

Ich erzählte ihr von meinem Problem und was Charlie mir für einen Tipp gegeben hatte. Alleine davon zu sprechen, fiel mir schwer. „Ich verstehe dich. Mir geht es genauso. Die Angst, dass ich mich selbst verletzte wird nur noch durch die Wut auf mich verstärkt. Ich muss mir selbst vertrauen und mir Liebe schenken, doch das ist genau, das, was mir so schwerfällt.", erklärte sie mir. Dann fühlte ich mich wieder schlecht. Gelegentlich verlor ich die Menschen in meinem Umfeld aus dem Blick. Ich war dann so mit mir selbst beschäftigt, dass ich vergaß, dass alle anderen hier mindestens genauso eine schwierige Aufgabe und Bürde hatten. Es ging nicht nur mir so und jedes Mal, wenn mir das bewusst wurde, hatte ich zum einen ein schlechtes Gewissen und zum anderen war ich wieder froh auf Verständnis zu treffen. Wir unterhielten uns den ganzen Weg lang darüber. Lisa machte mir begreiflich, dass es nicht nur reichte positiv zu denken oder vorzuheucheln man würde positive Gefühle erwecken, sondern dass sie wirklich echt sein mussten. Wir mussten uns fühlen wie in unseren glücklichsten Momenten und erst dann bestand eine Chance auf Kontrolle. Ich dachte an meine Unfallvision und überlegte, warum es mir bei ihr so viel leichter fiel. Aber Charlie erklärte mir ja bereits, dass dies nicht meine instinktivste Vision war und außerdem löste sie nur Angst bei mir aus. Aber ich empfand keine Wut gegenüber dem Fahrer. Auch wenn ich mir nicht erklären konnte warum, es war so und bei der zweiten Vision war es eben ganz anders. „Jede Vision ist anders, wird anders ausgelöst und ist auf ihre eigene Weise mit uns verbunden. Und nur wir können diese Verbindung spüren. Weshalb auch nur wir sie beeinflussen können.", erklärte Lisa noch zusätzlich. „Ich weiß, es ist zäh, aber hab Geduld mit dir selbst. Jedes Training bringt dich weiter, auch wenn es sich mal nicht danach anfühlt.", sprach sie mir gut zu. Wir unterhielten uns noch kurz über das bevorstehende Fest und ich fragte, ob sie auch kommen würde. Aufgrund der Umgebung war ich mir nicht sicher, ob es eine gute Idee war. „Ja, wir vom Untergeschoss kommen auch. Wir müssen allerdings unsere Trainer durchgehend neben uns haben. So ist es am besten und das gibt auch uns Sicherheit.", erklärte sie mir. Wir verabschiedeten uns und irgendwie tat es mir immer leid, dass sie alleine auf ihr Zimmer ging und sich von vielem abschottete. Sicher taten ihr unsere Spaziergänge oder Sonnenstunden im Pavillon ganz gut, aber ansonsten war sie ziemlich gefangen. Als ich so in der Küche saß und einen Kaffee trank, dachte ich darüber nach, wie einsam sie wohl oft war. Dann hatte ich eine Idee. Ich ging in mein Zimmer und holte die schicksten Klamotten aus dem Schrank, die ich so dabeihatte, legte sie mir über den Arm, ging wieder raus und klopfte an Sarahs Tür. Als sie öffnete, fragte ich „Lust auf eine Modenschau?". Sie grinste, „Aber so was von!". Ich wies sie an auch ihre tollsten Kleider mitzunehmen, wir fuhren auf Lisas Etage und klopften an ihrer Zimmertür. Als sie öffnete, stürmten wir hinein wie zwei Teenager und riefen, „Mädels Abend!". Lisa fing an über das ganze

Gesicht zu strahlen. Man konnte ihr Ansehen, wie gut ihr das tat und wie sehr sie sich freute. Den restlichen Abend hörten wir Musik, es musste Ed Sheeran sein, weil Lisa einen totalen Crush auf ihn hatte und suchten Kleider für das Fest aus, indem jeder verschiedene Outfits anzog. Etwas später holte ich für uns alle Essen aus dem Bistro, wir lachten und unterhielten uns. Dann fragten die beiden mich nach einem Freund aus. Doch na ja, ich hatte natürlich keinen. Ich erzählte ihnen von meiner Verknalltheit in Mark und sie fieberten kichernd mit. Dann wollte ich ihnen von Daniel erzählen, doch dieses Thema sollte ich besser vergessen. Obwohl ich mich insgeheim nach seinen tiefblauen Augen, die mich immer aus der Fassung brachten, sehnte. Doch wenn ich jetzt wieder darüber reden würde, wäre alles erneut real und präsent und so schön seine Augen waren so ernüchternd war die aktuelle Situation. Er war momentan weg und das tat mir gut. Der Abend war so schön und wir beschlossen das Ganze öfter zu machen. Beim Training am nächsten Tag versuchte Charlie mal einen anderen Weg bei mir. Sie ließ von Mary eine glückliche Situation hervorrufen, indem sie mir meine Schwester zeigte und als ich das Glück und die Liebe in mir spürte, wechselte Mary in die Vision des Messerangriffs. Ich sollte so die positiven Gefühle, die in mir waren beibehalten und in die Vision übernehmen. Und tatsächlich zeigte sich am Ende des Trainings eine kleine Entwicklung. Der Angreifer wirkte viel freundlicher, seine Mimik entspannte sich. Allerdings nur bis zu dem Moment als er auf meiner Höhe war und wir uns in die Augen sahen. Dann übernahm wieder die Wut, der Hass und die Angst. Doch Charlie und auch ich waren zufrieden. Es klang albern, aber an den Schmerz hatte ich mich schon teilweise gewöhnt. Ich gab dem nicht mehr ganz so viel Aufmerksamkeit und versuchte mich auf meinen Fortschritt zu fokussieren. Tags drauf hatte ich mein letztes Training vor dem Fest und auch hier sah ich erst meine Schwester, bevor die Vision anfing. Es stellte sich am Ende wieder ein Fortschritt ein. Es gelang mir, ihn mit einem freundlichen Gesicht an mir vorbeizubringen. Doch als er hinter mir war, ging alles weiter wie immer. Egal wie, ich fing an mich über die kleinen Schritte zu freuen und Charlie tat das sowieso. „Es läuft wirklich gut. Schon bald wird dir der Wendepunkt gelingen.", bejubelte sie mich. „Und dann muss ich lernen, es ohne direkten Einfluss vorher zu schaffen.", gab ich eher wieder freudebremsend zurück, weil ich wusste, wie viel Arbeit noch auf mich wartete. „Aber immerhin passiert etwas.", fügte ich noch hinzu, weil ich sie und mich nicht herunterziehen wollte. Immerhin gab auch Charlie sich die größte Mühe mich zu unterstützen und ich wollte für sie nicht die ewige Schwarzmalerin sein, das wäre nicht fair gewesen. Ich lächelte sie an. „Dann können wir uns jetzt auf das Fest freuen.", antwortete sie und wir verabschiedeten uns. Als es soweit war, schnappte ich mir Sarah und wir machten uns bei Lisa im Zimmer fertig. Jeder zog sein von den anderen beiden für gut befundenes Outfit an, richteten unsere Haare und schminkten uns. Ich trug ein langes schwarzes One-Shoulder Kleid von Sarah, sie wiederum einen Glitzerrock von Lisa und eine Bluse von mir und Lisa trug ein goldenes Cocktailkleid, das sie selbst von Zuhause extra für das Fest mitbrachte. Es fühlte sich an, als würden wir auf einen Ball gehen. Lisas Trainer klopfte irgendwann an die Türe, um sie mit abzuholen. Er sah wirklich gut aus. Sein schwarzer Anzug war genau auf ihn abgestimmt. Dazu trug er ein silbernes Hemd und seine Haare hatte er elegant nach hinten gegelt. Er sah uns an und sagte, „Also wenn da die anderen nicht auf mich neidisch werden, dann weiß ich auch nicht." Wir grinsten geschmeichelt und stellten uns einander vor. Sein Name war Oskar und als wir unsere Siebensachen zusammen hatten fuhren wir vier auf die Etage null. Als sich die Tür öffnete war ich einfach überwältigt.

Die Eingangshalle war wunderschön geschmückt.

Es waren große runde Tische aufgestellt um die jeweils sechs Stühle standen, die mit schwarzen Hussen überzogen waren und an denen eine silberne große Schleife gebunden war. Auch die Tische hatten eine schwarze Tischdecke, große silberne Platzhalter und

über die Mitte verlief ein schmaler silberner Läufer.
Alles war in Schwarz und Silber. Die Luftballons, die
sich an allen möglichen Ecken der Halle und um die
große Eingangstür wiederfanden, die Deckendekora-
tion die aus langen schwungvoll aufgehängten Bän-
dern bestand und die Dekoration an der Bühne, die
sich direkt neben dem großen Wasserfall ausbreitete.
Sie war mit kleinen schwarzen Vorhängen, die bis
zum Boden hingen, umrandet und zwischendurch
fand man immer wieder silberne glitzernde Fäden.
Alles war wunderschön und beim Hineinlaufen kam
uns Tim entgegen. „Hey, wow, ihr seht einfach wundervoll aus!", brachte er uns entgegen. „Dankeschön,
ebenso!", sagten wir alle. „So langsam werden immer
mehr eintrudeln, holt euch schon etwas zu trinken
und sucht euch einen Platz. Es ist freie Platzwahl.",
bot er uns an und das taten wir dann auch. Als wir
zur Bar gingen, die sich neben den Aufzügen befand,
sahen wir wie Oli und Max dahinterstanden. Sie trugen schwarze Hosen und silberne Hemden mit einem
ansprechenden Muster darauf. Ihr oberster Knopf

war geöffnet und ihre Ärmel waren bis kurz unter den Ellenbogen hochgekrempelt. Es war ein wirklich cooles und lässiges Outfit. Auf dem Tresen stand eine kleine Karte, in der die angebotenen Drinks aufgeführt waren. Lisa und Oskar bestellten sich einen Virgin Mojito und Sarah und ich einen Tropical Spritz. „Hast du die Orangen mit einem Löffel geschnitten?", fragte Oli, Max und hob dabei mit einer kleinen silbernen Zange eine Organgenscheibe in die Luft, die ihm offensichtlich viel zu dick war, um sie an ein Glas zu hängen. „Ich passe mich nur deinem Niveau als Barkeeper an!", konterte Oli. Wir lachten wieder alle, denn es war so, wie Charlie es mir gesagt hatte. Sie neckten sich eigentlich immer. Irgendwie schien, dass eine bestimmte Art von Zuneigung zu sein, die nur die beiden verstanden. Doch immer versprühten sie damit gute Laune. Es wurde nie unangenehm und man hatte auch nicht das Gefühl, man müsste sich fremdschämen. Sie waren wirklich ein tolles Team. Wir bekamen unsere Getränke und sogar die Cocktailschirmchen waren schwarz mit silbernen Streifen. Es kamen immer mehr Leute, sowohl vom Gebäude als auch von Draußen. Überall waren Menschen in Anzügen und wundervollen Kleidern zu sehen. Wir saßen zu viert an einem Tisch und zu uns gesellten sich dann noch Marco und Ben. Oskar nahm von Lisas Gedeck das Messer weg und legte es zu mir. Dabei bekam ich erst ein komisches Gefühl, doch es war sicher besser so. Ich vergaß einfach gelegentlich, wie wichtig solche Details für ihre Sicherheit waren. Als dann so ziemlich alle Platz genommen hatten, ging Tim auf die Bühne und sagte ein paar Worte. „Hallo, ich möchte euch herzlich willkommen heißen zu dem alljährlichen Fest der Visionäre. Ich freue mich so viele bekannte Gesichter zu sehen. Aktuelle Teilnehmer, ehemalige Teilnehmer, Trainer, ehemaliger Trainer sowie Mitarbeiter und", er machte eine kurze Pause uns schmunzelte „ehemalige Mitarbeiter.", es rollte ein charmantes Kichern durch die Reihen. „Wir kommen hier zusammen, um den Erfolg unserer Arbeit und unseres Miteinanders zu feiern. Unser Leben unterscheidet sich in gewisser Weise von dem anderer Menschen, aber im Großen und Ganzen sind wir genauso wie sie. Wir genießen Schutz und Zusammenhalt und wollen das Beste für uns selbst, unsere Mitmenschen und unser Umfeld. Wir lernen voneinander und leben miteinander und verzeiht mir, wenn ich rührselig werde und sage, dass ich auf jeden einzelnen unserer Gemeinschaft stolz bin. Denn wir brauchen uns gegenseitig genauso wie du Welt uns braucht. Gemeinsam können wir viel Gutes erreichen und Böses abwenden. Bei uns geht es nicht um Macht, sondern um das Füreinander.", er hielt kurz inne. Dann hob er sein Glas in die Luft und fuhr fort. „Auf uns!", alle anderen taten ihm gleich und sagten ebenfalls „Auf uns!" zurück. Dann durchströmte ein lauter Applaus die Halle. Als er leiser wurde, sprach er noch einmal ins Mikrofon, „Vielen Dank, ähm das Buffet ist ab jetzt eröffnet und einen wundervollen Abend mit den Violett Strings.", er selbst fing an zu klatschen und alle folgten ihm. Auf die Bühne kam die Band, die aus vier Geigenspielern und einem Sänger bestand und alle trugen zu ihrer schwarzen Hose, violette glänzende Hemden. Die Farbe erinnerte mich sofort an die der Cubes, die leuchtete sobald sie in Betrieb waren. Sie fingen an zu spielen und die Leute unterhielten sich wieder. Später entschieden Sarah und ich uns dazu zum Buffet zu gehen und uns etwas zum Essen zu holen. Es gab eine reichliche Auswahl und wir hatten viel Spaß dabei zu erkunden, was das ein oder andere sein könnte. Als wir wieder am Tisch Platz nahmen, zogen die anderen nach und nach los und wir genossen alle die gute Stimmung und das leckere Essen. Oli lief zwischendurch mit einem Tablett durch die Menge und bot uns einen Casanova an, einen kleinen Shot mit Cremelikör und zweimal nahmen wir einen an und tranken ihn. Es war eine feucht, fröhliche Stimmung. Wir lachten und unterhielten uns anregend. Marco und Ben gesellten sich einmal zu Mario und neben Lisa, setzte sich ein anderer von ihrer Etage mit seiner Trainerin, deren Namen ich nicht kannte.

Sarah musste auf die Toilette und ich wollte für uns noch einen Cocktail holen, also stellte ich mich an der Bar an. „Na amüsierst du dich?", stellte mir jemand von hinten die Frage und mir blieb fast die Luft weg. Daniel stand hinter mir, in einem schwarzen Anzug, mit schwarzem Hemd und breitem Grinsen im Gesicht. Verdammt noch Mal, sah er gut aus. Und sein Lächeln ließ mal wieder meine Knie weich werden. „Daniel, was machst du denn hier?", antwortete ich schon fast genervt von der Tatsache, dass er auf dem Fest war. „Darf ich das etwa nicht?", fragte er, ohne dass sein Lächeln sich verkleinerte. „Doch, klar natürlich", gab ich offen zurück und merkte, wie blöd meine Frage war, denn schließlich war er auch schon vor mir im Center und ich wusste doch bisher nicht mal wie oft oder wie lange er dort schon war. Gott sei Dank sprach mich Max in diesem Moment an und fragte, was ich wollte und am liebsten hätte ich ihm gesagte, Daniel nackt mit einer Kirsche oben drauf. Ich bestellte dann aber doch meine gewünschten Getränke und während er anschließend die zwei

Cocktails vorbereitete, verwickelte er mich in ein Gespräch und so konnte ich mich mit Daniel nicht weiter unterhalten und darüber war ich heil froh. Als ich ging, warf ich ihm nur ein schüchternes „Bis dann.", zu und ging, an ihm vorbei, zu unserem Tisch. Es war mir nicht möglich, mich normal und locker zu verhalten, deshalb flüchtete ich lieber aus der Situation. Dennoch konnte ich nicht anders und verfolgte ihn mit meinen Blicken von dort aus. Er holte sich ein Bier und ging zu seinem Tisch, an dem auch der Trainer saß, mit dem ich ihn damals in der Küche gesehen hatte. Der Tisch befand sich gar nicht so weit weg von unserem und er saß so, dass auch er mich sehen konnte. Er setzte sich und sah mich dann direkt an. Ich bekam einen kleinen Schreck und mein Herz schlug schneller. Peinlich berührt schaute ich weg. Als Sarah wieder da war, unterhielten wir uns weiter und währenddessen schweifte mein Blick immer wieder zu Daniel. Immer öfter trafen sich unsere Blicke. Es war eindeutig, dass er bewusst zu mir sah und so wie ich gezielt seinen Blick suchte. Das Ganze war wie ein kleines Katz und Maus Spiel. Immer wenn unsere Blicke sich trafen, sah derjenige der den anderen offensichtlich als erstes ansah, weg. Doch je später der Abend wurde, desto länger und intensiver wurde der Blickkontakt. Irgendwann bekam ich mit, wie er aufstand und zu uns rüberkam.

Ich tat so als hätte ich es nicht bemerkt, doch ich wurde immer nervöser. ‚Oh Gott was kommt jetzt‘, schoss es mir durch den Kopf. Er kam zu mir und stellte sich neben mich. „Hey, hast du Lust, mit mir eine Runde durch den Garten zu gehen?“, fragte er äußerst freundlich. Ich sah zu Sarah, die mich nur breit angrinste und sagte, „Geh nur, ich bin hier bestens aufgehoben.“, und zeigte in die Runde am Tisch zu der mittlerweile auch wieder Marco und Ben gehörten. Kommentarlos stand ich auf und ging mit ihm hinaus. Nach außen wirkte ich sicher ruhiger als ich innerlich war. Als wir raus kamen war ich erstaunt. Der Garten war ebenso schön wie die Halle. Überall waren kleine leuchtende Laternen positioniert, die eine wunderschöne Atmosphäre schafften.

Der Mond schien hell und die Musik war etwas leiser, aber noch gut im Hintergrund wahrzunehmen. Zirben grillten und die Luft war gefüllt mit sommerlichen Gerüchen. Wir gingen den Weg entlang und als mein Blick so über den Garten schweifte, entdeckte ich überall Leute die dort entlangspazierten. Vor allem natürlich Pärchen die Hand in Hand liefen und auf der Brücke konnte ich eines erkennen, dass von dort aus Arm in Arm den Mond betrachtete. Es war eine sehr romantische Stimmung und ich wusste gar nicht, wie mir geschah. „Wie geht es dir?", fragte er mich und oh mein Gott, endlich schien ich mein normales Gespräch zu bekommen. Doch so normal fühlte es sich nicht an, denn es lag auch eine unglaubliche Spannung zwischen uns und ich fragte mich, ob er sie auch spürte oder ich sie mir nur einbildete. „Gut", gab ich vorsichtig zurück. „Wie läuft dein Training?", fragte er hinterher. Ich wollte nicht, dass er mir alles aus der Nase ziehen musste, also erzählte ich davon. Irgendwann kamen wir an das Pavillon in dem ich bereits mit Tim saß und ich erzählte immer

noch. Doch dann fiel mir auf, dass ich vielleicht etwas zu viel ins Detail ging und brachte meine intensive Geschichte mit, „Naja du weißt ja wie das ist.", zu Ende. Obwohl es mir unangenehm war, dass ich einen Wasserfall an Informationen raus ließ, sah er mich immer noch interessiert und neugierig an. „Wie ist dein Training so?", frage ich. „Hm, na ja, es ist kompliziert." „So wie bei uns allen", gab ich mit einem Lächeln zurück. Er grinste verlegen und erklärte mir dann, dass es ihm sehr schwerfallen würde darüber zu reden, ganz besonders bei gewissen Personen. Ich stellte es nicht infrage aber überlegte kurz, was für eine Art gewisse Person ich für ihn sein könnte. Ich antwortete ihm, dass es in Ordnung wäre. Dann schwiegen wir eine Weile und sahen uns immer wieder lange in die Augen, bis ich aus Verlegenheit immer wieder den Blick löste. Diese Spannung war so derart intensiv, sowas hatte ich noch nie erlebt. Dann wurde seine Stimme etwas kühler und mit dieser fragte er, „Wie lange bist du noch hier?".
„Nun ja, ich hatte jetzt zwei Wochen für meine erste

Vision gebraucht und für die nächste werde ich sicher mehr benötigen. Dann kommt natürlich noch das P2 Training, also schon noch eine ganze Weile. Allerdings überlege ich, ob ich nicht einmal auf ein ambulantes Training umsteige, denn es gibt ja alltägliche Dinge, die erledigt werden müssen. Außerdem könnte ich dann wieder ganz normal zur Arbeit und vorher, danach oder wenn ich frei habe ein Training machen.", erklärte ich ihm und während ich davon sprach, merkte ich selbst, dass es wirklich eine gute Idee zu sein schien. Sein Blick veränderte sich. Er sah mich jetzt wieder so ausdruckslos an, wie er es die einigen Male zuvor schon getan hatte. Dann stand er auf und sagte. „Entschuldigung ich muss jetzt gehen.", sein Tonfall klang abweisend. „Aber warum denn? Habe ich etwas Falsches gesagt?", sprudelte es nur so aus mir heraus, weil es mich zur Weißglut brachte, dass er schon wieder einfach ging. Er schüttelte nur den Kopf um meine Frage zu verneinen, doch ging dann trotzdem einfach wieder Richtung Eingang. Ich saß da, auf der Bank des Pavillons und war komplett verwirrt. Gerne hätte ich ihn zur Rede gestellt, doch es fiel mir bei ihm unendlich schwer zu agieren. Zwischen uns war eine so intensive Verbindung, dass ich meist nur in der Lage war zu reagieren. Aber was sollte das denn? Es machte mich so sauer. Ganz offensichtlich hatten wir eine Art Zuneigung zueinander sonst hätten wir uns nicht die ganze Zeit so oft und intensiv angesehen. Er muss das doch auch spüren oder warum sonst fragte er mich, ob ich mit ihm hinausgehen würde? Ziemlich angepisst machte ich mich auch auf den Weg nach drinnen. Und wenn er da noch war, würde ich es ihn auch spüren lassen. Noch bevor ich durch die Tür ging, hörte ich von innen einen lauten Schrei, die Musik hörte auf zu spielen und in mir stieg Panik auf.

Daniel

Ich ging hinein, um zu sehen, was los ist und hatte ein ungutes Gefühl, ob es vielleicht mit Daniel zu tun hatte. Doch als ich den Raum betrat, sah ich, wie ein Mann mittleren Alters, mit südländischem Aussehen an einem der Tische stand und um ihn herum bildete sich eine Blase aus Menschen. Ich sah Lisa vor mir und ging zu ihr. „Was ist los?", fragte ich sie ganz verwundert. „Das ist Kemal, er ist auch auf meiner Etage und erst seit zwei Tagen hier. Ich weiß nicht wie genau, aber irgendwie scheint sein Teller zerbrochen zu sein." Während sie mich aufklärte, entdeckte ich die Splitter des Tellers vor ihm am Boden. Plötzlich fiel mir aber auch die große Scherbe auf, die er in der Hand hielt. Sie hatte die Form eines spitzen Dreiecks und machte auch auf die Weite einen scharfen Eindruck. Erst bewegte er sich nicht, doch dann fing seine Hand, in der sich die Scherbe befand, an sich auf seinen Hals zuzubewegen. In dem Moment ging jemand zu ihm und legte ihm die Hand auf den Rücken. Ich konnte mir vorstellen, dass das sein Trainer war, weil er so gezielt handelte. Seine Hand bewegte und bewegte sich, doch viel langsamer als am Anfang. Alle sahen gebannt zu und einige hielten sich die Hände vors Gesicht. Er war fast am Hals und letzten Endes berührte die Scherbe die Haut. Der Trainer stand hinter ihm, mit entspannter Miene, geöffneten Augen und keiner der Anwesenden wagte sich etwas zu tun oder zu sagen. Die Situation war brandgefährlich und irgendwie wusste jeder instinktiv, dass man sich nicht einzumischen hatte. Es fing an Blut an seinem Hals herunterzulaufen und ein Raunen ging durch die Menge. Einige schrien auf. Doch dann entspannte sich Kemal, stellte sich wieder aufrecht hin und ließ die Scherbe nach unten fallen, ohne dass etwas Schlimmeres passiert ist. Er kam wieder zu sich und sein Trainer dreht ihn sanft um und ging mit ihm Richtung Aufzüge. Als die beiden nicht mehr zu sehen waren, fing die Menge an sich wieder etwas aufzulockern. Die Musik spielte weiter und alle begannen sich an den Tischen oder wo sie eben waren darüber zu unterhalten. Auch Lisa und ich setzten uns wieder zu den anderen und ich fragte was da eben vorgefallen war. Lisas Trainer klärte die ganze Sache etwas auf. „So kann es aussehen, wenn eine Vision real wird.", mir wurde ganz schlecht. „Hätte er seinen Trainer nicht gehabt, wäre das definitiv anders ausgegangen.", fügte er hinzu. „Aber was genau hat der Trainer gemacht?", fragte ich wirklich fasziniert. „Er hat eine Gegenvision kreiert. Er hat sich vorgestellt, dass Kemal sich nicht verletzt und aufhört.", antwortete er mir. „Also sind das P2 Visionen?" Oskar bejahte meine Frage. „Und warum ging das alles wie in Zeitlupe?", ein wenig schien in mir die Begeisterung zu steigen. Doch nicht wegen dem, was Kemal durchmachen musste, sondern wegen der Macht, die der Trainer hatte. „Weil es nicht so leicht ist, die Gegenvision durchzusetzen. Hätte es keine gegeben wäre die Handlung viel schneller passiert, doch die Gegenvision hat eine Art Gegenkraft erzeugt und alles verlangsamt. Es erfordert sehr viel Konzentration, Gelassenheit und Willenskraft von einem, um in diesem Moment die Gegenvision aufrechtzuerhalten und durchzusetzen.", erklärte er mir. „Also können das alle Trainer?", fragte ich und wollte dabei ganz offensichtlich wissen, ob er das auch konnte. „Ja, grundsätzlich schon. Es ist aber von Fall zu Fall unterschiedlich schwer und man muss im richtigen Moment da sein. Manchmal schafft man es einfach nicht, weil die Ursprungsvision einfach zu stark ist. Jeder Trainer hat die besten Qualifikationen für den Job und gibt alles, mit Herz und Seele, um seine Teilnehmer vor Unheil zu bewahren. Doch wenn einmal etwas schiefgeht ist das eine große Bürde.", er wurde etwas bedrückt. Ohne dass ich weiter nachfragte, erzählte er mir, dass es Charlie wohl so ging. Ein Teilnehmer ist vor Jahren mal in den sechsten Stock gefahren und hat sich dort aus dem Fenster gestürzt. Kurz vorher drückte er den Knopf an seinem Armband und Charlie folgte seinem Signal. Als er dann vor dem offenen Fenster stand, gab sie alles, um ihn davon abzuhalten. Er war schon dabei wieder einen Schritt zurückzugehen doch dann ging er zwei nach vorn und fiel aus dem Fenster. Charlie hatte sich das sehr lange nicht verziehen und war erst einmal nicht mehr in der Lage als Trainerin weiterzuarbeiten. „Jetzt wisst ihr, warum sich im gesamten Gebäude keine Fenster mehr komplett öffnen lässt.", setzte er noch an seine Geschichte dran. Ich sah zu Charlie und beobachtete, wie sie sich mit den anderen Trainern unterhielt und sie tat mir unendlich leid. Ein solcher Vorfall muss viel Schmerz und schlaflose Nächte mit sich bringen. Jetzt weiß ich auch warum sie auf das ein oder andere extrem bedacht war. Aber genau das, machte sie für mich zu der perfekten Trainerin. Der restliche Abend verlief ruhig und etwa gegen ein Uhr nachts gingen die meisten nach Hause. Seit der Situation im Garten hatte ich Daniel nicht mehr gesehen und ich fragte

mich, wo er wohl war. Wahrscheinlich ist er gar nicht
mehr hineingegangen, sondern direkt nach Hause gefahren. Doch als ich dann eine gute Stunde später im
Bett lag und noch auf meinem Handy etwas anschaute, hörte ich, wie jemand mit einem Koffer über
den Flur lief. Die Tür schien sich nicht weit weg von
mir zu öffnen und ich wagte einen Blick durch meinen Spion. Ja, es konnte Daniel sein oder aber auch
jemand anderes. Sein Zimmer hätte auch einfach wieder vergeben werden können. Als ich so durch das
kleine Glas gaffte, sah ich, wie Daniel seinen Koffer
wieder in sein Zimmer schob und bevor er die Tür
hinter sich schloss, drehte er sich um und schaute in
meine Richtung. Ich wusste zwar, dass er mich durch
den Spion nicht sehen konnte und auch nicht meinen
Schatten hinter der Türe, weil ich das Licht aushatte,
aber dennoch drehte ich mich vor Schreck weg. Was
fiel ihm ein. Er ließ mich stehen und jetzt schaut er
noch blöde in meine Richtung. Er nervte mich mit
seinem Verhalten. Ich hörte, wie die Türe sich
schloss, doch angespannt schaute ich abermals durch

den Spion. Er stand direkt vor meiner Tür und ich zuckte innerlich zusammen, doch ich hielt den Blick und bewegte mich nicht. Es machte mir sowohl Angst als auch Hoffnung. Sein Kopf war gesenkt und er stand dort für ein paar Sekunden. Dann hob er seine Hand, so als würde er an meine Tür klopfen wollen, doch er hielt inne, drehte sich wieder um und ging Schlussendlich in sein Zimmer. Wenn ich dachte, Mark hätte mich schon auf die Palme gebracht, dieser Mann machte mich nun wirklich wahnsinnig. Jedes Entfernen zwischen uns fühlte sich falsch an. Es war als würde ein Band zwischen ihm und mir existieren, dass uns zueinander zieht und alles was wir taten um dem nicht nachzugeben, tat weh. Ich versuchte zu schlafen, doch ich war so aufgewühlt, dass es noch eine ganze Weile dauerte. Am nächsten Morgen hatte ich direkt Training und ich konnte es nicht glauben, aber meine Vision verschlechterte sich wieder. Mein Angreifer sah jetzt wieder genauso grimmig aus wie am Anfang.

Durch das ganze Training hindurch konnte ich keine Verbesserung herbeiführen, obwohl ich auch hier wieder Alex sah, bevor ich in die Vision startete. Ich versuchte es mir nicht anmerken zu lassen, doch meine Frustration war ziemlich hoch. In den darauffolgenden Tagen zog ich mich immer mehr zurück. Da Mario und Ben abreisten und Sarah und Marco intensiv mit ihrem Training beschäftigt waren, verbrachte ich die meiste Zeit entweder auf meinem Zimmer oder im Bistro bei einer Zeitschrift, einem Tee und Musik. Daniel sah ich immer in den unmöglichsten Momenten. Wenn ich gerade über den Flur lief, kam er mir entgegen. Er starrte mich meistens einfach ausdruckslos an, doch ich wusste immer gar nicht, wo ich hinschauen sollte. Er hätte ja einfach mal auf den Boden oder auf sein Handy schauen können, das hätte es mir leichter gemacht. So etwas passierte einige Male und schien sich zu häufen. Ich fragte mich, warum wir immer zur gleichen Zeit an einem Ort waren oder gleichzeitig unser Zimmer verließen. Es war schon richtig anstrengend und frustrierend zugleich. Wie gerne hätte ich mit Lisa darüber geredet, doch sie war auch für längere Zeit abwesend, weil ihre Tochter Ferien hatte und sie bei ihr war. Auch die ambulanten Trainings setzte sie für eine Weile aus, weil sie in der Zeit ganz für Stella da sein wollte. Ich hoffte, dass es ihr gut ging und erkundigte mich zwischendurch bei Oskar, doch er beruhigte mich und sagte, dass ich mir keine Sorgen machen brauchte. Ich glaubte ihm und war so also wieder ganz mit meinen Problemen und mir beschäftigt. Meine Laune wurde immer schlechter, obwohl ich es nicht wollte. Aber die Umstände mit Daniel und die Tatsache, dass ich keine Fortschritte im Training und auch ihm gegenüber machte, nervten mich. Mit der Zeit war ich es leid, jeden Abend vor mich hin zu versauern und sprach daher mit Charlie, ob ich abends alleine trainieren durfte. Sie war einverstanden, aber warnte mich davor nicht zu oft in den Cube zu gehen. Schließlich wäre Ruhe ebenso wichtig wie das Training selbst. Ich gab ihr mein Wort, es nicht zu übertreiben. Gleich an diesem Tag freute ich mich schon darauf, abends ganz für mich zu trainieren. Ich ruhte mich vorher noch etwas aus und hielt ein Nickerchen. Offizielles Training war immer bis fünf Uhr abends, also machte ich mich um halb sechs auf den Weg nach unten. Ich stieg in den Cube mit dem nadeligen Grounder. Dort standen Metallstäbchen senkrecht nach oben. Sie waren nicht wirklich scharf, aber dennoch unangenehm, wenn man darauf stand. Charlie meinte, es wäre eine gute Alternative zu den Glassplittern, die konnten nämlich immer nur die Trainer fürs offizielle Training empfangen. Ich begrüßte Mary und wir legten los. Einige Male gingen wir die Vision durch und ich wurde mit jedem Mal frustrierter und verbissener. Ich wusste zwar, dass es nichts brachte, doch ich konnte nicht anders. Es war so anstrengend für mich, dass ich richtig zu schwitzen begann und irgendwann legte ich eine Pause ein. Ich holte mir ein Wasser und eines der kleinen Handtücher, die an der Sofalandschaft immer bereitstanden. Als ich die ersten Schlucke nahm, bemerkte ich in der hintersten Ecke der Halle, dass dort ein weiterer Cube in Benutzung war. Erst sah ich nur das Leuchten doch als ich näherkam, entdeckte ich Daniel. Vielleicht sollte ich das nicht tun, doch ich war neugierig und ging näher ran. Er stand dort auf Eiswürfeln, was für mich ebenfalls so aussah, als wäre es ziemlich unangenehm. Seine Vision spielte auf unserem Flur. Das war sehr seltsam. Dann entstand vor ihm ein Mensch und mir kam fast das Wasser wieder hoch, denn diese Person war ich. Warum war ich in seiner Vision? Ich stand da, mit erst böser Miene, doch dann lockerte sich meine Gestik und ich fing an ihn anzulächeln. Er kam von einer eher angespannten Haltung in eine entspanntere und fing an meinem künstlichen Ich zurückzulächeln. Mary stellte das Licht auf grün und ohne groß darüber nachzudenken, ging ich zu ihm rein. Seine Vision berührte mich so sehr und machte mich glücklich. Ich hinterfragte nicht, warum ich Auslöser einer Vision war, sondern ich war einfach nur froh darüber, für ihn eine Rolle zu spielen und mir die Verbindung zwischen uns nicht eingebildet zu haben. Ich ging langsam zu ihm, um ihn herum und stellte mich auf die Position von meinem virtuellen Körper. Dann lächelte ich und wollte ihm zeigen, dass das nicht nur eine Vision ist, sondern dass ich in Wirklichkeit da bin. Ich bin da und warte nur darauf, dass er sich mir öffnet. Ja, ich wünschte es mir sogar. Er schien aus seiner Vision herauszukommen, denn das Umfeld, das Mary ihm zeigte, verschwand. Erst sah er mich verdutzt an während sein Lächeln nachließ doch ich lächelte nur noch mehr, weil ich merkte wie er feststellte, dass ich wirklich da war und ich war überzeugt, er würde sich darüber freuen. Doch plötzlich fing ich selbst an, düster und wütend zu schauen. Mein Körper bewegte sich und ich ging ein paar Schritte zurück. Ich wusste nicht, warum ich das tat und er sah mit jeder Se-kunde, die verging wütendere und aggressiver aus. Sein Körper spannte sich an und seine Hände ballten sich zu Fäusten. Innerhalb kürzester Zeit bekam ich unglaubliche Angst. Er kam auf mich zu, rannte da-bei schon fast, packte mich an den Armen und warf mich mit einem Schlag zu Boden. Mein Kinn knallte auf den Boden auf und als ich versuchte mich wiederaufzurichten, sah ich, wie dabei Blut auf den Boden tropfte. Ich drehte mich um und er kam auf mich zu, immer noch aggressiv, immer noch die Fäuste fest zusammengedrückt. Gerade als er zum Schlag ausholte, hörte ich Mary „Anne, sofort raus hier!", ich stand wieder vor ihm, zurück in der Ausgangsposition. Um mich herum war eine Küste zu sehen, an der wir standen. Man konnte das Meer rauschen und die Möwen krähen hören. Es war nichts passiert, doch er stand tatsächlich vor mit geballten Fäusten. „Raus da, Anne!", forderte mich Mary wieder energisch auf und ich begriff, dass ich mich in einer heiklen Situation befand. Diese tiefe Sehnsucht nach ihm und die Verzweiflung in mir darüber, dass wir einfach nicht zueinander fanden, ließ in mir die gleiche Angst aufsteigen, die ich zuvor bei meinem Training empfunden hatte. Geistesgegenwärtig wurde mir klar, dass ich wieder diese Vision bekommen würde, wenn ich jetzt nicht ging und die Chancen hoch waren, dass er es dann wirklich tat. Also kniff ich meine Augen ganz fest zusammen, um den Blick von ihm zu lösten und rannte an ihm vorbei nach draußen. Das rote Licht blendete mich regelrecht und als ich die Tür hinter mir geschlossen hatte, atmete ich durch. Ich sah zu ihm und erkannte, wie er seine Anspannung löste. Er sah zu seinen Fäusten, öffnete sie und war ganz offensichtlich verwirrt darüber, warum er sie angespannt hatte. Aufgeschreckt drehte er sich zu mir und sah mich an. Sein Blick wurde weicher und Verzweiflung lag darin. Seine Augen zeigten mir, dass es ihm leidtat, was vorgefallen war, doch ich hatte immer noch Angst vor ihm. Ich verzog keine Miene und verschwand. Als ich im Aufzug nach oben fuhr, zitterte mein ganzer Körper. Ich kuschelte mich auf mein Bett und versuchte mich zu beruhigen. Was für eine verrückte Situation war das bitte, eben hatte ich mich noch gefreut ihn zu sehen und im nächsten Moment dann so was. Irgendwie war es bei ihm immer so. Erst freute ich mich und dann verschwand er wieder oder reagierte abweisend und ich fühlte mich schlecht und ganz offensichtlich hatte es mit mir zu tun. Das nicht persönlich zunehmen war unmöglich. Ich versuchte, zu verstehen, was da vorgefallen war. War es meine Schuld, aber woher kam diese Vision und warum konnte er sich nicht einfach freuen mich zu sehen? Ich suchte in der Liste nach Charlies Nummer und rief sie an. Es war zwar schon abends, aber ich musste mit ihr darüber reden. Sie war sofort bereit, sich mit mir zu treffen und wir verabredeten uns im Bistro. Wir begrüßten uns und Charlie suchte einen Tisch während ich uns Tee holte. Sie wollte mir Geld mitgeben, doch ich sagte ihr, dass ich sie gerne einladen möchte. „Hey Anne, warum so niedergeschlagen?", fragte mich Oli als ich Charlie und mir einen Tee bestellte. „Hey du, ach einfach nur ein harter Tag.", gab ich erschöpft zurück. „Darf ich dir vielleicht eine von unseren frischen Zimtschnecken anbieten? Max hatte zwar mal wieder seinen Körper nicht im Griff und hat sie viel zu groß geformt, aber schmecken tun sich richtig gut und sie kosten genauso viel, wie wenn sie Normalgröße hätten, also sind sie sozusagen im Angebot.", er war ein richtiges Energiebündel und ich beneidete ihn um seine positive Einstellung. Es schien, als könnte ihn nichts aus der Fassung bringen. „Schimpfst du schon wieder über meine Meisterwerke?", rief Max aus der Küche. „Nein, nein, mach du mal weiter deine Arbeit!", gab Oli neckisch zurück. „Ja gerne. Gib mir gleich zwei, Charlie will bestimmt auch eine.", gab ich zurück und ich bekam beim Anblick wirklich Lust auf die Zimtschnecken. Sie waren so groß, dass sie kaum auf den Dessertteller passten und wir mussten beide lachen als uns das auffiel. Ich zahlte und lief mit einem Tablett, auf dem die Sachen standen, zu Charlie.

Sie hatte einen gemütlichen Tisch in der Ecke des Bistros gefunden und als ich alles auf den Tisch gestellt hatte, nahm ich gegenüber von ihr Platz. „Oh, vielen Dank!", sagte sie überrascht beim Anblick des üppigen Gebäcks. „Ja, Oli hat sie so gut angepriesen, ich musste sie gewissermaßen nehmen.", gab ich mit einem Schmunzeln zu. „Also, was ist los, Anne?", fragte sie mich und wollte den Grund für das Treffen wissen. Ich fing an zu erzählen, dass mir etwas Komisches passiert war und als ich zu ihr aufblickte, sah ich, wie sie etwas hinter mir beobachtete. Ich folgte ihrem Blick und hinter mir stand Daniel an der Kasse, der uns ganz erschrocken ansah, dann seinen Blick abwandte und zügig wieder verschwand. „Das war seltsam.", kam von Charlie. „Tja ja, da wir gerade vom Teufel sprechen.", ich schien damit ihr Interesse noch mehr geweckt zu haben und ich erzählte ihr ausführlich was in der Trainingshalle vorgefallen war. In dem Moment als ich von meiner Vision erzählte, wie er mich angriff, blieb ihr die Zimtschnecke fast im Hals stecken und gebannt folgte sie meinen Worten. „Das war wirklich riskant. Die Vision hätte locker echt werden können. Alleinig sein Wille, dir nicht wehzutun, hat ihn davon abgehalten.", erklärte sie wieder einigermaßen gefasst. „Aber warum? Ich meine, ich verstehe das Ganze nicht. Was ist denn da passiert?", fragte ich verzweifelt nach. Ich wollte es so unbedingt verstehen. „Also hör zu, ich weiß nicht von jedem direkt, was er für Ängste hat. Normal briefen sich die Trainer nur untereinander, wenn es wirklich für alle relevant ist oder jemand eine Gefahr darstellt. Das ist bei ihm nicht der Fall, aber ich verstehe mich relativ gut mit seinem Trainer und der hat mir erzählt, dass Daniel wahnsinnig Angst davor hat zurückgewiesen zu werden.", sie wurde immer leiser und flüsterte irgendwann. Ich denke, sie wollte verhindern, dass das jemand mitbekommt. „Wie bitte? Kann man davor denn wirklich Angst haben?", was für eine dumme Frage von mir, natürlich ging das. Mir ging es ja genauso, deswegen lud ich auch nie jemanden ein oder sprach ihn an. Aber dass man so starke Angst haben konnte, dass das Visionen auslöst, war für mich schwer nachvollziehbar. „Ja, allerdings. Seine Beziehungen sind größtenteils in die Brüche gegangen und ich meine damit nicht Liebesbeziehungen, sondern Beziehungen zu seiner Familie und seinen Freunden. Er hatte wohl eine nicht ganz so schöne Kindheit, weil ihn seine Mutter immer runtergemacht und entmachtet hat. Er konnte noch nie eine Beziehung zu einer Frau aufbauen, weil er beim kleinsten Anzeichen Angst und auch Wut bekam, sie würde ihn verlassen und er wäre wieder alleine, so wie als Kind eben.", auf ihre Erklärung wirkte ich wohl genauso verwirrt wie herablassend. Ich wollte nicht so schauen, doch es ärgerte mich, schließlich wollte ihm ja nichts Böses. Wenn er sich mir nur etwas öffnen würde, könnte alles schön werden. „Diese soziale Angst ist kein Witz. Es hat Menschen schon in den Wahnsinn getrieben und zu Serienmördern gemacht. Dieses unbändige Bedürfnis jemanden nahe zu sein, jemanden na ja, für sich zu haben wird mit jedem Mal größer indem es derjenige nicht bekommt und eines Tages nehmen solche Leute einen Ausweg der von außen betrachtet auf keinen Fall der Beste ist. Verstehst du, was ich meine?", fragte sie nach. „Ja, ich denke schon", antwortete ich. „Allerdings ist es auch nicht seine Schuld, so wenig wie du deine Visionen einfach so vergessen oder aufhalten kannst, so wenig kann er es mit seinen Visionen. Wir sind nicht die, die Schuld an unserer Angst haben, wir leiden unter ihr und jeder, der hier ist versucht sie zu überwinden." Ich nickte, weil mir bewusstwurde, wie recht sie hatte. „Aber wie konnte das nun die Situation vorhin auslösen?", fragte ich noch einmal nach. „Naja", fing sie an, weiter zu erklären. „Du bist also zu ihm rein als er glückliche Emotionen hatte und die von ihm erschaffene Anne, freundlich und ihm zugetan war. Allerdings gehe ich davon aus, dass er als er merkte, dass du wirklich dort standest, wieder Angst bekommen hat. Sicherlich fühlte er sich ertappt und entblößt. Deshalb kam seine Angst wieder und er hatte negative Gedanken. Er hatte eine Vision, in der du ihn abweist, deswegen hat sich dein Blick verändert und du bist von ihm weggegangen. Gleichzeitig kam deine Vision von einem Angreifer, mit der du gerade viel trainierst und auch kurz vorher trainiert hast in dir hoch und dein ganzer Frust mit Daniel und seine für dich unverständliche Reaktion auf dich, lenkten deine instinktive Angst auf ihn. Jetzt war er also der Böse und deine Angst hat dir eine Vision gezeigt, die du auf keinen Fall möchtest. So wie es bei Angstvisionen immer ist.", sie machte eine Pause und ich starrte etwas vor mich hin, weil ich darüber intensiv nachdachte. „Das gefährliche war, dass ihr emotional ohnehin schon verbunden wart und ihr in dem anderen genau die Vision ausgelöst habt, die ihr nicht wolltet. Deshalb sprang er auch auf deine Vision so an und ballte die Fäuste. Doch im Inneren wusste er, dass er dich nicht verletzten will und hat Stand gehalten. Seine positiven Gefühle dir gegenüber haben dich gerettet.", setzte sie hinterher. Oh Mann, das war alles so kompliziert. Einerseits tat er mir leid und andererseits frustrierte er mich einfach nur. „Das, was euch passiert ist, bezeichnen wir als Visionsschleife. Der eine nimmt die Vision des anderen wahr und handelt unbewusst danach. Gut, dass nichts Schlimmeres passiert ist.", fügte sie noch hinzu. Wir ließen den Abend gemeinsam noch etwas ausklingen und auf dem Weg zu meinem Zimmer schoss mein Puls in die Höhe. Es machte mich so nervös, dass ich ihm jederzeit über den Weg laufen konnte, dass ich wieder mal froh war in meinem Zimmer zu sein und die Tür hinter mir zu verschließen. Als ich am nächsten Tag Training hatte, konnte ich es nicht glauben. Nicht nur, dass ich keinen Fortschritt vermerken konnte, nein die Vision ist sogar wieder schlimmer geworden. Der Mann fing an mich zu schlagen und zum Boden zu werfen bevor er sich dann auf mich setzte, meine Arme mit seinen Knien fixierte und immer wieder auf mich einstach. Ich war so unter Schock, dass ich nicht mal mehr einen Schmerz wahrnahm. Ich wusste, was er da tat und spürte es auch, doch der Schmerz kam erst später. Der schlimmste Schmerz in diesem Moment war der, der mir die Angst bereitete. Es war ohnehin schon eine traumatische Vision, doch jetzt bekam sie noch mehr Brutalität und Grausamkeit. Ich weinte wie beim ersten Training dieser Art und brach förmlich zusammen. In mir war alles aufgewühlt und ich war frustriert. Charlie nahm mich zur Seite und sagte „Anne, ich denke, ich weiß, woher das kommt.", ich nickte nur, weil ich es selbst wusste. Die ganze Situation mit Daniel und mein Gefühlschaos brachten das hervor. „Vielleicht wäre es gut, wenn du mal eine Pause einlegst. Fahr nach Hause und komm zur Ruhe. Weg von Daniel und nur für dich." Ja, sie hatte recht und wieder nickte ich nur. Nicht zuletzt, weil ich noch immer keine Luft bekam. Als ich mich beruhigt hatte, ging ich meine Sachen packen. Es war als hätte Charlie damit eine Tür geöffnet, die ich nicht einmal gesehen hatte, denn auf einmal wollte ich nur noch weg. So schnell wie ich vor Wochen meine Sachen fürs Center gepackt hatte, so schnell hatte ich auch alles wieder zusammen, um nach Hause zu kommen. Währenddessen klingelte mein Telefon. Es war Alex, doch ich ging nicht hin. Ich hatte jetzt wirklich keine Lust, mit ihr zu reden und ihr eine gut gelaunte und ausgeglichene Anne vorzuspielen. Die Wäsche stopfte ich in den Wäschesack und ich fuhr in den sechsten Stock, um sie abzugeben. Zum Glück war Philip gerade nicht da, denn meine Laune war wirklich mies und ich hatte wenig Lust auf Small Talk oder Erklärungen. Zurück auf meinem Zimmer nutzte ich die Chance, dass die meisten ohnehin beim Training waren und verschwand.

Es war seltsam wieder im Auto zu sitzen, nachdem ich eine Weile nicht gefahren war. Ich dachte darüber nach, dass ich Charlie versprochen hatte keine Angreifer Vision zu provozieren. Das hatte ich auch wirklich nicht vor, aber schon das Gefühl von Daniel wegzufahren löste in mir Erleichterung aus. Mir stand es mit diesen Männern bis oben. Dennoch fühlte sich ab da alles befremdlich an, am Haus zu parken, in meine Wohnung zu gehen, die mir so kalt und leer vorkam, so, als ob ihre Seele verloren gegangen war und die Gewissheit, dass ich am Folgetag kein Training hatte und Charlie nicht sehen würde. Nichtsdestotrotz versuchte ich ihrem Rat zu folgen und mich auf mein altes Leben wieder einzulassen. Ich rief gleich meinen Chef an und sagte ihm, dass ich wiederkam. Er war etwas überrascht, doch ich durfte direkt am nächsten Morgen anfangen und die Vormittagsschicht machen. Über meinen Fernseher freute ich mich sehr und ich machte es mir mit Vorfreude auf meinem Sofa gemütlich. Doch als ich da so saß, überkam mich auf einmal ein unglaublich starkes Gefühl der Einsamkeit. Ich ließ die Tränen laufen, zurückhalten würde ohnehin nichts bringen. Dabei fiel mir Alex wieder ein. Ich schrieb ihr, dass ich heute Doppelschicht hätte und mich morgen bei ihr melden würde. In dieser Nacht schlief ich sehr unruhig und ging dreimal zur Tür um zu testen, ob sie tatsächlich abgeschlossen war. Irgendwie hatte ich nicht wirklich Angst, aber einfach ein seltsames Gefühl und war heilfroh, als die Nacht vorbei war. Auf dem Weg zur Arbeit wurde ich wieder nervös. Wie alle auf mich nach dieser Zeit reagieren würden? Ob Mark wohl wieder da war? Es war alles sehr spannend für mich. Als ich im Laden ankam, fühlte es sich an als wäre ich eine Ewigkeit weg gewesen. Ich nahm den Raum und den Geruch ganz anders war als sonst. Natürlich wartete Mark direkt hinter der Tür auf mich und es überraschte mich, dass es mir wohl nichts ausmachte. Ich sah ihn mit völlig anderen Augen und seine bemitleidende und etwas überhebliche Art, als hätte ich sonst eine Krankheit, machte ihn von Minute zu Minute unattraktiver für mich. Er war eben nicht Daniel und für eine Millisekunde schoss mir dieser Gedanke durch den Kopf. Doch ich ignorierte es. Mittags ging ich rüber zu Tom, denn darauf freute ich mich wirklich. Doch Tom war nicht zugegen. Ein neuer Kellner sagte mir, dass er wohl für einen längeren Zeitraum Urlaub genommen hatte, um mit seinem Freund für eine Weile ins Ausland zu gehen. Was war hier nur los? Alles war so anders. Alles hatte sich verändert. Oder habe nur ich mich verändert? War es meine Schuld, dass ich mich so fremd fühlte? Und war es nicht ungesund, sein altes Leben einfach so zu vergessen? Auf dem Heimweg fiel mir meine Auto Vision wieder ein. Durch den ganzen Trubel hatte ich sie völlig vergessen und befand mich schon kurz vor der besagten Stelle. Doch wenn ich darüber nachdachte, was ich in den Cubes schon durchlitten hatte, rührte sich in mir kaum noch Angst. Ein Auto kam und wir fuhren einfach aneinander vorbei. Ich sah es noch bevor es geschah und es wurde wahr. Na immerhin hatte ich überhaupt Fortschritte gemacht, dachte ich so für mich und obwohl ich mich eigentlich freuen sollte, lag eine gewisse Traurigkeit auf meinem Gemüt. Ich lebte für die nächste Woche so vor mich hin und hoffte, es würde besser werden. Doch je länger ich weg war, desto mehr dachte ich an Daniel, an alles was vorgefallen war und welche Gefühle er in mir auslöste. Es wurde mir immer klarer, dass ich ihn wollte, dass ich unzweifelhaft Liebe für ihn empfand und das wir einander helfen mussten. Was auch immer da zwischen uns war, es war von Anfang an da und wir mussten zumindest versuchen es zu stärken. So leicht würde ich uns nicht aufgeben. Ich rief Charlie an, die mir kurz vor der Abreise noch ihre Handynummer gegeben hatte und fragte wie die Lage so sei. Auch nach Daniel erkundigte ich mich, doch sie erzählte mir, dass er außerplanmäßig abgereist war. Na ganz toll, was sollte ich jetzt tun. Ich fragte Charlie nach Rat und sie bot mir an wieder zurückzukommen. Die Tatsache, dass ich mich hier auf einmal so unwohl fühlte, tat ihr leid und sie entschuldigte sich für den Vorschlag. Doch ich war ihr dankbar dafür. Es war ein Gefühl, das ich fühlen musste, um zu wissen, was ich wirklich wollte und was nicht. Jetzt, da ich aber wusste, dass Daniel auch nicht mehr da war, wurde das innere Verlangen bald zurückzugehen etwas geschwächt. Ich wollte mir noch Zeit geben und herausfinden, ob ich mir das alles nur einbildete oder ob ich mit dem Leben so, wie ich es bis vor dem Treffen mit Tim führte, innerlich wirklich abgeschlossen hatte. Das tat ich dann auch, doch wie es zu erwarten war, fühlte ich mich von Tag zu Tag kraft- und teilnahmsloser. Mir gingen viele Gedanken durch den Kopf. Alles, was ich erlebt und gelernt hatte, meine Kindheit und die Zeit mit meiner Schwester, was die Fähigkeit des Visionierens für mich bedeutete und wo ich mich in ein paar Jahren sehen würde. Und ich stellte fest, dass das sicher nicht im Laden war. Immer noch eingebaut in den Paletten von Büchern und betäubt durch die belanglosen Kontakte zu den Kunden. Nicht, dass der Job an sich schlecht war, doch es war nicht mein Weg. Zwischen Job und Berufung lag einfach ein riesiger Unterschied und für diese Erkenntnis war ich sehr dankbar. Also meldete ich mich bei Charlie und sagte ihr, dass ich wiederkommen würde. Als ich mal wieder mit Sack und Pack aus meinem Auto stieg und zur Tür lief, fühlte es sich mehr nach Heimkommen an, als ich es bei meiner Wohnung je empfand. Mein Zimmer war das gleiche und nachdem alles Organisatorische erledigt war, ging ich in die Trainingshalle, um nach Charlie zu suchen. Sie war nicht dort, also wollte ich wieder nach oben fahren, doch als der Fahrstuhl sich öffnete, kam sie heraus. Ich fiel ihr um den Hals. „Hi!", flüsterte ich erleichtert. „Hey, Anne!", brachte sie mir ebenso liebevoll entgegen. Ich ging mit ihr zum Sofa und wir setzten und unterhielten uns. „Das Leben ohne das Center ist nichts mehr für mich. Ich weiß nicht, ob das gesund ist, aber mir ist klargeworden, dass ich das was wir tun, liebe. Visionen zu haben und daran, mit Menschen zu arbeiten, die mich verstehen, darüber zu reden oder anderen zuzuhören. Andere Visionäre dabei zuzusehen, was für wundervolle Dinge sie erschaffen, das ist das was mich begeistert und wofür ich Leidenschaft empfinde. Das ist das, was mich morgens aus dem Bett treibt und womit ich mich zu einhundert Prozent identifizieren kann. Ich möchte gerne meinen Job kündigen und für das Center arbeiten. Meinst du, das wäre möglich? Könntest du vielleicht einmal mit Tim reden? Ich brauche nicht viel Gehalt, darum geht es mir nicht. Es geht mir um meine Lebensqualität und die wird immer schlechter, wenn ich da leben muss, wo ich nicht hingehöre.", Charlie schien überrascht von meiner Entschlossenheit, aber auch begeistert von meiner Energie. „Ich werde auf jeden Fall mit Tim reden. Wir werden eine Lösung finden!", antwortete sie. „Klasse!", freute ich mich. „Da ich wusste, dass du wiederkommst, war ich so frei und habe dir einen neuen Trainingsplan erstellt.", sie fummelte aus ihrer Jackentasche einen zusammengefalteten Zettel. Ich warf einen Blick darauf und sah, dass an dem nächsten Tag kein Training war. Ohne, dass ich nachfragte, erklärte mir Charlie, „Ich möchte den Tag morgen nutzen, um dir einige Dinge zu zeigen." Mehr verriet sie mir nicht. Als ich wieder zum Aufzug wollte, kam mir Lisa entgegen. Wir begrüßten uns freudig und verabredeten uns für einen Spaziergang am Nachmittag. Bis dahin nutzte ich die Zeit, mich in meinem Zimmer wieder einzurichten. Außerdem machte ich mir eine Liste mit all den Dingen, dich ich unbedingt noch aus der Wohnung holen oder was ich wegschmeißen und verkaufen müsste, sollte ich wirklich bald im Center leben und arbeiten. Beim Spaziergang war Lisa dann ganz neugierig, wie es mir ‚Zuhause' erging und ich genoss es ihr davon zu erzählen. Meine Gedanken und Gefühle bezüglich Daniel ließ ich noch immer aus. Es schien mir etwas zu anstrengend, das ganze Thema jetzt noch einmal aufzurollen. Ich vermisste ihn zwar, aber ich dachte, es war gut, dass er aktuell nicht im Center war. So konnte ich mich auf alles andere konzentrieren. Das Training, einen neuen Job zu finden, wenn es so weit wäre meine Wohnung und meinen alten Job zu kündigen, Lisa und die anderen Teilnehmer. Zudem war es mal wieder an der Zeit, mich öfter bei Alex zu melden. Sie war zwar nie nachtragend oder vorwurfsvoll, wenn ich mal etwas länger nichts von mir hören ließ doch es tat mir leid, dass ich so viel mit mir selbst beschäftigt war und eigentlich nicht wusste, was in ihrem Leben gerade so vorging. Ich fragte Lisa nach ihren Ferien mit Stella und sie schwärmte geradezu.

Ihre Tochter tat ihr so gut, mit ihr alleine und ohne Stress von außen hatte sie auch automatisch weniger Angstzustände. Sie überlegte, ob sie nicht bald die Chance hatte, sie ganz zu sich zu holen. Ich freute mich sehr für sie und ihr Strahlen, wenn sie von ihrer Zeit zu zweit sprach, war ansteckend. „Ich bin mal gespannt, was Charlie mir morgen zeigen will.", sagte ich zu Lisa. „Oh ja, ich auch. Du musst mir dann auf jeden Fall davon erzählen!", antwortete Lisa. Nach dem Spaziergang fuhr ich wieder auf meinen Flur und in der Küche saßen Sarah, Mario, Marco und Ben. Sie hießen mich Willkommen und hatten mir extra Pasta gekocht. Spaghetti mit Basilikum Pesto. Sie waren einfach die Besten und das sagte ich ihnen auch. „Mario, schön, dass du auch wieder da bist. Wie war es Zuhause?", fragte ich ihn. „Laut und anstrengend", gab er lachend zurück. Er sah zwar sehr männlich und erwachsen aus, war aber gerade einmal einundzwanzig. Da er ohnehin oft im Center war, lebte er also noch zu Hause genauso wie seine fünf kleineren Geschwister. Bei ihnen ging es also immer wild zu und Ruhe kannte da auch keiner. Wahrscheinlich war auch das der Grund dafür, dass er öfter und länger im Center blieb. „Wenn ich jetzt noch einmal so lange bleibe, werde ich hier bald arbeiten müssen.", sagte er lächelnd. „Keine Sorge, wir nehmen dich als unseren offiziellen Flurkoch!", antwortete ihm Sarah lachend. Das Center bot jedem Teilnehmer Unterkunft, doch ab einer gewissen Dauer entschied man sich dazu, die Auflage einzuführen auch für das Center zu arbeiten. So konnte man dafür auch etwas zurückgeben. Neben der Unterbringung und gewisser Verpflegung bekam man noch ein kleines Gehalt dazu und konnte hier relativ gut leben. Das war genau das, was ich wollte und wo ich mich sah. „Ich hoffe Tim hat etwas für mich.", sagte ich in die Runde, nachdem ich schon erzählt hatte, was mein Plan war. „Ganz bestimmt, Anne. Hier hat bis jetzt jeder einen Platz gefunden und es gehen auch immer wieder Leute.", sprach mir Marco gut zu. Wir verbrachten den Abend noch in lustiger Runde und gingen dann zu Bett. Der nächste Tag war ganz spannend für mich. Ich war aufgeregt, was mich erwarten würde. Charlie holte mich in der Küche ab und nachdem wir gefrühstückt hatten, stiegen wir in den Aufzug. Sie drückte den Knopf des dritten Untergeschosses. Ich erschrak richtig. Ich hatte zwar vorher auch schon mal wahrgenommen, dass unter der Trainingshalle wohl noch eine Etage war, aber ich dachte, da wären Lagerräume oder Keller oder Ähnliches.

Was würde sie mit mir dort unten wollen. Es wurde richtig aufregend. Die Tür ging auf und ich konnte es nicht glauben. Vor uns lag ein komplett weißer Raum. Weißer Fliesenboden und weiße Wände. Es gab auch hier Cubes, doch nur drei Stück. „Willkommen im P2 Trainingsbereich!", lief Charlie vor mir und breitete die Hände in die Luft um mir damit die Halle zu präsentieren. Mir fiel auf, dass die Cubes anders waren und noch bevor ich mich selbst genau umsehen konnte, öffnete Charlie den ersten Cube und ging mit mir hinein. Aus Gewohnheit suchte ich mit meinen Augen nach einem Grounder, doch hier gab es keinen. Außerdem wirkten die Wände und der Boden eher weich. Aber dennoch stabil. Es schien, als hätte alles das gleiche Material wie die Masken. Die gab es immer noch, allerdings hingen davon zwei an der Wand und neben ihnen waren Gurte, die an zwei Seilen mit der Decke verbunden waren. „Hier haben wir die neue Generation von Cubes. Sie sind extrem teuer und deshalb haben wir bis jetzt auch nur drei. Wir nutzen sie für P2 Visionen, weil die meist interaktiver und kreativer sind. Gelegentlich, wenn eine P1 Vision, besonders komplex ist, kann sie auch hier trainiert werden, doch für die meisten sind die bisherigen Cubes vollkommen ausreichend.", erklärte sie. „Aber wie kann man hier einer P1 ohne Grounder trainieren?", fragte ich. „Doch sie haben Grounder, du siehst sie nur nicht. Mary, zeig uns die Grounder!", sprach sie. Es öffnete sich der Boden und zwei Flächen mit einem dünnen weißen Tuch darauf öffneten sich in der Raummitte nebeneinander. Man sah, dass sich etwas darunter befand, doch konnte man es nicht erkennen. „Jetzt pass auf!", sagte Charlie. Ihre Begeisterung war greifbar. Sie forderte mich auf Maske und Gurt anzuziehen und sie tat das gleiche.

Wir stellten uns auf die Grounder und plötzlich standen wir an einem wunderschönen Sandstrand. Es war eine Küste, die in einer Bucht lag und man konnte das Meer neben uns hören und riechen. Wir spürten den Wind auf der Haut und wie er durch unsere Haare wehte. Sahen die massive Felsenwand neben uns und spürten die Wärme der Sonne auf unserem Gesicht. Die Füße standen auf dem Sand, der sich zwischen den Zehen etwas hochdrückte. Ich hob einen Fuß an, weil ich es nicht glauben konnte und fuhr dann mit meinen Zehen durch den Sand, um ihn zu spüren. Wir fingen an zu laufen. Am Strand entlang, im Paradies. Ich sah zu Charlie und sie strahlte mich an. Dann veränderte sich der Sand und er wurde wunderschön violette. Der komplette Strand hatte eine andere Farbe, das sah unglaublich aus. Dann wechselte er zu Rot, dann zu Blau, Grün und Orange. Ganz erstaunt beobachtete ich dieses Farbspiel. Plötzlich nahm Charlie mich bei der Hand und ging mit mir ins Wasser. Immer weiter und ich zögerte ein Moment, doch sie nickte mir lächelnd zu also tat ich einfach, was sie tat. Wir liefen immer weiter bis sich unsere Köpfe unter Wasser befanden und dort machte sich direkt unter uns eine ganze Wasserstadt auf. Wir veränderten uns und um unsere Beine legte sich eine durchsichtige Meerjungfrauenflosse, die silbern und blau glitzerte. Als wir im Wasser über der Stadt schwebten, atmeten wir als wären wir an Land. Dann nahm Charlie meine Hand und wir schwammen hinunter. Es brauchte nicht viel Kraft und es fühlte sich an, wie fliegen. Wir schwammen durch ein großes Tor und vor uns war ein riesiger Markt zu sehen. Dort gab es Obst, das ich noch nie gesehen hatte. Blaue Wassermelonen, Mangos mit leuchtenden Schuppen, grüne Kirschen, die durchsichtig waren und wie aus Glas wirkten. Es gab Gemüse, das aussah, als wären sie im Meer gewachsen, doch schmeckten wie an Land. Anemonen die wie Gurke, Seesterne die nach Tomate, Kieselsteine die wie Erbsen und Muschelschalen die nach Paprika schmeckten. Wir probierten alles und genossen die köstliche Auswahl, winkten den freundlichen Fischen hinter den Ständen zu, die sich bewegten, gestikulierten und sich unterhielten wie Menschen und schwammen weiter zu einem kleinen Schloss, um das wir herumschwebten und uns einfach nur frei und glücklich fühlten. Kleine bunt blinkende Quallen und

Fische huschten an uns vorbei. Es war eine Traumwelt, wie ich sie noch nie erträumt hatte. Wir tauchten auf, sahen uns an und lachten. Mit einem Mal verschwand dann wieder alles um uns herum, das Meer war weg und wir wieder im Cube. Als ich so zu mir kam, erschrak ich, denn wir hingen in der Luft. „Oh, Gott!", rief ich. Charlie lachte nur. „Mary, du kannst uns wieder herunterlassen.", sagte sich noch immer, mit einem Lachen in der Stimme und wir kamen kurz darauf wieder am Boden an. Ich wollte so viel fragen und sagen, aber war letzten Endes einfach nur sprachlos. Charlie nahm die Maske ab und setzte sich auf den Boden. „Setz dich zu mir!", sagte sie und klopfte dabei mit der Handfläche neben sich. Ich nahm neben ihren Platz und zog ebenfalls meine Maske ab. „Ist das nicht cool?", fragte sie. „Es war unglaublich. Wie geht so etwas?", fragte ich zurück. „Du warst gerade Teil meiner Vision. Du konntest das sehen, was ich sehen wollte und ich konnte es mit dir teilen. Der Cube hier hat so viel Technik, die es uns ermöglicht, die Visionen so echt wie es nur geht zu erleben. Du konntest auch schmecken, was ich schmeckte, weil Mary entsprechenden Duft einsetzt um Geschmack vorzutäuschen. Also wenn ich jetzt so alleine vor mich hin visioniere, dann würde ich das auch alles sehen und fühlen aber, um es mit jemandem zu teilen, muss das für ihn sichtbar und erlebbar gemacht werden. Der Boden hier drin passt sich den Gegebenheiten an. Jeder Zentimeter in diesem Cube ist beweglich und Mary hat die Kontrolle. Na ja, zumindest gibt sie das an den Cube weiter, was der Visionär sieht und spürt. Mit dem Gurt können wir schwimmen, fliegen, uns hinsetzen oder legen, sogar Pirouetten können wir drehen, wenn wir das wollten. Noch realer geht es kaum. Unser Ziel ist es, einmal so viele zu haben, dass wir sie auch für das P1 Training hernehmen können, doch dafür braucht es noch ein paar Investoren.", sie lächelte zufrieden, weil sie offenbar schon über die drei sehr glücklich war. „Wie kommen wir an die Investoren?", frage ich. „Durch verschiedene Arbeitsleistungen, die wir nach außen erbringen. Wir unterstützen die Bevölkerung in manchen Bereichen und das bringt uns Einnahmen durch Investoren und aber auch durch Fördermittel. Das ist ziemlich kompliziert, da kennt sich Tim besser aus als ich. Ich erfreue mich nur an den neuen Spielzeugen und daran sie meinen Teilnehmern zu zeigen.", sie lächelte und machte eine Pause. Ich lehnte meine Arme nach hinten und sah mich wohl und zufrieden um. Es fühlte sich an als wäre ich eine riesige Runde laufen gegangen. Es war nicht annähernd so anstrengend, aber das Glücksgefühl war das gleiche. „Nach allem was war, wollte ich dir zeigen, wie viel Schönes noch auf dich wartet. Denk immer daran, wenn dein Training dich frustriert.", sagte sie noch und lächelte mich liebevoll an. „Vielen Dank, Charlie, das war der Wahnsinn. Ich freue mich schon darauf, hier zu trainieren.", gab ich glücklich zurück. Wir saßen noch eine Weile auf dem Boden und unterhielten uns, ehe ich mich wieder auf den Weg nach oben machte. Ich ging in mein Zimmer, legte mich zufrieden auf mein Bett und kuschelte mit

den Katzen. Dann dachte ich gerade darüber nach,
wie ich wohl eine solche Vision auslösen könnte und
vor allem, was ich visionieren würde, welche Welt ich
kreieren könnte, als es plötzlich an meiner Tür
klopfte.

Noch ganz in Gedanken versunken übersprang,
ich es, durch den Spion zu schauen ,und öffnete
die Türe. „Hallo, Anne?“, vor mir stand Daniels Trainer. „Jaa?“, gab ich langsam und verblüfft zurück.
„Ich bin Sergej, Daniels Trainer. Wir hatten glaube
ich bisher nicht die Gelegenheit uns vorzustellen.“,
ohne groß Luft zu holen, sprach er weiter. „Ich soll
dir das hier von Daniel geben. Es ist notwendig und
wenn du danach noch Fragen hast, kannst du gerne
zu mir kommen.“, sagte er und wirkte dabei unglaublich eindringlich. Er hielt einen Umschlag in der
Hand und reichte ihn mir rüber. Ich konnte kaum
antworten. Nach dem wundervollen Tag mit Charlie
kam nun wieder so was. Da ich nicht wusste, ob ich
genervt oder glücklich darüber sein sollte, fühlte ich
erst einmal gar nichts. Ich sagte nur „Danke.“ und er

verschwand wieder. Dann schloss ich die Türe hinter mir und atmete erst einmal durch. Ein paar tiefe Atemzüge später öffnete ich den Umschlag. Es war ein Brief darin auf dem stand: *Hey Anne, sicher wunderst du dich gerade darüber, warum ich dir schreibe. Doch ich habe das Gefühl, ich muss mich bei dir erklären. Mein Verhalten war und ist nicht immer sehr fair. Ich kann nur leider sehr schlecht aus meiner Haut. Ich habe Ängste, die wirken neben denen von anderen unscheinbar, doch bedauerlicherweise sind sie immerhin schlimm genug, um die Menschen zu verletzen, die mir etwas bedeuten. Damit möchte ich dich weder erschrecken noch verwirren, doch ich spüre dir gegenüber eine starke Zuneigung und eine gewisse Verbundenheit. Ich reagiere auf deine Nähe, körperlich, aber auch geistig. Je mehr ich spüre, wie sehr ich mich zu dir hingezogen fühle, desto größer wird die Angst du könntest mich abweisen oder verschwinden. Ich möchte auf keinen Fall besitzergreifend wirken oder dich abschrecken, doch ich muss ehrlich zu dir sein. Wenn du auch etwas zwischen uns gespürt hast, dann ist es meine Pflicht ehrlich zu dir zu sein. Ich bin jetzt schon eine gewisse Zeit weg*

und werde wohl auch noch eine Weile nicht ins Center kom-
men, weil ich versuche an mir zu arbeiten. Nicht an meiner
Angst, sondern an dem Umgang mit ihr und an dem Umgang
mit meinen Mitmenschen. Ich hoffe, du verstehst das und ich
möchte, dass du weißt, dass es mir bewusst ist, wie unhöflich
mein Benehmen war. Wenn ich wiederkomme und du noch da
sein solltest, hoffe ich, ich kann dir eine bessere Version von
mir und mein wahres Ich zeigen. Sergej ist ein sehr freundlicher
Trainer und du kannst dich jederzeit mit ihm über mich unter-
halten. Vielleicht kann er dir noch etwas mehr Aufschluss
über meine Ängste geben, als ich es selbst in Worte fassen
kann. Bitte pass auf dich auf und hoffentlich bis bald. Da-
niel'. Ich brauchte mich nicht zu entscheiden. Diese
Worte machten mich auch jeden Fall glücklich!

LISA

Ich las mir den Brief immer und immer wieder durch
und mit jedem Mal wurde mein Grinsen noch breiter. Es machte mich einfach so froh, dass ich endlich
die Bestätigung bekam, dass ich mir das zwischen uns
nicht nur eingebildet hatte und er sich seiner Haltung
mir gegenüber bewusst war. Dieser Brief öffnete uns
neue Türen und die Verzweiflung, die er immer in
mir erweckte, löste sich endlich in Luft auf. Als ich
daran dachte, wie er dasaß und den Brief für mich
verfasste, schlug mein Herz schneller. In dieser
Nacht schlief ich unruhig und träumte immer wieder
von Daniel, was mich auch in den darauffolgenden
Nächten noch verfolgte. Und obwohl Daniel und
sein Trainer es mir freundlich anboten, hatte ich dennoch kein wirkliches Bedürfnis, mit Sergej zu reden.

Bevor ich mit jemandem sprach den ich nicht kannte, nahm ich mir vor, Lisa endlich einzuweihen. Während eines Trainings unterhielten wir uns und ich wollte sie an diesem Abend in ihrem Zimmer besuchen. Also nahm ich eine Dusche nach meiner Trainingseinheit, die übrigens hervorragen verlief, ich schaffte es den Angriff zu verzögern und abschwächen zu lassen, es waren nicht mehr mehrere Stiche, sondern ‚nur' noch der eine, machte mich danach auf den Weg ins Bistro, um uns zwei Sandwiches mitzunehmen und ging zu Lisa. Sie hatte auf ihrem Bett große bunte Kissen liegen und ich stapelte sie hinter mir, um mich gut anlehnen zu können. Wir unterhielten uns eine Weile über das Training und auch bei Lisa lief es diese Woche richtig gut. Sie hatte die erste Vision, in der sie sich nicht verletzt hatte. „Wenn es so weitergeh, traue ich mich die Verblendung während meiner Vision wegzunehmen!", merkte sie freudig an. Ich lächelte und wir freuten uns beide über unsere Erfolge. „Du, ich möchte dir da noch etwas erzählen.", fing ich an und kam mir vor wie ein

Schulmädchen. „Ookay und was?", frage sie sowohl neugierig als auch angespannt. „Nichts Schlimmes.", ich machte kurz Pause und lachte. „Ähm, du kennst doch Daniel, oder?". „Ja na klar.", antwortete sie mit wachsendem Lächeln, so als würde sie schon wissen, in welche Richtung es jetzt gehen würde. Dann fing ich an und erzählte ihr alles. Von den ersten Momenten, meiner sexy Vision mit ihm, dem Gespräch im Garten und dann letzten Endes noch von seinem Brief. „Er macht mich einfach wahnsinnig. Das Schlimme ist, dass er durch diese zurückhaltende und flüchtende Art nur noch interessanter wird, aber es tut mir auch weh, wenn ich mich immer zwingen muss ihn zu vergessen. Das möchte ich eigentlich nicht. Sondern ich will ihn doch kennenlernen und Zeit mit ihm verbringen.", setzte ich noch an meine ganze Geschichte dran. „Ich verstehe dich. Aber als jemand, der jahrelang wie Dreck behandelt wurde, kann ich dir nur raten, nicht zu nachgiebig mit ihm zu sein. Es ist schön, dass du Verständnis zeigst und löblich, dass du ihm Zeit gibst, doch Visionen hin oder her, wir müssen versuchen unser Bestes zu geben, die Menschen, um uns herum nicht zu verletzen. Er hat Glück mit dir, weil du es wertschätzt. Ich wünschte, ich hätte dich vor Jahren geheiratet.", sagte sie und wir lachten beide. „Ich denke, ich weiß, was du meinst. Danke Lisa. Ich weiß auch nicht, warum ich es für mich behalten hatte, vielleicht einfach nur um gelegentlich nicht darüber nachdenken zu müssen, aber es tut wirklich gut, mit dir zu reden.". „Und das kannst du künftig immer wieder gerne tun. Ich bin für dich da!", sagte sie mir und sah mir dabei tief in die Augen, so dass ich spürte, wie ernst sie es meinte. Ich erwiderte den Blick und sagte „Und ich für dich!". Wir lächelten. „Na, toll", sagte ich. „Jetzt sind wir offiziell Freundinnen.", Lisa lachte. „Und jetzt?", fragte sie. „Jetzt liegen vor uns einige Abende voller Liebeskummer, Gesichtsmasken und schlechten Filmen. Und natürlich Shoppingtouren, nicht zu vergessen! Oskar tut mir jetzt schon leid, weil er alles,

was du nicht mit mir alleine machen kannst, mitma-
chen muss. Er hat nun mal keine Wahl.", erklärte ich
ihr und amüsierte mich über diese zwar übertrieben
dargestellte, aber doch wunderschöne Zukunft. Wir
ließen diesen tollen Abend ausklingen und am nächsten Tag kam Tim zu mir in die Flurküche. „Ah Anne,
ich habe einen Job für dich.", ich war ganz aufgeregt
und freute mich. „Hey Tim, genial und was?", fragte
ich neugierig nach. „Oli der im Bistro arbeitet, verlässt uns bald und Max benötigt Unterstützung. Als
ich ihm sagte, dass du infrage kommen würdest, war
er ganz begeistert und jetzt will er niemand anderen
mehr. Du musst den Job also machen, sonst bekommen wir bald alle schlechtes Essen.", erklärte er. „Na
ja, bei meinen Kochkünsten wird das dann wohl ohnehin der Fall sein.", gab ich lachend zurück. Keiner
von uns konnte sich vorstellen, dass die beiden ge-
trennte Wege gehen würden. Ich dachte daran, wie
ich die erste Zeit wohl nur damit beschäftigt wäre
Max Taschentücher zu reichen. Wir vereinbarten,

dass ich in ein paar Tagen übernehmen würde, nachdem wir Oli ordnungsgemäß verabschiedet hatten. Ich sprach beim Training mit Charlie darüber und obwohl sie froh war, dass ich einen Job bekommen hatte, war sie doch sehr traurig, dass Oli ging. Ich wollte gerade ein Training starten als ich sah, wie Lisa aufgeregt an meinem Cube stand. Sie hielt einen Zettel hoch und jubelte. „Moment Mary, ich bin gleich wieder da.", unterbrach ich. „Alles klar, Anne." Ich ging hinaus und Lisa war ganz aufgeregt. „Ich habe ihn, den Termin für die Scheidung. Dann ist es endlich geschafft und Stella und ich können neu durchstarten.", freute sie sich. Ich nahm sie in den Arm. „Ich freue mich so für dich, du hast es geschafft." Ihre Stimmung war ansteckend und es machte mich sehr froh, dass sie damit direkt zu mir kam, um es mit mir zu teilen. „Okay, und jetzt rein da, ich wollte dich gar nicht groß stören.", schob sie mich wieder in den Cube. Ich lachte, „Seit wann machst du dir Gedanken darüber, ob du störst.", gab ich scherzend zurück, denn sie wusste, wie ich es meinte. Wieder in meiner Ausgangsposition sah ich Lisa noch draußen stehen und sie drückte mir die Daumen. „Mary, heute möchte ich es ohne meine Schwester versuchen.", wies ich sie an und sah dabei zu Lisa, die mir mehr als genug gute Gefühle gab. „Was immer du möchtest.", gab Mary wie immer freundlich zurück und wir fingen an. Dieser Mann kam auf mich zu und ich empfand keinen Hass mehr, keine Angst. Er lief weiter und mir fiel die warme Sonne auf, die auf mein Gesicht schien und ich genoss die frische Luft. Kurz bevor der Mann auf meiner Höhe war lächelte er mich an. Ich wollte zurücklächeln, doch merkte, dass ich das bereits tat. Er lief an mir vorbei und als er hinter mir war und kurz nichts passierte, drehte ich mich um und er sah mir nach. Noch immer lächelten wir beide und liefen dann weiter. Wieder im Cube angekommen konnte ich es nicht glauben „Ich habe es geschafft!", flüstere ich vor mich hin. Ich sah wieder nach draußen und sah Lisa, wie sie herumhüpfte. „Ich habe es geschafft!", sagte ich etwas lauter und schlug mit Fäusten in die Luft. Es freute mich so sehr.

Zügig ging ich raus und Charlie und Lisa stürmten auf mich zu. Beide umarmten mich und Charlie klatschte in die Hände, während Lisa und ich uns an den Armen hielten. „Hätte ich das gewusst, hätte ich dich schon früher zum Training dazu geholt, Lisa.", sagte Charlie. Lisa und ich sahen uns nur an. Ich war mir sicher sie wusste ganz genau, dass ihre Freude und Anwesenheit ausschlaggebend für meinen Erfolg waren. „Ich will noch einmal.", sagte ich angefixt und genoss noch drei weiter Visionen dieser Art. Sie waren voller Freude, Glück, Liebe und guter Laune. Es gab in diesem Moment einfach kein Platz für anderes in mir. Alles war wunderbar. Mein Leben verlief so, wie ich es mir wünschte, ich hatte eine wundervolle Freundin gefunden und Daniel war zwar nicht hier, aber zu wissen, dass er mich mochte, machte mich glücklich genug, um jeden Groll verschwinden zu lassen und dieses bloße Gefühl eine Vision zu kontrollieren war etwas, was in mir neue Seiten weckte. Es war eine Art von Macht, nicht über andere aber über mich selbst und meine Gedanken, so als könnte ich zaubern und das war ein ungeheuer gutes Gefühl und gab mir neues Selbstvertrauen. Den Rest der Woche verbachte ich damit, eine Kündigung für meine Arbeit und meine Wohnung zu schreiben und sie meinem Chef und meinem Vermieter zu geben. „Mein Vater ist nicht zugegen, worum geht es denn?", kam mir Mark entgegen als ich meinen Chef suchte. „Ich wollte ihm das hier geben.", antwortete ich. „Die nächste Krankmeldung, hm?", kam er mir vollkommen blöd und herablassend. „Meine Kündigung!", gab ich mit ernster Miene zurück und ärgerte mich, über jede Sekunde, die ich an diesen Idioten gedacht hatte. „Tja, das ist traurig.", sagte er heuchlerisch und versuchte mich zu bemitleiden. „Tjaaa", antwortete ich überspitzt, „mir geht's so schlecht, dass ich lieber in der Psychatrie bleibe." Mein Grinsen war so breit, dass es fast nicht mehr in mein Gesicht gepasst hätte, dann drehte ich mich um und ging. Man war das ein gutes Gefühl. Sollte er doch denken, was er wollte, es war mir vollkommen egal. Er spielte für mein Leben überhaupt keine Rolle mehr. Ich lief ins Pappardelle und gab dem Chef dort einen kleinen Zettel mit meiner Handynummer darauf und fragte ihn, ob er ihn wohl Tom geben könnte, sobald er ihn wieder einmal sieht. „Na, klar!", gab er zurück. So das war's. Auf dem Weg zurück zum Center fuhr ich bei der Adresse meines Vermieters vorbei und warf die Kündigung ein. Drei ganze Steine leichter fuhr ich zurück zu meinem neuen Zuhause. Tags darauf fand die Verabschiedung von Oli statt und wir alle hatten Glatzenmasken und eckige schwarze Brillen auf. Mario und Marco rasierten sich sogar ihren Bart weg, weil Oli nie einen trug und sie sahen damit wirklich komplett verändert aus. Währen ich darüber nachdachte, ob es mir gefiel oder ich die Bärte vorzog, stieß Oli mich von der Seite an „Du ersetzt mich also?", kam charmant von ihm. „Ich würde viel lieber mit euch beiden hier arbeiten. Das wird eine harte Zeit für Max. Wir werden dich alle sehr vermissen.", sagte ich ihm. „Das ist lieb.", er atmete kurz durch.

„Doch es ist Zeit, dass ich endlich meine beruflichen Ziele weiterverfolge. Ich werde ja auch nicht jünger.", er grinste mich an. „Pass mir bloß gut auf Max auf und sobald ich eine coole Studenten WG gefunden habe, kommt ihr mich mal übers Wochenende besuchen, ja?", setzte er nach. Sein Plan war es nämlich sein Studium weiterzumachen, das er damals für das Center unterbrochen hatte. „Auf jeden Fall Olli, darauf freue ich mich schon.", sagte ich und nahm ihn in den Arm so gut ich konnte, denn mein Kopf reichte gerade mal bis zu seiner Brust. Es war eine gemütliche und tolle Feier und alle vom Center feierten gemeinsam den Abschied von Oli im Bistro. Beiläufig bekam ich mit, wie Sarah mit ihrem Trainer den Raum verließ. Es sah ganz nach Panikattacke aus und sie tat mir sehr leid. Nach ihrem Kontrollerfolg über die Angst vor einem Herzinfarkt kämpfte sie noch stärker mit der Angst vor einem Schlaganfall. Ich beschloss etwas früher zu gehen, um nach ihr zu sehen. Sie saß mit ihrem Trainer bei einer Tasse Tee in unserer Küche und machte Übungen. Sie legte gleichzeitig an beiden Händen ihre Fingerspitzen abwechselnd aufeinander. Also Daume zu Zeigefinger, Daume zu Mittelfinger und so weiter bis sie am kleinen Finger ankam und wieder von vorn begann.

„Siehst du, es ist alles gut!", beruhigte sie ihr Trainer. Ich setzte mich zu ihnen und nach einer Weile fingen wir an uns über belanglose Sachen zu unterhalten. Sie bestanden übrigens darauf, dass ich endlich Donuts mit Füllung ins Bistro brachte. Darauf warteten sie wohl schon ewig. Ich versprach ihnen mein Bestes zu geben und war froh, dass die offensichtliche Ablenkung funktioniert hatte. Als wir müde wurden, gingen wir in unsere Zimmer und legten uns hin. Ich war so erledigt, dass ich sofort einschlief. Direkt am Tag darauf hatte ich meine erste Schicht. Max hatte nur noch selten Training und übernahm deshalb die meiste Zeit im Bistro und ich half immer dann, wenn ich kein Training hatte. Zwei Tage wechselten wir uns dann ab, damit der andere auch mal freibekam und Charlie passte meinen Trainingsplan so an, dass sich Job und Cubezeit nicht überschnitten. Max arbeitete mich ein und versuchte sich die größte Mühe zu geben sich nicht wegen Olis Verlassen hängenzulassen. Der dann übrigens noch einmal ins Bistro kam, bevor er fuhr und sich nun wirklich verabschiedete. Als die beiden sich in den Arm nahmen, schossen mir die Tränen in die Augen. Sie sagten nicht viel, aber das brauchten sie auch nicht. Es war wirklich sehr bewegend und als Oli durch die Tür verschwand, sagte keiner von uns beiden einen Ton. Wir arbeiteten ganz in Ruhe vor uns hin. Ich dachte, so gut, wie die zwei sich necken konnten, so gut konnten Max und ich gemeinsam schweigen. Es war keine unangenehme Ruhe, sondern eher eine entspannte. Es tat gut zusammen zu sein, aber nicht reden zu müssen. Das schaffte eine schöne Harmonie zwischen uns beiden. Schon nach kurzer Zeit liebte ich die Arbeit und fühlte mich pudelwohl hinter dem Tresen. Ich fing an zu verstehen, was Max, Oli oder auch Tom an diesen Beruf so liebten. Umgeben von duftenden Leckereien und dem Aroma von Kaffee und Tee. Das Treiben der Leute, die zwar um einen herum aber doch separat waren. Es war toll.

Lisa kam ins Bistro. „Noch einen Tag, dann ist es soweit.", sagte sie ganz aufgeregt und lehnte sich etwas über den Kassenbereich zu mir rüber. „Ich weiiiißßßß, bald geschafft. Bist du nervös?", fragte ich. „Oh und wie. Aber nicht so angstnervös, sondern vorfreudig. Ich hoffe doch, du planst eine Scheidungsparty für mich.", erklärte sie. „Darüber werde ich dir nichts verraten. Hey, warum bist du eigentlich alleine hier?", hakte ich nach. „Oskar sagte, mein Training läuft so gut, dass ich es alleine schaffen würde dich im Bistro zu besuchen.", kam von ihr. Ich entgegnete ihr mit einem respektvollen Nicken. „Aber schneide mein Sandwich trotzdem schon mal vor!", fügte sie scherzhaft hinzu und machte sich über sich selbst lustig. Das konnte sie so charmant, dass ich sie für diese Leichtigkeit liebte, die sie mitbrachte. Nach meiner Schicht ging ich zum Training und wir wiederholten noch einmal beide Visionen durcheinander. Es lief wunderbar und ich konnte beide kontrollieren. Charlie war total happy mit mir und ich auch. Sie verriet mir, dass wir dann bald ins P2 Training starten könnten, ergänzte auf meinem Trainingsplan die Cubenummern und änderte die Etage. Ich freute mich so darauf und war schon fast traurig, dass erst noch drei trainingsfreie Tage vor mir waren, bevor ich anfangen konnte. Doch so hatte ich mal etwas Pause und konnte derweil meine Wohnung leerräumen und streichen. Ich hatte das mit Lisa schon gesprochen, sie und Oskar wollten mir dabei helfen. Also fuhren wir tags drauf hin und räumten schon einmal den ersten Schwung mit aus. Wir packten all das ein, was ich mitnehmen wollte und für den Rest machten wir im Wohnzimmer einen Haufen mit den Sachen, die ich entsorgen musste und einen mit den Dingen, die man noch verkaufen konnte. Ich wusste nicht, wie sie auf die Idee kam, doch Lisa fing an meine Küche auszuräumen. Vielleicht wollte sie sich selbst der Herausforderung stellen und sich ihrer Angst aussetzen. Die ersten drei

Messer konnte sie ohne Probleme auf den Wegwerfhaufen packen, doch das vierte und größte Messer forderte sie. Als Oskar, der ihr nie von der Seite wich, und ich sahen, wie sie das Messer lange vor sich in der Hand hielt, legten wir unsere Hände auf ihre Schulter. Ich konnte zwar keine Gegenvision erzeugen, aber ich wollte ihr zeigen, dass ich da bin. Einen kurzen Moment später legte sie das Messer weg und entspannte sich. Wir freuten uns und strahlten sie an. „Danke, ihr zwei.", sagte sie erleichtert. „Das warst du ganz alleine, Lisa. Ich habe keine Gegenvision erzeugt und Anne wahrscheinlich auch nicht, oder?", fragte Oskar. „Nein, natürlich nicht.", antwortete ich selbst ganz verwundert über Oskars Aussage. „Was wirklich?", fragte Lisa noch einmal nach. „Wirklich!", kam von Oskar. Wir lächelten uns alle an und wir konnten sehen, wie stolz Lisa auf sich war. Es war nicht nur eine Vision, sondern ein Start in ein neues Leben mit ihrer Tochter und sie so zu sehen, war sehr emotional für mich. Als wir soweit alle Siebensachen hatten, fuhren wir zurück ins Center. Ich fragte die beiden, ob sie Lust hätten, noch mit ins Bistro zu kommen und das taten sie auch. Wir aßen und tranken noch eine Kleinigkeit, bevor ich meine Abendschicht anfing. Als Lisa und Oskar gingen, sprach ich mit Max über die Überraschungsparty für Lisa. „Hast du alles da?", fragte ich. „Jub, wir können nachher gleich loslegen." Wir brachten unsere Schicht zu Ende und als das Bistro zu war, backten wir für Lisa einen Kuchen und ein paar kleine Kekse. Auf allem standen die Worte „Endlich-Ex Frau" und der Kuchen war mit zerbrochenen Handschellen verziert, die darstellen sollten, dass sie nun endlich die Fesseln los war. Außerdem bliesen wir Luftballons auf und legten Luftschlangen bereit. So mussten wir am nächsten Tag nur noch alles vorbereiten, so lange Lisa bei ihrem Termin war. Alle wussten Bescheid und sobald ich von ihr die Nachricht bekommen würde, dass sie auf dem Heimweg war, würde ich alle zusammentrommeln. Am nächsten Tag war es dann so weit. Ich brachte Lisa zum Auto und verabschiedete mich von ihr. „Schreib mir auf jeden Fall, wenn du wieder losfährst und wenn du dann hier bist stoßen wir gemeinsam an.", sagte ich beiläufig, um sie nichts von einer tatsächlichen Party ahnen zu lassen. „Das mache ich. Bis später.", sie war sichtlich aufgeregt. „Und du willst wirklich alleine fahren? Oskar würde dich sicher begleiten oder ich gebe Max Bescheid, dass ich mit dir fahre.", bot ich ihr an. „Nein, ich möchte das für mich alleine machen. Es ist wichtig für mich.", gab sie mit einem Lächeln zurück. Es war zwar nur eine Unterschrift, doch für sie ging es um viel mehr. Endlich konnte sie mit ihrem alten Leben abschließen, mit den Demütigungen, Ängsten und mit ihrem, aus meiner Sicht, gestörten ‚EX‘-Mann. Ich ging zügig zu Max und wir fingen an das Bistro herzurichten und vollendeten den Kuchen. Alles war perfekt und bereit. Wir gingen noch einmal auf unsere Zimmer, um uns frisch zu machen und trafen uns dann wieder im Bistro. Die anderen waren noch unterwegs und warteten auf mein Signal. Nach einer Weile schaute ich immer öfter aufs Handy, weil

sie sich eigentlich so langsam mal hätte melden können. „Mach dir keine Sorgen, wer weiß was da alles
dranhängt und wie pünktlich die Anwälte waren.“,
beruhigte mich Max, weil er spürte, dass ich anfing
mir Sorgen zu machen. Da fiel mir ein, dass ich Lisas
Geschenk oben vergessen hatte. Ich hatte ihr drei Tickets für ein Ed Sheeran Konzert besorgt und sie waren für sie, Stella und mich gedacht. Ich hatte nie viel
Geld für mich selbst ausgegeben, also konnte ich mit
der Zeit einiges ansparen und es war mit egal, was sie
kosteten. Somit wählte ich die beste Kategorie. Sie
war es mir Wert und nach dem Abgrenzen von alten
Kontakten war es ein schönes Erlebnis, um unsere
neue Freundschaft zu besiegeln. „Ich bin gleich wieder da, ich habe etwas oben vergessen.“, sagte ich zu
Max und öffnete die Tür zur Eingangshalle. Noch
nicht ganz draußen sah ich, wie Oskar und ein Sanitä-
ter aus dem Aufzug stürmten, der sich gerade öffnete
und Richtung Parkplatz liefen. Mit einem Mal wurde
mir ganz schlecht. Ich rief ihnen nach und fragte was
los sei, doch Oskar rief nur „Etwas ist mit Lisa.“ Mir

blieb die Luft weg. Was war nur passiert. Ich rief sie an, immer und immer wieder. Max kam zu mir in die Halle und fragte, was los sei. „Etwas ist mit Lisa passiert. Oskar ist gerade an mir vorbeigerannt. Wahrscheinlich hat ihr Armband ausgelöst und sie suchen sie jetzt.", gab ich kurzatmig zurück und lief dabei im Kreis während ich es immer wieder bei Lisa versuchte. Doch ich kam nicht mal durch. Ich überlegte und hoffte, dass es daran liegen könnte, dass sie keinen Empfang hatte. Vielleicht hatte das den Alarm ausgelöst, aber wie sollten sie sie dann finden können? Tausend Gedanken schossen mir durch den Kopf. „Sollen wir zu Tim fahren? Vielleicht weiß der was?", frage mich Max. Das war eine gute Idee. Ich nickte nur und wir fuhren hoch bis in den Trainerflur und hofften Tim zu finden.

Doch dort saßen nur Charlie und noch ein anderer Trainer. „Charlie weißt du, wo Tim ist?", ich zitterte richtig und es lag eine Panik in meiner Stimme, die ich nicht unterdrücken konnte. „Ich glaube der ist oben bei Philip. Was ist denn los?", fragte sie ganz besorgt und stand auf, um zu mir zu kommen. „Lisas Armband hat ausgelöst.", gab ich zurück und konnte kaum mehr erklären. Alle drei fuhren wir hoch und suchten Tim. Er war derweil mit Philip im Krankenzimmer und telefonierte. „Alles klar, gebt mir Bescheid, wenn ihr mehr wisst!", sagte er und legte auf. Ich musste gar nichts sagen, sondern sah ihn nur an. „Sie haben sie bisher nicht gefunden, aber laut ihres Signales, kann es nicht mehr weit sein." Er wirkte ebenso besorgt und verzweifelt. Ich verbot mir zu weinen und versuchte positiv zu denken. Vielleicht war das alles einfach nur ein blöder Zufall. Letzten Endes konnte mit der Technik ja alles Mögliche passieren. Wir blieben alle dort in dem Raum. Es verging Minute um Minute. Tim versuchte immer wieder Oskar anzurufen, doch seine Anrufe gingen auch nicht mehr durch. Ich setzte mich auf den Boden unter ein Fenster und zog die Knie an. Die Stille umschloss uns wie flüssiger Beton. Dieses Warten war unerträglich. Dann plötzlich klingelte mein Handy. Ich hatte eine Nachricht von Lisa. „Ich fahre jetzt los." „Das ist Lisa!", rief ich auf. „Sie fährt jetzt los, schreibt sie mir." Mir fiel ein riesiger Stein vom Herzen, Gott sei Dank! Alle atmeten auf. Kurz darauf klingelte Tims Telefon, es war Oskar. „Gott sei Dank Oskar, Anne hat gerade…..", dann hörte er auf zu reden und bewegte sich auch nicht mehr. „Bitte was?", die Stimmung schlug wieder radikal um. Er hörte Oskar zu und sagte dann, „Danke, Oskar.", und sein Tonfall ließ mich erstarren. Er drehte sich zu uns um und man konnte sehen, wie er kämpfte, die Tränen zurückzuhalten und wie er nach Worten suchte. „Lisa ist tot." „Nein, sie hat mir doch gerade noch geschrieben!", sagte ich, während auch in mir die Tränen aufstiegen. „Sie hat doch geschrieben…", ich wollte aufs Handy sehen und die Nachricht vorlesen, doch meine Augen waren schon so mit Wasser gefüllt, dass ich nichts mehr erkennen konnte. Ich blickte wieder auf und in dem Moment tropften die Tränen nur so heraus. „Sie haben sie gefunden. Sie ist mit ihrem Auto eine Autobahnbrücke heruntergestürzt. Oskar hat ihr Handy gefunden und mitgenommen. Da er selbst keinen Empfang hatte, um uns zu erreichen, ist er auf eine Lichtung, um uns anzurufen. In dem Moment hat wohl Lisas Handy auch wieder Empfang gehabt und ihre Nachricht ging raus.", erklärte er uns. Es fiel ihm so schwer zu reden, dass man ihn kaum noch verstand. Wir alle weinten nur noch. Ich konnte mich noch immer nicht bewegen und merkte, wie die Tränen in Fluten über mein Gesicht liefen. Das durfte einfach nicht wahr sein. Was war passiert und wäre ich doch nur mit ihr gefahren. Tim und Philip gingen aus dem Raum, um es den anderen zu sagen. Ich ließ mich wieder auf den Boden fallen und Charlie und Max blieben bei mir. Wie konnte das nur sein? Es war doch ihr Tag von ihrem Neustart. Was hätte sie dazu bringen können, so etwas zu tun. Das musste ein Unfall gewesen sein. Ihr Leben mit Stella, das vor ihr lag, gab ihr so viel Kraft, dass sie sich locker hätte kontrollieren können. Ich verstand die Welt nicht mehr. „Komm, wir gehen runter!", sagte Max und zog mich hoch. Ich folgte ihm einfach wie eine leere Hülle. Wir fuhren in den ersten Stock, wo bereits die anderen ganz betroffen saßen. Dann setzten wir uns zu ihnen und gemeinsam saßen wir dort und warteten auf Oskar. Wir waren sprachlos. Keiner wusste so recht, was er sagen sollte. Stattdessen nahmen wir uns einfach in den Arm. Nach einer Weile kam Tim wieder zu uns gefahren und sagte, „Oskar ist wieder da!". Er hielt die Tür zum Fahrstuhl auf und wir fuhren alle ins Erdgeschoss. Oskar kam uns entgegen, auch ihm liefen die Tränen. Er wirkte kraftlos und erschöpft. Er blieb stehen und sah uns an. Mit Wasser gefüllten Augen und zitterndem Kinn sagte er nur „Es tut mir leid.", danach brach er in Tränen aus. Wir alle weinten mit ihm und nahmen ihn in den Arm. Diese Nacht war lang und der ganze Flur saß bis weit nach Mitternacht noch in der Küche. Später ging ich wie gelähmt ins Bett und hatte ein schlechtes Gewissen einzuschlafen. Ich sollte doch bei ihr sein, mit ihr feiern, mich mit ihr freuen. Plötzlich dachte ich an Stella und was mit ihr wohl passieren würde. Wie schlecht es ihr wohl gehen musste. Eine geballte Ladung Trauer prasselte auf mich ein und ich weinte mich geradezu in den Schlaf. Natürlich träumte ich von Lisa. Ich träumte, wie ich sie suchte und nicht fand. Doch auf einmal war sie da und sagte zu mir „Ich bin doch hier, Anne." Ich erschrak so stark, dass ich aufwachte und wieder weinte. Am nächsten Morgen dann fühlte ich mich wie betäubt und realisierte in welchem Albtraum ich da war. Ich ging zu Max in Bistro, weil ich wusste, dass dort noch alles für Lisa vorbereitet war. Als ich dort reinkam, war alles bereits weggeräumt. Max war so lieb und hatte das schon erledigt. Doch ihr Kuchen stand noch auf dem Tisch und als ich ihn sah, fiel ich in die Hocke und fing bitterlich an zu weinen. Es tat einfach weh. Ich wollte sie hier haben, bei mir und mich mit ihr freuen. Sie hatte doch jetzt alles geschafft, was sie wollte und war so voller Vorfreude und Zuversicht. Warum musste das geschehen? Max kam aus der Küche und sah mich. „Entschuldigung, ich wollte das alles noch wegräumen, bevor du kommst." Ich konnte nicht antworten. Er nahm mich und setzte mich auf einen Stuhl, machte mir einen Tee und setzte sich zu mir. „Warum musste das passieren?", brach ich die Stille. „Ich weiß es nicht, Anne. Es ist einfach nicht fair.", und damit hatte er verdammt recht. Wir schwiegen noch eine ganze Weile bis ich beschloss wieder auf mein Zimmer zu gehen. Dort blieb ich dann einige Tage. Es klopften zwar immer wieder Leute, zum einen Charlie die mir sagte, dass das Training erst einmal ausgesetzt wurde, zum anderen Sarah die fragte, ob sie mir etwas Gutes tun konnte und auch Tim der mich darüber informierte, wann die Beerdigung und die Trauerfeier stattfanden. Es tat mir leid, dass ich nicht mehr mit Sarah reden konnte, schließlich litt auch sie. Alle litten. Doch ich brachte die Kraft nicht auf, mich mit jemandem zu unterhalten oder darüber zu reden. Ich musste erst einmal für mich sein und heilen. Ich brachte gerade mal abends meinen Müll raus und trank gelegentlich ein Glas Wasser. Ansonsten war ich nur in meinem Zimmer. Einen Tag vor der

Beerdigung klopfte es wieder an meiner Tür und auf einmal stand Daniel vor mir.

„Hey, wie geht's dir?", fragte er mich. „Geht so.", gab ich zurück, ohne groß zu realisieren, dass er tatsächlich vor mir stand. „Wollen wir einen Kaffee trinken und reden?", fragte er wieder. Ich stimmte zu, wir gingen vor in die Küche und machten uns einen Kaffee. Emotionslos setzte ich mich hin und er nahm gegenüber von mir Platz. „Ich verstehe es einfach nicht. Sie war auf einem so guten Weg. Der Scheidungstermin sollte doch ihr Neuanfang sein, warum sollte sie dann so etwas machen?", sprudelte es aus mir heraus. „Vielleicht hat ihr etwas Angst gemacht und sie konnte es nicht kontrollieren.", sagte Daniel. „Aber sie war doch bereits so gut darin. Sie wurde immer besser und ihre Visionen hatte sie im Griff. Die Vorfreude auf das neue Leben half ihr dabei und nach diesem Schritt hätte sie sich doch eher erleichtert und glücklich gefühlt. Dann hätte sie auf jeden Fall Kontrolle gehabt.", es sprudelte geradezu aus mir heraus. Es war als würde seine Anwesenheit ein Ventil in mir öffnen und ich redete mir alles von der Seele. Er war unendlich freundlich und hörte mir geduldig zu. Wir saßen dort ziemlich lange, aber die Zeit verflog schnell. Als es spät geworden war, verabschiedeten wir uns voneinander. Er ging zum Fahrstuhl und erklärte mir, dass er aktuell noch nicht fest wieder da war. Momentan war ohnehin kein Training, aber schon bald würde er wieder für einige Wochen fest ins Center zurückkommen. „Warum warst du dann heute da?", fragte ich ihn. Er zögerte. „Deinetwegen!", gab er zurück und mein Herz zeigte wieder Anzeichen, dass es noch schlug. Wir sahen uns tief in die Augen und die Spannung, die sich bis dahin einigermaßen zurückhielt, baute sich wieder auf. Ich konnte nicht anders. Ich ging auf ihn zu und nahm ihn in den Arm. „Danke.", flüsterte ich schon fast, so leise sprach ich. Er drückte mich fest zurück, sah mich noch kurz an und verschwand dann im Fahrstuhl. Etwas erleichterter, aber noch immer bedrückt ging ich zurück in mein Zimmer und legte mich schlafen. Am nächsten Tag holte ich mir schwarze Kleidung aus dem Schrank und richtete mich einigermaßen her, weil mir selbst auffiel, wie fertig ich aussah. Sarah holte mich ab und wir fuhren mit zwei kleinen Bussen voll, zur Beerdigung. Es war durchgehend herzzerreißend. Der Anblick des Sargs ließ meine Knie weich werden und ich fühlte mich ganz seltsam. Die Tränen liefen dauerhaft und als ich Stella sah, war ich kurz davor, die Fassung zu verlieren. Doch sie kam auf mich zu also riss ich mich zusammen. Sie sprach nicht und hatte traurige Augen. Einen Moment sahen wir uns an und um uns herum verschwanden alle Leute. Nur sie und ich in der kühlen Luft auf dem Friedhof. Sie nahm meine Hand und legte wieder ihre darauf. Ich meine andere auf ihre und sie ihre zweite obendrauf. Ich fing an, bitterlich zu weinen, dann umarmte sie mich und als sie ging, waren die anderen Menschen wieder zu sehen und zu hören. Als sie Lisa zum Grab trugen, spielten sie ,Photograph' von Ed Sheeran und das setzte dem Ganzen noch eines obendrauf. Ich bekam am ganzen

Körper Gänsehaut. Irgendwann hatte ich keine Tränen mehr zu weinen, doch ich empfand einen ganz
tiefen innerlichen Schmerz. Als würde ein Teil von
meinem Herzen wegbrechen. Während sie Lisa in das
Grab hinunter ließen, sah ich auf der anderen Seite
Daniel zwischen all den Trauernden stehen. Ich war
so erleichtert, denn ich brauchte ihn jetzt. Alles in
mir wollte nur noch zu ihm und sich fallen lassen.
Doch als er mich sah, wie ich da stand wie ein Häuf-
chen Elend, drehte er sich um und ging weg. Von
dort, wo ich stand, konnte ich sehen wie er auf den
kleinen Parkplatz des Friedhofs lief und wegfuhr. Ich
bekam kaum Luft. „Alles in Ordnung?", fragte Sarah,
die neben mir stand und mich am Arm hielt. Ich atmete ein paar Mal tief durch und sagte dann, „Ja,
geht schon wieder." Warum tat er, was er tat? Genau
jetzt, während ich ihn so brauchte. Ich verstand die
Welt nicht mehr. Als der Pfarrer fertig war und nun
alle allmählich Blumen und Erde auf Lisas Sarg warfen, kam von der Seite eine Frau auf mich zu. „Hallo,
ich bin Lisas Mutter. Waren sie Freunde von ihr?",

fragte sie und ich empfand sofort Mitgefühl für sie. „Ja, Freunde.", brachte ich gerade so über die Lippen, die schon vollkommen vertrocknet waren. „Schön, dass sie gekommen sind.", sie erzählte weiter wie lieb Lisa war und wie schwer die Zeit für Stella sein musste. Dann stellte sie sich neben mich und sah zu einem Mann, der neben Stella stand. „Jetzt hat er mir nicht nur meine Enkelin, sondern auch meine Tochter genommen.", ihre Stimme wurde eiskalt und abweisend. „Wie kann ich das verstehen?", fragte ich nach. „Das ist der, jetzt Ex-Mann, von Lisa. Wenn Sie mich fragen, ist er für ihren Tod verantwortlich.", mir lief es eiskalt den Rücken herunter. „Lisa hat mich vom Gericht aus angerufen, an dem Tag als die Scheidung war, und mir erzählt, dass er das alleinige Sorgerecht für Stella beantragte. Er hatte alles Mögliche behauptet, nur um Recht zu bekommen. Sie war vollkommen aufgebracht und weinte.", mir wurde schlecht. Bitte was? Jetzt verstehe ich auch warum sie nicht in der Lage war ihren Unfall zu verhindern, ihr ging es einfach viel zu schlecht. Die Zukunft mit ihrer Tochter hat ihr einfach alles bedeutet und er nahm ihr auch noch das weg. Es war eine Tragödie und in mir stieg ein richtiger Hass auf. Am liebsten hätte ich ihn mit der Schaufel verprügelt. Als ich an der Reihe war, warf ich meine Rose, die ich in der Hand hielt und unsere Tickets für das Konzert hinein. Ich würde ohnehin nicht ohne sie hingehen und verkaufen war für mich auch keine Option. Sie waren für Lisa und gehörten zu ihr. Als ich wieder zurückging, lief ich an ihrem Ex-Mann vorbei. „Sie haben sie zerstört!", sagte ich zwar leise aber voller Abscheu. Er konnte nicht antworten und war zudem verwirrt, weil er mich nicht kannte. Ich warf ihm noch einen verachtenden Blick zu und ging. Stella konnte mir nur leidtun und ich hoffte, er würde ihr ein einigermaßen vernünftiges Leben bieten und sich um sie kümmern. Ekelhaft, wie Menschen nur so mit anderen umgehen konnten. Es war eine Sache wie er Lisa in der Ehe behandelt hatte, aber der Mutter das eigene Kind wegnehmen, war nur noch niederträchtig. Wir fuhren wieder zurück und in mir brodelte es nur so. Trauer, Wut, Verzweiflung. Lisas Unfall, ihr Ex-Mann und Daniel. Meine Gedanken kreisten nur so und wortlos stieg ich aus und ging in mein Zimmer. Dort bastelte ich an einer kleinen Rede, um die mich Tim bat, damit ich sie bei unserer Trauerfeier im Center vortragen konnte. Mittendrin überkam mich das Bedürfnis, meine Schwester anzurufen und als sie ranging, brach ich in Tränen aus.

Ich erzählte ihr, dass eine Freundin von mir gestorben war und wie sie gestorben ist. „Was hälst du davon, wenn du mich besuchen kommst?", bot Alex an. Ich dachte darüber nach und dann fragte ich mich, warum eigentlich nicht. Ich musste das nur mit Charlie und Max abklären und Sarah fragen, ob sie sich um meine Katzen kümmern würde. Meine Rede schrieb ich fertig und fragte dann die drei. Keiner hatte ein Problem damit und es wären auch nur ein paar Tage. Das Bistro blieb die Folgewoche aufgrund der Vorkommnisse ohnehin geschlossen und mein

Training konnte auch noch etwas warten. Bevor ich ging, gab ich Tim noch meine Rede und bat ihn sie bei der Trauerfeier stellvertretend für mich vorzulesen. Das wäre für mich ohnehin zu viel gewesen. Als ich zum Ausgang lief, kam mir noch Sergej entgegen und er bekam alles ab. „Du kannst Daniel sagen, dass er sich gar nicht mehr bei mir melden braucht!", schrie ich ihn schon fast an, so wütend war ich auf sein Verhalten. Sergej sah mich nur verständnisvoll an und nickte. Das überraschte mich etwas, aber wenn sogar er mir Recht gab, dann war sein Verhalten ganz offensichtlich unerträglich. Ich ging raus, packte meine kleine Tasche ins Auto und fuhr los. Während der Fahrt gingen mir meine Worte immer und immer wieder durch den Kopf: *Wenn ich jemanden beschreiben müsste, der für mich ein schöner Mensch wäre, dann war Lisa die Verkörperung davon. Nicht nur ihr wunderschönes Aussehen, ihr bezauberndes und mitreißendes Lachen, ihre Energie und ihre Aura, nein auch ihre inneren Werte von Stärke, Humor, Mitgefühl, Menschlichkeit, Liebe, Fürsorge, die Bereitschaft für andere da zu sein, den Willen* nie aufzugeben und den Mut ihren Träumen keine Grenzen zu setzen waren für mich der Innbegriff von Schönheit. Ohne Visionen hätte ich diese einzigartige und wunderbare Frau, diese beeindruckende und wohltuende Freundin, nie kennengelernt. Aber das, was sie in mein Leben brachte, genau das nahm sie mir auch wieder weg und ich könnte schreien vor Verzweiflung, weil ich es einfach nicht verstehe und wahrhaben will. Es fällt schwer, den Glauben an das Gute und an die Gerechtigkeit nicht zu verlieren. Doch ich behalte sie in meinem Herzen und wenn ich es schon nicht schaffe über den Schmerz hinwegzukommen, dann hoffe ich, dass sie mich im Herzen leitet und mir hilft meinen Frust zu überwinden. Denn Lisa war gütig und geduldig, liebevoll und wohlwollend. Am besten erweisen wir ihr die Ehre, wenn wir uns daran erinnern, wie sie war und was sie uns dadurch beigebracht hat. An die Liebe zu glauben, an das Gute zu glauben und es in allem, was wir tun nie zu vergessen. Sie ist nicht mehr hier, um uns anzustrahlen aber, wenn wir sie im Herzen tragen, dann wird sie durch uns für andere strahlen. Danke Lisa, für alles, was du warst und was du immer noch bist, ein Geschenk, dass wir nie vergessen werden und für immer in unserem Herzen *bleibt*. Besser konnte ich es nicht in Worte fassen, was ich fühlte. Ich fuhr und dachte nach, weinte und fuhr weiter. Das war eine endlose Schleife und sie ging so lange bis ich bei Alex angekommen war. Ich parkte vor ihrem Haus und lief zum Eingang. Alex kam mir bereits entgegen und fiel mir um den Hals. Unbeschreiblich nach dieser langen Zeit mal wirklich eine richtige Umarmung von ihr zu spüren. In Fleisch und Blut. Ich ging mit ihr rein und bei einer Tasse Kaffee redeten wir. Am liebsten hätte ich ihr alles erzählt. Aber ich wollte ihr nicht zumuten, mir blind zu vertrauen und sie der Skepsis aussetzen, dass ich wohl wirklich irre war und keinen Bezug mehr zur Realität hatte. Also wurde aus den Teilnehmern, Arbeitskollegen und aus Lisa eine Freundin, die ich im Pappardelle kennengelernt hatte und Daniel wurde zu Chef Junior. Ich lehnte die Realität an meiner Vergangenheit an und hangelte mich dort entlang. Ich erzählte alles so, wie es war, nur gab ich allem einen anderen Rahmen. Sie hörte mir zu und hatte Verständnis. „Ich wäre gerne viel mehr für dich da. Es tut mir leid, dass ich so weit von dir weg bin.", entschuldigte sie sich. „Das ist doch okay. Ich hätte mich selbst öfter melden sollten, nur war ich etwas zu viel mit mir selbst beschäftig.", sie hielt meine Hand über den Tisch und fragte „Wollen wir eine Runde ans Meer?". Ich stimmte ein, denn ich dachte, dass mir das sicher guttun würde. Von ihr bis zur Küste waren es gerade einmal zehn Minuten Autofahrt. Sie holte ihre Sachen und ihre Jacke während ich sie fragte „Wo sind eigentlich die Kinder und Karl?". „Die habe ich verbannt. Ich wollte erst einmal Zeit mit dir alleine und in Ruhe. Sie sind bei Karls' Eltern und kommen morgen Abend erst wieder.", das war aufmerksam von ihr. Nicht, dass ich die anderen nicht mochte, doch ich genoss auch die Zeit mit Alex alleine, so wie es früher immer war. Als wir so am Strand entlangliefen, hörte ich mein Handy auf einmal klingeln. Ich schaute darauf und es war eine Nummer, die ich nicht kannte. „Hallo?", ging ich ran. „Anne? Hi, ich bin's Daniel.", und ohne darüber nachzudenken, legte ich auf. Ich wollte ihn nicht hören. Er machte mich so wütend. Erst war er noch vor der Beerdigung für mich da und kam extra zu mir um mich zu trösten und als ich ihn dann am allermeisten brauchte, als ich mich nach Halt sehnte und kaum auf meine Beine kam, drehte er sich um und ging. Er hatte mich einfach stehen lassen und diese Verhaltensprügel konnte ich nicht weiter ertragen. Einmal so, einmal so. Er sollte sich aus meinem Leben fernhalten und mich in Ruhe lassen. So sagte ich das auch meiner Schwester, als ich ihr erzählte, wer am Telefon war. „Ich verstehe dich, manchmal braucht man lieber ein Ende mit Schrecken als ein Schrecken ohne Ende.", sie hakte sich in meine Arme und wir liefen eine ganze Weile vor uns hin. Irgendwann kamen wir zu einer kleinen Bank. Wir nahmen kurz Platz und beobachteten das Meer und die Möwen. Ich schloss die Augen und dachte an Lisa und mir rollten die Tränen herunter. Alex sah das und legte ihren Kopf tröstend auf meine Schulter. Was für eine gute Idee zu ihr zu fahren, dachte ich mir. Bevor wir zurückgingen, fragte ich sie, was es bei ihr so neues gab.

„Ich habe mir einen neuen Küchenhelfer gekauft.",
sagte sie überspitzt. „Nein wirklich, mein Leben ist
zurzeit unglaublich eintönig, etwas langweilig aber
auch beständig. Ich bin ganz zufrieden so, wie es gerade läuft." „Das ist schön, das freut mich.", antwortete ich ihr und legte meinen Arm um sie. Wir saßen
noch einige Augenblicke so da und beschlossen dann
zurückzulaufen. Ich fing an darüber nachzudenken,
woher Daniel wohl meine Nummer hatte. Er machte
mich so sauer und ich wünschte er würde es einfach
gut sein lassen, denn ganz offensichtlich war es mit
ihm nicht möglich ein normales Verhältnis aufzu-
bauen.

KONTROLLE

Als ich wieder im Center ankam, herrschte immer
noch eine bedrückende Stimmung. Noch bevor
ich auf mein Zimmer ging, schaute ich im Bistro vorbei. Max war dabei alles zu putzen und freute sich,
dass ich wieder da war. Er fragte mich wie es bei meiner Schwester war und wie es mir mittlerweile ging.
„Na ja, ich denke, den ersten Schock habe ich so
langsam überwunden.", sagte ich ihm. Dann legte ich
meine Sachen ab und fing an, ihm zu helfen. Wir
grinsten uns an und schweigend arbeiteten wir wieder
im Einklang nebeneinander her. Das hatte schon fast
etwas Therapeutisches. Am Abend ging ich dann
hoch und freute mich auf meine Katzen. Sarah hatte
sie gut versorgt und war sogar mit ihnen im Pavillon.
Während ich weg war, hielt sie mich immerzu auf

dem Laufenden und schickte mir Fotos von ihnen. Ich bedankte mich bei ihr und wir unterhielten uns dann noch eine Weile in der Küche. „Seit gestern wird hier wieder trainiert. So schwer es uns fällt, aber wir müssen weitermachen.", sagte Sarah. „Deine Worte waren übrigens sehr bewegend. Tim kämpfte beim Vorlesen mit den Tränen. Ich glaube so ging es uns allen.", fügte sie noch hinzu. „Danke. Ich bin sehr dankbar, dass er das übernommen hat. Das war mir leider in diesem Moment zu viel. Ich weiß noch gar nicht, wie ich jetzt in das P2 Training starten soll, nach allem was vorgefallen ist.", grübelte ich vor mich hin. „Nun ja, wahrscheinlich wirst du erst noch einmal P1 trainieren müssen. Das ist eigentlich immer so, wenn ein Teilnehmer etwas Schlimmes erlebt. Dann geht man noch einmal einen Schritt zurück, weil die Gefahr besteht, dass die negativen Gefühle die Kontrolle beeinflussen. Erst, wenn man in solchen Situationen auch alles im Griff hat, geht man wieder zu P2 über. Selbst Oskar stand gestern wieder im Cube im zweiten Untergeschoss.", das haute mich wirklich um. Zum einen frustrierte es mich, dass ich jetzt wieder einen Schritt zurückgehen musste, zum anderen verstand ich die Logik dahinter und wollte selbst sichergehen, dass alles noch so ist, wie es sein sollte. Doch, dass Oskar wieder P1 trainierte, überraschte mich wirklich und es machte mich auch etwas traurig. Er tat mir so leid. Letzten Endes war er irgendwie für sie verantwortlich, was nicht hieß, dass er Schuld hatte, doch ich konnte seine Gefühle nachvollziehen und außerdem war er am Unfallort, was wahrscheinlich eine extrem harte Nummer war. Als ich anschließend auf mein Zimmer ging, rief ich Charlie an und sagte ihr, dass ich wieder da war. Wir verabredeten uns zum Frühstück am nächsten Tag, um alles Weitere zu besprechen. Ich machte mich fürs Bett fertig und legte mich hin. Unter meinem Kissen konnte ich etwas spüren und ich erinnerte mich, dass ich dort Daniels Brief hingelegt hatte. Kurz nahm ich ihn in die Hand und sah ihn an, dann zerknüllte ich ihn und warf die Kugel aus Papier vom Bett aus in den Müll. Ich wollte damit nichts mehr zu tun haben. Beim Frühstück am nächsten Morgen sagte mir Charlie das gleiche wie Sarah bereits am Abend zuvor. Wir würden also wieder bei P1 anfangen. „Sieh' das bitte nicht als Rückschritt, sondern als Test. Wenn alles gut läuft, geht es auch bald mit P2 weiter und wenn nicht, nehmen wir uns genug Zeit, um das Problem zu lösen. Es ist wichtig. Gerade für Visionäre ist eine Trauer oder Trauma Bewältigung essenziell, sonst kannst du dich auf deine Kontrolle nicht mehr verlassen. Das ist ja der Grund warum immer wieder Leute hier herkommen die schon lange nicht mehr da waren. Wenn etwas passiert, muss das verarbeitet und na ja, wegtrainiert werden.", erklärte sie mir und das war vollkommen logisch. „Iss ruhig in Ruhe auf und wir treffen uns in einer Stunde in der Trainingshalle. Wir schauen mal welcher Cube noch frei ist, momentan müssen die Trainingspläne erst wieder angepasst werden. Ich gehe derweil zu Max und spreche mit ihm wegen deinen Arbeitszeiten, dann kann ich dir bald einen neuen Plan geben.", sie stand auf und verschwand. Als ich eine Stunde später zum Training fuhr, überkam mich ein wohliges Gefühl. Nach allem, was war, standen die Cubes immer noch dort. Es roch noch immer gleich und das Licht war dasselbe. Es war ein Gefühl von Beständigkeit und das war schön. Natürlich war Charlie schon da und wir nahmen einen der Freien Cubes. „Also gut, dann fangen wir mal an. Wir starten mit dem Auto.", sagte sie und öffnete mir die Tür. Ich machte mich bereit und Mary begrüßte mich. Ich saß im Auto und war auf der Strecke, die ich kannte. Der andere Fahrer kam, immer näher, fuhr an mir vorbei und nichts ist passiert. Na, Gott sei Dank, da war ich heil froh, dass diese Vision schon mal so funktionierte wie vorher. „Klasse, hervorragend Anne. Du kannst gleich stehen bleiben, wenn das für dich in Ordnung ist.", rief sie durch die Scheibe. Ich zeigte ihr den Daumen nach oben, um ihr zu signalisieren, dass es klarging. Dann war ich wieder auf dem Weg in meiner alten Ortschaft. Kaugummi, Vogelgezwitscher, Sonne, es war alles gleich. Der Unbekannte kam auf mich zu und ich bekam nur noch Angst. Mit aller innerlichen Gewalt versuchte ich ihn zum Lächeln zu bringen, doch es ging nicht, er sah finsterer aus denn je. Und so war es nur klar, dass die Vision wieder in einer Katastrophe endete. „Verdammt!", fluchte ich und bereute es dann wieder, weil ich mich doch nicht darüber aufregen sollte. Aber innerlich tat ich es trotzdem. „Immer mit der Ruhe, das ist kein Problem. Wir bekommen das hin.", beruhigte mich Charlie als sie hereinkam. Wir legten eine kurze Pause ein und versuchten es dann weiter. Charlie schlug vor mir meine Schwester zu zeigen, doch dann musste ich daran denken, wie ich es das allererste Mal nur dank Lisa geschafft hatte und das machte mich nur noch trauriger. Ich versuchte es noch einige Male, doch es gelang mir keine Besserung. Auch in den nächsten Tagen war davon nichts zu sehen und auf Dauer zermürbte mich das ganz schön. Die Tage flogen zwischen Arbeit und Training nur so dahin und es benötigte einige Zeit bis die Stimmung im Center wieder einigermaßen normal

war. Nachdem ich mal wieder ein erfolgloses Training hinter mir hatte, sagte Charlie zu mir, „Komm
mal mit, ich habe da eine Idee." Sie fuhr mit mir in
den P2 Trainingsbereich. Wieder gingen wir in einen
der neuen Cubes und legten alles an. Als wir dann so
nebeneinander standen, sagte sie, „Denk an Lisa. Stell
dir vor, wie sie hier ist, erinnere dich, sehe sie vor
dir!". Uff, ich war etwas überrumpelt, also zögerte
ich. „Es wird dir helfen, glaub mir. Ich spreche aus
Erfahrung.", ich dachte an das, was Oskar mir an
dem Fest der Visionäre erzählt hatte und es tat mir so
leid, dass ich es bis jetzt bisher nicht geschafft hatte,
mit ihr darüber zu reden. Mal wieder war ich viel zu
sehr mit mir selbst beschäftig. Ich vertraute Charlie,
also tat ich, was sie sagte und versuchte mich zu konzentrieren und sie mir vorzustellen. Wie sie ihr wunderschönes Lächeln aufsetzte, wie sie mich beim
Training bejubelte und welche tolle Energie sie mir
gab. Und mit einem Mal konnte ich sie sehen. Ich
fing an, zu weinen. Sie lächelte so wunderschön und

sagte, „Es geht mir gut, Anne." Ich bekam Gänsehaut. „Ich vermisse dich so sehr. Du fehlst mir. Und deine arme Tochter. Hätte ich dir nur irgendwie helfen können.", gab ich verzweifelt zurück. „Alles hat seinen Grund. Stella ist stark und wird daran wachsen, sie wird eine wundervolle starke Frau werden und ich werde immer an ihrer Seite sein, doch es war wichtig, dass sie ihren Weg ohne mich geht.", antwortete sie mir. „Aber warum denn?", fragte ich nach. „Damit sie ihren eigenen Weg gehen kann." Ich fühlte mich als würde ich mit Gott reden. Das war unglaublich, selbst jetzt war sie noch viel liebevoller und weiser als jeder, den ich sonst begegnet war. „Ich werde jetzt gehen.", sagte sie und dann war sie weg. Sprachlos stand ich da. Ich war nicht fähig, mich zu bewegen.

Nach einer Weile kam ich dann wieder zu mir.

„Wie geht es dir?", fragte Charlie. „Gut, glaube ich.", trotzdem ich so verwundert über alles war, fühlte ich mich dennoch etwas erleichtert. Wir gingen raus und Charlie sagte, „Lass das mal etwas sacken.

Wir sehen uns übermorgen beim Training wieder.", sie lächelte und wir verabschiedeten uns. Bevor ich in den Aufzug stieg, drehte ich mich noch einmal um und fragte, „Das, was Lisa sagte. Woher kam das? Es fühlt sich nicht so an als würde es von mir kommen." „Das tut es aber. Na ja, sicher ist es eine Glaubens- frage, aber wer weiß, wer durch dich gesprochen hat.", antwortete sie und diese Aussage war sowohl tröstend als auch erschreckend. Ich fühlte mich ganz komisch. Ich wollte zwar aufgewühlt sein, weil diese Erfahrung so extrem war, aber irgendwie war ich ein- fach ganz ruhig. Als ich nach oben fuhr, sah ich Oskar in unserer Küche sitzen. „Oskar, hey!", be- grüßte ich ihn nicht allzu flippig. „Hi Anne, kann ich vielleicht mal mit dir reden?", fragte er und man konnte ihm seine Erschöpfung anhören. „Natürlich." Was los war, brauchte ich gar nicht zu fragen, denn das lag auf der Hand. Ich setzte mich neben ihn und wartete darauf, dass er anfing zu reden. „Ich muss einfach nochmal mit jemandem sprechen.", fing er an. „Diese ganze Sache lässt mich einfach nicht los.

In mir ist ein solcher Schmerz, so viel Frust und ich kann mir einfach nicht verzeihen, nicht mit ihr gefahren zu sein. Ich hätte hartnäckiger sein müssen und darauf bestehen sollen, dass ich mitkomme." „Das ist nicht deine Schuld, Oskar. Sie wollte es so und du wolltest ihr nur etwas Gutes tun.", antwortete ich darauf. Ich erzählte ihm, was ich von Lisas Mutter erfahren hatte und wollte ihm damit zeigen, dass es nicht seine Schuld war, sondern Dinge passiert sind, mit denen er nicht rechnen konnte, doch irgendwie schien ich es nur schlimmer zu machen. „Doch Anne, damit hätte ich rechnen müssen. Es ist unsere Pflicht als Trainer alle Eventualitäten abzuwiegen und ich hätte wissen müssen, dass wenn etwas, bei einem ihr so wichtigen Moment schieflaufen würde, es eine große Gefahr für sie war.", oh Mann er tat mir wirklich leid. Ich verstand ihn, doch ich wusste auch, dass er es nicht hätte aufhalten können. Schlimmstenfalls wäre er sogar mit von der Brücke gestürzt. Ich versuchte, die richtigen Worte zu finden, doch es wurde immer schwerer. „Als ich an der Unfallstelle ankam, brach ich einfach zusammen. In meinem Kopf kommen immer wieder die Bilder ihres total zertrümmerten Autos hoch. Ich bin froh, dass ich nicht zu nah ranging um mir weitere Bilder zu ersparen aber diese unbändigen Schuldgefühle fressen mich noch auf.", versuchte er mir verzweifelt zu erklären. Dann fiel mir was ein. „Hast du kurz Zeit?", fragte ich ihn. „Ja, klar.", kam von ihm. „Komm mit!", sagte ich und stand auf. Ich ging in den Aufzug und er folgte mir. Dann fuhren wir auf die P2 Etage und ich nahm ihn mit, in den Cube, so wie Charlie es mit mir tat. Wortlos tat er es mir gleich. Ich forderte ihn auf sie sich vorzustellen, doch er antwortete nur, „Ich kann nicht, Anne!". Ich wollte ihn auf keinen Fall drängen, weil ich merkte wie verzweifelt er war. Dann holte ich tief Luft und zeigte ihm meine Vision. Wir sagten genau das gleiche, wie ich es mit Lisa zuvor tat. Doch bevor sie verschwand, sah sie zu Oskar und sagte „Es ist nicht deine Schuld. So wie es passiert ist, so sollte es kommen." Dann ging sie wieder und als die Vision verschwand, fing Oskar an zu weinen und ließ sich auf den Boden fallen. Ich setzte mich zu ihm und nahm ihn in den Arm. Wortlos saßen wir dort noch einige Minuten und irgendwann sagte er, „Danke, Anne." „Gerne. Ich gebe nur weiter, was Charlie mit mir gemacht hat und es hat mir geholfen, also dachte ich es könnte dir auch helfen.", erklärte ich bescheiden. „Das hat es.", antwortete er. Von dem Tag an kam ich mit etwas mehr Leichtigkeit durch die Tage. Max und ich verstanden uns gut bei der Arbeit. Wir redeten und wir schwiegen wie aufeinander abgestimmt. Die Menschen kamen wieder öfter ins Bistro und alle hatten sich wieder etwas in ihren Alltag eingefunden. Beim nächsten Training war ich voller Hoffnung, dass es wieder besser werden würde, nachdem ich mit Lisa sprach und so alles ein gutes Stück besser verarbeiten konnte. Doch enttäuschender Weise war keine Besserung in Sicht. Nach mehreren Versuchen nahm ich mit Charlie auf dem Sofa Platz. „Warum wird es nicht besser. Es müsste sich doch zumindest irgendetwas tun?", fragte

ich sie verzweifelt. „Ich weiß das willst du nicht hören, aber hab etwas mehr Geduld mit dir.", ja, damit
hatte sie recht. Das wollte ich nicht hören, einfach,
weil es mir schwerfiel. Charlie sah mich an und überlegte. „Gibt es neben dem Vorfall mit Lisa sonst
noch etwas, was dir auf der Seele liegt?", hakte sie
nach. „Nein, nichts.", gab ich überzeugt zurück. „Wie
läuft es mit Daniel? Ich habe ihn nur kurz auf der Beerdigung gesehen, seitdem nicht mehr.", autsch.

Damit traf sie mich wieder. Daran hatte ich in diesem Moment gar nicht gedacht, aber vergessen
hatte ich die ganze Geschichte natürlich nicht und
nur dadurch, dass sie ihn erwähnte, war ich schon genervt. „Ach ja, ich muss dir vielleicht doch noch etwas erzählen.", gab ich ungern zu. „Bevor das mit
Lisa passiert ist, gab mir Sergej einen Brief von ihm.
Seit der Situation im Cube, von der ich dir erzählt
hatte, war unser Verhältnis ziemlich kühl und anstrengend. In dem Brief stand, dass ihm sein Verhalten leidtat und er hatte erklärt, was in ihm vorgeht.
Diese Worte machten mich richtig glücklich. Es war

wie ein Befreiungsschlag von meinen ganzen Sorgen und ich freute mich darauf, dass er bald wiederkommen würde. Er war dann nach Lisas Unfall mal hier und klopfte unerwartet an meine Tür. Wir haben uns in der Küche eine ganze Zeit lang unterhalten und ich konnte mich einfach mal richtig bei ihm auslassen. Alle Gedanken dir mir durch den Kopf gingen, seit Lisas Tod, konnte ich bei ihm rauslassen und es tat richtig gut. Er kam nur vorbei, um mit mir zu reden und war für mich da und ich dachte, es hätte uns auf einen besseren Weg gebracht und endlich das Eis gebrochen. Doch an der Beerdigung ließ er mich einfach stehen, als ich ihn am meisten benötigte. Er sah mich an und ist dann gewissermaßen vor mit geflüchtet. Das gab mir an Lisas Grab den Rest und dann hatte er noch die Nerven mich einfach anzurufen als ich bei meiner Schwester war. Ich weiß nicht, von wem er meine Nummer hat, ist auch egal, aber ich habe auf jeden Fall einfach aufgelegt, weil er mich nur noch zornig macht. Ich weiß zwar, was sein verdammtes Problem ist, aber ich lasse mich nicht permanent herunterziehen. Mir fehlt die Kraft für eine toxische Beziehung.", beim Reden wurde mir selbst noch einmal alles bewusst. „Tja, ich sag's dir nur ungern, aber ich vermute, dass das genauso entscheidend sein könnte wie das, was mit Lisa war.", sagte sie mit einfühlsamer Stimme. „Aber Charlie, das kann doch nicht sein. Ich meine Lisa…", ich machte eine kurze Pause, weil ich nach Worten suchte. „Ein Mensch, eine Freundin, ist tot. Wie kann das gleich viel wiegen wie ein dummes Verhalten oder sagen wir Liebeskummer?", ich verstand es einfach nicht. „Ich glaube, wenn Daniel nur jemand wäre, für den du ein bisschen Gefühle hegen würdest, hättest du recht. Doch anscheinend geht es ein ganzes Stück tiefer als du vermutest. Vielleicht bedeutet er dir mehr als du dir gerade noch vorstellen kannst." Das wollte ich so gar nicht hören. „Ich weiß nicht.", kommentierte ich nur. „Ich auch nicht, aber für mich sieht es ganz danach aus. Wir müssen es zumindest in Erwägung ziehen. Wir werden einfach mal weitertrainieren und schauen, wie es läuft. Ich weiß, du willst vorankommen, aber wir haben alle Zeit der Welt. Nichtsdestotrotz kannst du, wenn du möchtest, versuchen der Bedeutung von Daniel für dich auf den Grund zu gehen.", kam sie mir entgegen und ich tat mir schwer, nicht mit den Augen zu rollen. Das wollte ich einfach nicht. Ich war noch nie gut darin. Ich war gut darin meine Gefühle zu verdrängen oder in innerliche Ecken zu stellen, aber mich damit auseinander zusetzten gehörte jetzt nicht gerade zu meinen Talenten. Also fuhren wir erst mal mit dem Training fort wie gehabt und ich verdrängte dennoch weiterhin jeden Gedanken an Daniel. Gelegentlich bei der Arbeit, wenn ich so vor mich hin werkelte und die Ruhe neben Max genoss, gab ich mir Innerlich einen kleinen Schuppser und versuchte darüber nachzudenken, versuchte etwas zu fühlen doch in mir hatte sich schon eine solch große Mauer aufgebaut, dass ich einfach zu keinem vernünftigen Ergebnis kam. Es war als wäre da ein Teil in mir, zu dem ich einfach keine Verbindung aufbauen konnte. Und auch nach

weiteren Tagen und Wochen stellte sich keine Besserung bei mir ein. Nach einer Schicht im Bistro machten Max und ich uns auf den Weg nach oben zu unseren Zimmern. Im Fahrstuhl drückte er dann das
zweite Untergeschoss, „Ich habe heute Morgen beim
Training meine Uhr unten vergessen.", ich nickte
nur, denn es war natürlich kein Problem für mich sie
noch schnell mit ihm zu holen und schon als wir
reinliefen sahen wir, wie ein Cube noch in Betrieb
war. Wir wollten zur Sofalandschaft, weil er sie wohl
dort hingelegt hatte und als wir vor dem leuchtenden
Trainingsraum standen traute ich meinen Augen
nicht. Vor mir standen Daniel und Sergej. Sie sahen
mich nicht und waren gerade dabei aus dem Cube zu
kommen. Sie unterhielten sich und ich bekam noch
Sergejs Antwort mit: „Zumindest ein kleiner Fortschritt zu dem Training von vor zwei Wochen." Ich
starrte sie an und fühlte mich einfach nur verarscht.
Noch bevor sie die Türe schlossen, entdeckten sie
mich. Kurz sah ich sie geschockt an, dann drehte ich
mich um und ging. Daniel rief noch meinen Namen,

aber ich lief einfach weiter. „Entschuldige Max, ich muss gehen.", rief ich ihm noch zu ohne mich dabei umzudrehen. Mit dem Rücken zu ihnen stellte ich mich in den Aufzug und fuhr nach oben. Was für ein Scheisskerl, ging es mir durch den Kopf. Er kommt also schon seit Tagen, Wochen und trainiert heimlich abends, nur damit er mich nicht sehen musste. So etwas Ekelhaftes. Ich war so wütend. Gut bitte, soll er so haben. Von wegen Gefühle oder Verbindung, ich werde mich von ihm abkapseln. Ab sofort würde er für mich keine Rolle mehr spielen und das musste ich verinnerlichen. Ich tat ganz einfach so, als wäre nichts davon geschehen. Mit der Zeit würde ich es auch glauben. Wer sich so benahm, hatte es nicht verdient, dass ich mich seinetwegen verrückt machte oder sogar meine Visionen nicht mal mehr in Griff hatte. Ich ging in mein Zimmer und musste mich zusammenreißen, die Tür nicht hinter mir zuzuschmeißen. Am nächsten Tag erzählte ich Charlie davon und stellte klar, dass ich mich nicht mehr mit Daniel beschäftigen wollte. Ich bat sie dafür um etwas Anderes, was mir eingefallen war. „Wie wäre es, wenn ich noch einmal zu Mary gehe und eine positive Erinnerung an Lisa mit aufnehmen lasse. Dann kann ich vorher sie sehen und versuchen, die Visionen zu drehen.“ Nicht, dass ich meine Schwester nicht liebte oder sie in mir nicht genügend glückliche Gefühle auslöste, ich wollte nur den Schmerz, den ich mit Lisa verband überwinden. „Hervorragende Idee, versuchen wir es.“, gab Charlie zurück. Zu Daniel sagte sie nichts. Also gingen wir wieder in den hinteren Raum und ich legte mich in einen der kleineren Cubes. Wir erklärten Mary, dass wir eine neue positive Erinnerung mit hinzufügen wollten und Mary begleitete mich durch die Aufnahme davon. Wir gingen alles gemeinsam durch und es fiel mir am Anfang schwer, mich für eine Erinnerung an Lisa zu entscheiden. Es sollte auf jeden Fall eine lebende Erinnerung sein und nicht die Vision, die ich danach sah. Nach einer Weile entschied ich mich dann. Ich erklärte und zeigte Mary, wie sie mich ansah und mir sagte: „Ich bin für dich da.", als ich bei ihr im Zimmer war und von Daniel erzählte. Ich wollte Daniel nicht damit in Verbindung bringen, aber ich hatte das Gefühl, dass genau diese Situation mir Kraft gab auch das mit ihm zu vergessen. Denn wäre sie noch hier, wäre sie für mich da und sie ist es immer noch. Mary war zufrieden und ich durfte wieder gehen. Direkt im Anschluss testeten wir in einem Trainingscube, wie diese Idee funktionierte. Ich sah sie vor mir, so wunderschön und gerade dabei meine offizielle Freundin zu werden. Dieser Moment war so schön und packte all das, was sie war in einen kurzen Augenblick. Gütig, warmherzig und loyal. Die darauffolgende Vision fing endlich an, sich zu verändern. Es gab zwar kein Lächeln und ich konnte es auch nicht verhindern, aber endlich wieder verzögern. Danach fiel ein riesen Stein von meinem Herzen und ich bekam wieder Hoffnung und Lust weiter zu trainieren. Im Anschluss machte ich noch bestimmt zehn weitere Visionen. Ich wollte nicht aufhören. Immer mehr konnte ich die positiven Gefühle mit in diese Vision nehmen und den Vorfall immer weiter nach hinten schieben. „Für heute sollte das reichen, Anne.", sie lächelte mich an und wollte das Training beenden. „Einmal noch, bitte. Ohne Vorvision. Ich habe sie in mir, ich schaffe es auch so.", sie lächelte nur und schüttelte den Kopf. „Also gut." Motiviert brachte ich mich in Position, dieses Mal würde ich es schaffen.

Bevor es losging, sah ich noch einmal kurz zu Charlie nach draußen und hob den Daumen um ihr zu zeigen, dass ich sicher war das es jetzt klappen wird. Mary fragte nach meiner Erlaubnis um zu starten und kurz bevor das Glas sich veränderte, sah ich hinter Charlie, Sergej und Daniel vorbeilaufen. Wie ein Schlag ins Gesicht überwältigte mich meine Vision und alles war weg. Alles war wie am Anfang und ich hatte jegliche Kontrolle oder guten Gefühle verloren. Als es vorbei war, riss ich mir die Maske vom Gesicht und stürmte hinaus, direkt auf Sergej und Daniel zu. „Wolltet ihr nicht heimlich trainieren? Was wollt ihr hier?", dann sah ich Daniel direkt an. „Du versaust mir alles!", er wich etwas von mir zurück, ich drehte mich um und stürmte zum Aufzug. Charlie hetzte schnell neben mir her, aber sagte kein Wort. Ich fuhr mit ihr ins Erdgeschoss und wir liefen zum Bistro, ich hatte nämlich noch zu arbeiten. „Es ist unglaublich. Er macht, was er will, mal so dann so. Wenn er doch alleine trainieren will, dann sollen sie das machen und mich in Ruhe lassen. Was fällt ihm ein, jetzt doch wieder auf der Matte zu stehen, nachdem ich ihn erwischt hatte.", in Rage zog ich meine Trainingsjacke aus und meine Schürze an. Max wusste nicht, was los war und suchte den Blickkontakt zu Charlie, die am Tresen stehen blieb und mir weiterhin zuhörte. „Ich verstehe dich. Aber du warst heute so erfolgreich. Lass dir das nicht von ihm zerstören!", munterte sie mich auf. Ich entschied mich dazu nicht zu antworten. „Kümmere dich gut um sie!", sagte sie zu Max lächelnd und liebevoll und verschwand dann wieder. „Soll ich fragen?", kam von Max vorsichtig. Kurz überlegte ich, ob ich das Thema einfach gut sein lassen soll, doch dann sprudelte es aus mir heraus. Minutenlang regte ich mich auf, erzählte ihm alles und steigerte mich in jedes Detail hinein als wäre ich in einem alten Comedy-Theaterstück. Ich gestikulierte und äffte nach und es tat so gut einfach Dampf abzulassen. Max lachte nur noch, aber hörte mir trotzdem zu und es tat gut, neben Charlie auf ein weiteres offenes Ohr zu treffen. Den nächsten Tag verbrachte ich vormittags mit der Arbeit im Bistro und den Nachmittag mit meinen Katzen draußen. Ich genoss diese Momente immer sehr. Dort kam ich zur Ruhe und ich erfreute mich daran, wie die zwei sich in die Sonne schmissen, Vögel beobachteten die vorbeiflogen und sich von mir streicheln ließen. Es war ein schönes Gefühl, zu merken, dass ich ihnen damit etwas Gutes tat. Wieder einen Tag später hatte ich gleich vormittags Training und wieder traf mich der Schlag als Charlie, Sergej und Daniel in der Trainingshalle auf dem Sofa saßen und offensichtlich auf mich warteten. Ich konnte nichts sagen, was nicht alle beleidigt hätte also atmete ich einfach genervt durch. Ich blieb vor ihnen stehen und verschränkte die Arme wie ein bockiges Kind und so fühlte ich mich auch. „Willst du dich nicht setzen?", fragte Sergej. „Nein, danke. Was gibt's?", frage ich abweisend und wollte dennoch nicht allzu pampig wirken. Charlie übernahm und fing an „Also ihr beiden. Sicher wundert ihr euch aber Sergej und ich haben miteinander gesprochen. Wir haben beide jeweils einen Einblick in eure Trainings und sind zu dem Entschluss gekommen, dass es für euch beide von Vorteil wäre, wenn ihr zusammen trainieren wür- det.", sie machte eine Pause und beobachtete unsere Reaktionen. Daniel sah zu ihr und machte einen ‚Ich bin für alles offen'- Eindruck. „Von mir aus gerne.", sagte er zu ihr. Ich schnaubte nur auf und alle sahen zu mir. „Ist klar. Erst trainierst du alleine und heim- lich, damit ich nicht mitbekomme, dass du da bist und jetzt willst du mit mir trainieren?". Er drehte sich zu den Trainern, „Ich sagte ja, dass das nichts bringt." Was nahm er sich raus. Sich als kooperativ und mich als unnötig stur hinzustellen. Ich machte auf der Stelle kehrt und lief weg. Charlie rannte mir hinterher und fing mich kurz vor dem Aufzug ab.

„Ich weiß, dass dir das nicht passt. Aber alleine, dass es dich so aufregt, sollte dir zeigen, wie wichtig es ist. Denke bitte zumindest darüber nach, bitte. Du weißt, ich würde dir das nicht zumuten, wenn ich nicht überzeugt davon wäre, dass es dir helfen wird." Es tat mir leid, wie abweisend ich zu ihr war. Indem ich so gegen Daniel schoss, erwischte es auch automatisch sie und das wollte ich nicht. Meine Miene entspannte sich und ich holte tief Luft. „Okay.", sagte ich, verließ die Halle dann aber trotzdem. Ich ging direkt ins Bistro zu Max. „Hey, du hast heute erst nach dem Mittag Schichtbeginn.", klärte er mich auf, weil er dachte, ich hätte mich im Plan vertan. „Ich weiß.", gab ich sauer zurück, schmiss mich aber trotzdem in die Schürze, ging hinter den Tresen und fing an den ihn abzuwischen. „Anne?", hakte er nach, mit einem auffordernden Ton. „Jetzt wollen sie, dass ich mit ihm trainiere!", fing ich an zu schimpfen und sah Max an, der ebenso geschockt zurücksah. Ich meckerte noch eine Weile vor mich hin, bis er dann zu Wort kam. „Also ich verstehe dich komplett ich wäre auch sauer.", dann machte er eine kurze Pause „Aber", „ABER?", fragte ich übertrieben. „Vielleicht haben sie doch recht.", na ganz toll, dachte ich mir. „Schließlich haben sie viel Erfahrung und ich denke nicht, dass sie euch etwas Böses wollen.", fügte er hinzu. Er sah mir an, dass ich wusste, dass er recht hatte, aber ihm einfach nicht zustimmen wollte. Dann kam er zu mir und sagte, „Es sagt ja keiner, dass du ihn nicht vergessen darfst oder ihn heiraten musst. Wenn du davon überzeugt bist, dass du ihn nicht mehr in deinem Leben möchtest, dann hast du jetzt eine Chance ihm das zu beweisen. Wenn du dich aufregst, zeigst du ihm nur, dass er Einfluss auf dich hat.", und grinste mich breit dabei an. Verdammt, er hatte recht. Ich führte mich auf wie ein kleines Kind, obwohl ich ihm beweisen konnte, wie stark ich war, indem ich über der ganzen Sache stand. Auch ich fing an zu grinsen, weil ich nicht verstecken konnte, dass es mir gefallen würde ihn in einer Weise abblitzen zu lassen, so wie er es bei mir oft genug tat.

Am nächsten Tag war wieder zur gleichen Zeit Training und ohne die drei zu begrüßen, die wieder dasaßen und auf mich warteten, sagte ich, „Ich mach's.". Charlie war offensichtlich erleichtert und Daniel starrte mich einfach nur wieder an. „Okay, dann klären wir euch mal auf.", fing Charlie an. „Wir trainieren mit den P2 Cubes, damit ihre in euren Visionen besser interagieren könnt. Außerdem würden wir vorschlagen, dass ihr mit Tim darüber redet bevor ihr miteinander trainiert.", ich verstand nicht ganz, was sie meinte. „Worüber reden?", fragte ich. „Über euch.", antwortete Sergej. „Ihr meint wie eine Therapie?", schon wieder lag Abneigung in meiner Stimme. „Ja.", bestätige Charlie dann. „Ihr sollt einfach miteinander kommunizieren und den anderen verstehen. Zwischen euch herrscht ganz offensichtlich eine Blockade, die euch bei euren Fortschritten behindert und die gilt es zu lösen.", setzte sie nach. Also gut, ich war damit einverstanden. Ich hatte zwar keine Lust mich in dieses emotionale Minenfeld zu begeben, aber ich wusste, dass Charlie recht hatte.

Gemeinsam mit den Trainern fuhren wir auf die sechste Etage, wo Tim schon auf uns wartete. Im Aufzug erklärten sie uns, dass wir heute eine Sitzung mit Tim hätten und am nächsten Morgen um acht Uhr mit dem Training anfangen würden. „Ah ihr habt sie also überzeugen können.", merkte Tim an und lächelte dabei. „Das war nicht leicht, also vergraul sie uns nicht wieder!", gab Charlie lächelnd zurück und ich überlegte, ob sie damit wohl nur mich oder uns beide meinten. Ich versuchte es mit Humor zu nehmen und mich nicht angegriffen zu fühlen. Obwohl es mich dennoch wurmte, dass ich eventuell als Sturbock dastand, obwohl es ja an Daniel lag, dass wir in dieser Situation waren. Wenn es nach mir ging wären wir mittlerweile schon längst unzertrennlich. Aber gut, ich holte tief Luft und schluckte die Gedanken runter. „Dann kommt mal mit ihr zwei.", Tim lief den Flur entlang und wir folgten ihm. „Wir sehen uns nachher!", rief Charlie uns noch hinterher, bevor sie und Sergej sich dann umdrehten und zum

Aufzug gingen. Tim ging in einen Raum auf der linken Seite und bevor ich durch die Tür lief, sah ich das offenstehende Krankenzimmer, in dem ich die schlimme Nachricht von Lisas Unfall erfahren hatte. Ich hielt mich kurz am Türrahmen fest und Innerlich inne. Einen Moment später folgte ich den beiden dann in den Raum. Es war so gar kein klassischer Therapieraum. Das hatte nichts mit dem typischen Raum zu tun, so wie ich ihn bei Dr. Fischer zum Beispiel auffand. Die Matten am Boden und die runden, flachen und hellblauen Sitzkissen erinnerten eher an einen Gymnastikraum. Tim nahm drei von den Sitzkissen, die in einem Eck aufeinandergestapelt waren, legte sie vor uns auf den Boden und nahm auf einem im Schneidersitz Platz. Daniel und ich sahen uns kurz an und taten dann das Gleiche. „Okay, was ist los zwischen euch?", fragte Tim und ich kam mir nicht wie in einer Therapiestunde, sondern wie bei einem Gespräch mit unserem Lehrer vor. Aber eigentlich störte mich das nicht. Das Vertrauen, dass ich Tim

gegenüber hatte, machte die Stimmung etwas locke-
rer. Auf die Frage antwortete erst einmal keiner von
uns und wir beide schienen einen Kloß im Hals zu
haben. Dann fing Daniel an, „Also, ich denke, das
Problem ist, dass ich aufgrund meiner Ängsten ziemlich unzugänglich bin. Ich würde gerne der Verbindung, die anscheinend zwischen uns ist, nachgeben,
doch ich kann es nicht.", erklärte er mit einer plötzli-
chen Attitüde als wäre er der kommunikativste und
vorbildlichste Mensch auf Erden. „Okay ich verstehe.
Es ist gut, dass dir das so bewusst ist. Anne, wie würdest du die Situation beschreiben?", fragte Tim dann
direkt mich. Erst war ich sprachlos, dann antwortete
ich nur „Ja, so in etwa.", anscheinend konnte ich
meinen Frust in der Stimme nicht verstecken. „Was
brodelt da in dir? Du wirkst wütend. Sag uns warum.", Tim ließ nicht locker. Ich wollte mich zusam-
menreisen, doch dann wurde der Druck zu groß und
es platze aus mir heraus.

„Ich verstehe einfach nicht, warum er, obwohl ich ihn offensichtlich nicht abweise, dennoch Angst davor hat. Ich würde es natürlich verstehen, wenn die Zuneigung einseitig wäre und ich ihn links liegen lasse, doch ich warte doch nur darauf, dass er auf mich zukommt. Ich renne nicht weg, aber er stößt mich weg. Und das Schlimmste für mich ist, dass er mir immer wieder Hoffnung macht. Er schreibt mir ein Brief über den ich so froh war, kommt zu mir und redet mir wir als ich tot traurig wegen Lisa war, doch dann lässt er mich an ihrem Grab einfach alleine stehen. Jedes Mal, wenn ich denke, wir sind auf einem guten Weg, rammt er mir wieder das Messer in den Rücken. Anstatt zu mir zu kommen und mit mir zu reden, trainiert er dann heimlich, damit ich nicht mitbekomme, dass er hier ist. Wenn er mit mir keinen Kontakt möchte, dann soll er es mir sagen und mich nicht immer wieder anfüttern und dann doch fallen lassen!", ich war so sauer, aber froh, dass ich ihm das mal sagen konnte. „Okay, Daniel, was sagst du dazu?", Tim wandte sich ihm wieder zu. Es kam lange gar nichts und dann nur „Ich weiß nicht, was ich sagen soll." „DA hier schon wieder. Erst die Hoffnung, dass er sich öffnet und redet und jetzt verschließt er sich wieder.", warf ich dazwischen. „Ach, das hat doch alles keinen Wert. Tut mir leid, Tim, ich möchte jetzt nicht mehr.". Ich stand auf, warf mein Sitzkissen auf die anderen und sagte beim Hinausgehen, „Wir sehen uns beim Training." Ohne mich umzudrehen, fuhr ich auf die erste Etage und ging auf mein Zimmer. Noch immer in Rage fing ich an aufzuräumen. Es war ein richtiger Wut-Putz und als ich fertig war machte ich mich auf den Weg ins Bistro. Als ich zum Aufzug ging, kam mir Daniel entgegen, doch ich sah ihn nicht einmal an. Es war eine wahre Prozedur mit ihm und ich wollte einfach nicht mehr. Ich ging in den Fahrstuhl und fuhr runter. Erschöpft von allem, erzählte ich Max davon. „Das wird einfach gar nichts bringen. Es nervt mich jetzt schon, dass ich dem Ganzen zugestimmt habe und wenn das so weitergeht, werde ich das auch bald wieder abbrechen." Max antwortete erst einmal nicht, irgendwann brach er dann unser gut eintrainiertes Schweigen und sagte, „Also, ich habe darüber nachgedacht. Ich denke, einmal in der Woche wäre ein Pasta-Tag möglich. Wie wäre es mit samstags?", ich sah ihn an und er lächelte liebevoll. Das war sehr süß von ihm. Denn seit Längerem versuchte ich ihn schon von der Idee zu überzeugen, Pasta anzubieten, doch er meinte immer, dass wir das vom Arbeitsaufwand nicht stemmen könnten. Von einem täglich wechselnden Pasta Gericht ging ich dann zu einem Pasta-Tag über, doch bisher sträubte er sich dennoch. Umso netter war es jetzt, dass er mich damit sowohl ablenken als auch aufmuntern wollte und das tat er auch. „Warum muss ich mich mit Daniel rumschlagen, wenn es doch so wundervolle Menschen wie dich gibt?", sagte ich ihm erleichtert und glücklich darüber, dass ich ihn hier hatte. „Sei nicht so streng mit ihm. Ich weiß, du bekommst es jetzt voll ab, aber wenn es für ihn leicht wäre, wäre einiges sicher anders gelaufen.", man schon wieder hatte er recht. Dennoch konnte mich Daniel gegenüber nur nicht mehr öffnen. Diese stände Ablehnung tat mir einfach weh. Ich dachte immer wieder über Max Worte nach und wurde nach meiner Schicht, mit jeder Stunde die verging trauriger. Ich wollte ihm so gerne eine Chance geben, auf ihn zugehen, ihm Möglichkeiten bieten doch, wenn er sich dann so verhielt, wie er es immer wieder tat, machte bei mir einfach alles zu. Es war für mich unmöglich zu ignorieren oder einfach hinzunehmen.

Als ich so im Bett lag, war ich dann doch ganz gespannt, wie das Training am nächsten Tag wohl werden sollte. Erschöpft aber unruhig schlief ich später ein und stand mit einem mulmigen Gefühl auf. Ich konnte nicht einmal etwas Frühstücken, sondern trank nur einen Kaffee, um in die Gänge zu kommen. Daniel kam in die Küche und wortlos fuhren wir beide runter in die Trainingshalle. So neben ihm zu stehen, mit der Stimmung zwischen uns machte mich fertig. Mein Herz schlug schnell und ich merkte, wie meine Augen sich mit Tränen füllten. Doch ich sah zur Seite und nach oben, damit sie nicht herauskamen und Daniel nichts mitbekam. Die

Tür ging auf und Charlie und Sergej standen direkt davor, kamen in den Fahrstuhl und fuhren mit uns noch eine Etage tiefer. „Hey, ihr zwei.", begrüßte uns Charlie. Von Sergej kam nur ein „Hi.", und ich fragte mich ob er eigentlich immer so Wortkarg war oder mich einfach nur nicht leiden konnte. Als wir unten ankamen und in den ersten Cube gingen, erklärte uns Charlie, „Wir werden versuchen, die gleiche Visionsschleife hervorzurufen, die ihr schon beim ersten Mal hattet, als Anne in deinen Cube gekommen ist, Daniel.", und half uns in die Masken und Gurte. „Eure Positionen sind nicht nebeneinander, sondern gegenüber voneinander. Daniel, du fängst mit deiner Vision an, weil sie direkt mit Anne verknüpft ist.", als sie das sagte, sahen Daniel und ich uns in die Augen und es schien, als wäre ihm es etwas unangenehm, wie offensichtlich Charlie das ansprach. „Anne, du lässt dich einfach mal leiten und siehst was passiert. Fürs Erste versuchen wir die Visionen kennenzulernen. Danach besprechen wir, was wir verändern können.", erklärte sie uns weiter. Sie stellte mich auf die eine Seite und Daniel auf die andere. „Mary, bitte gib uns eine Schutzwand!", sagte sie auf einmal und zwischen uns öffnete sich in der Mitte eine lange Spalte, die über den ganzen Boden ging und eine Trennung zwischen ihm und mir schaffte. Aus dieser Spalte fuhr eine riesige durchsichtige Wand nach oben. „Es ist zum Schutz, sollte deine Vision wahr werden, Anne.", Charlie sah dabei zu Daniel, der sie nur fragend ansah. Ich war mir nicht sicher, ob er meine Vision damals gesehen hatte oder nur einen Teil davon. Außerdem sah er ziemlich verunsichert aus und ich wurde nervös. „Seid ihr soweit?", fragte erst Charlie uns, bevor sie hinausging. Wir beide nickten zögerlich. Dann fragte auch Mary nach der Erlaubnis, anzufangen. Daniel gab sie ihr. Es war wieder unser Flur zu sehen und er schaute mich direkt an. Ich versuchte einigermaßen freundlich zu schauen, doch ich war so nervös, dass es mir schwerfiel. In mir wuchs das Bedürfnis auf ihn zuzugehen und das tat ich auch mit ein, zwei Schritten. Doch dann zog mich etwas zurück, ich ging von ihm weg und merkte, wie meine

Miene immer grimmiger wurde. Ich wurde richtig sauer auf ihn. Ab da veränderte auch sein Gesichtsausdruck sich von Unsicherheit in Zorn. Es erschrak mich was da geschah und wie ich mein Verhalten nicht kontrollieren konnte. Seine Augen wurden immer finsterer und ich bekam Angst. Es war als würde ich in die Augen des Angreifers schauen, den ich beim Laufen begegnet war. Der gleiche Hass und Zorn lag in seinem Blick. Er kam auf mich zu, es gab keine Wand mehr, die zwischen uns stand, packte mich und riss mich zu Boden. Dann stand er über mir mit geballter Faust und schlug mir ins Gesicht.

Es fühlte sich an, als würde ein riesiger Hammer auf meinen Kopf fallen. Alles wurde schwarz und alles tat weh. Ich lag gekrümmt am Boden und die Tränen tropften aus meinen Augen auf den Boden unter mir. „Ich bin für dich da, Anne.", ich hörte Lisas Stimme und kam zurück aus meiner Vision. Ich lag am Boden und sah, wie Daniel hinter der Glaswand stand. Er sah genauso geschockt aus, wie ich wohl aussah. Er hat mich nicht wirklich geschlagen, aber wäre die Wand nicht da gewesen, hätte er es sicher getan. Sergej holte Daniel und Charlie, dann mich, aus dem Cube. Ich setzte mich davor auf den Boden, weil ich so fertig war und lehnte mich mit dem Rücken gegen die Außenseite des Cubes. Daniel stand etwas weiter weg bei Sergej. „Alles o. k.?", frage Charlie mich. „Ja, ich denke schon.", ich war zwar noch mitgenommen, aber irgendwie wurde mir genau jetzt noch einmal klar wie wichtig es war, dass wir dieses Problem lösen. Es ging mir nicht darum, einen Schlag zu verhindern, sondern diese schlimmen Gefühle, die wir gegenseitig in dem anderen auslösten, verschwinden zu lassen. In mir wuchs neuer Mut und neue Motivation. Ich wollte, dass wir das schaffen. Wir mussten das schaffen. „Ich glaube, das war eine gute Idee von euch. Wir müssen daran arbeiten.", Charlie nickte und in dem Moment hörte ich Daniel. „Nein, ich kann das nicht. Ich möchte das nicht mehr.", sagte er ein paar Mal und wurde dabei immer lauter. Dann drehte er sich um und ging fluchtartig zum Aufzug. Er war dabei, alles hinzu-schmeißen. Ich stand auf und rannte ihm hinterher. Ich hörte Charlie noch rufen „Anne, nicht!" „Da-niel!", schrie ich ihn an. „Bleib sofort hier. Wie kannst du jetzt nur schon wieder gehen oder aufge-ben?", er blieb stehen und drehte sich um. Seine Hände ballten sich zu Fäusten. Ich hörte Charlie, die kurz hinter mir stand, flüstern, „Anne, weg da! So-fort!", doch ich hörte nicht. Ich wollte ihn endlich davon überzeugen, mir zu vertrauen und dieses UNS nicht wegzuschmeißen. „Ich kann dir nicht geben, was du willst!", schrie er mich an und wurde dabei immer wütender und ohne, dass ich es wirklich wollte, fing ich an zurückzubrüllen „Dann ver-schwinde, für immer!", mir war bewusst, dass das nicht mehr meine Worte waren, seine Vision brachte mich dazu so zu reagieren. Seine Augen füllten sich mit Hass und sein Körper spannte sich noch mehr an. Jetzt wendete sich das Blatt und meine Vision löste aus. Doch nun hatte ich keinen Schutz mehr zwischen uns. Noch bevor Sergej und Charlie reagieren konnten, stürmte er auf mich zu, warf mich zu Boden und stand mit der Faust, die zum Schlag ausholte, über mir. Ich hatte furchtbare Angst. Wird nun dieser Mann der mir anscheinend am meisten bedeutete, das Schlimmste antun? Meine Hände zitterten und ich spürte wie mein Körper im Angstschweiß versank. Meine Augen füllten sich mich Tränen. Doch plötzlich hörte ich meine eigenen Worte ganz laut in mir. *Am besten erweisen wir ihr die Ehre, wenn wir uns daran erinnern, wie sie war und was sie uns damit beigebracht hat. An die Liebe zu glauben, an das Gute zu glauben und es in allem, was wir tun nie zu vergessen.* Ich sah Daniel in die Augen und ließ endlich die Liebe zu, die ich für ihn empfand, die aber immerzu durch den ganzen Frust und der Angst überschattet worden war. Ich durfte nicht aufgeben, nein ich wollte nicht aufgeben. Als ich in seinen warmen Augen versank, sah ich ihm an, dass er mich nicht verletzen wollte. Von innen heraus füllte sich mein ganzer Körper mit Liebe. Es war so stark, dass ich kaum atmen konnte.

Er hielt noch immer inne, doch seine Augen entspannten sich. Seine Stirn wurde wieder glatt und die zornigen Falten verschwanden. Auf seine Lippen legte sich ein sanftes Lächeln, er öffnete seine Faust und bot mir seine entspannte Handfläche an, um aufzustehen. Wir standen dort, Hand in Hand und den Blick tief in den Augen des anderen verloren. So langsam merkten wir, wie die Vision verschwand. Noch immer lächelten wir und dann ließ er endlich den restlichen Raum zwischen uns verschwinden, legte seine Hand in meinen Nacken und unsere Lippen berührten sich.

PHASE 2

Das war ein Moment voller Glück. Es war als würden sie zusammengehören. Seine Lippen waren warm und bewegten sich perfekt zu meinen. Einen schöneren Kuss hätte ich mir nicht träumen können. Mein Herz schlug schnell und meine Knie wurde weich. Er legte einen Arm um mich, so als wollte er mich nie wieder loslassen und küsste mich gleichzeitig so sanft als könnte er mich nicht festhalten. Ich fuhr mit meinen Händen seinen Körper entlang und griff in seine festen Haare. Auch ich wollte ihn einfach nicht mehr loslassen und das zeigte ich ihm auch. Wir genossen es so sehr, dass wir alles um uns herum vergaßen. Es war als wäre endlich das passiert, was wir beide uns so sehr wünschten. Nach einer Weile hörten wir Charlie, „Ähm, Leute?", sagte sie vorsichtig und man konnte ihr das Schmunzeln förmlich anhören, ohne dass wir es sehen mussten. Wir ließen nur ungern voneinander ab, doch drehten uns letzten Endes dann zu ihr um. Sie hob die Hände neben sich in die Luft und sah uns fragen an. „Was war das denn, bitte?", fragte sie. Daniel und ich sahen uns an und fingen erleichtert an zu lachen. Auch Sergej schien sowohl verwundert als auch erleichtert zu sein und gemeinsam mit ihnen sprachen wir darüber, was geschehen war. „Das war ein großer Schritt, Anne. Wirklich tolle Leistung!", kam von Sergej. „Allerdings!", setzte Daniel hinterher und war offenbar sehr glücklich darüber. „Na dann, gehe ich mal davon aus, dass wir das Training für heute beenden können. Wir werden in den nächsten Tagen überprüfen, wie tiefgehend dieser Fortschritt war. Jetzt nehmt euch erst einmal Zeit zu zweit.", Charlie konnte nicht aufhören zu schmunzeln und Daniel und ich nicht aufhören zu lächeln. Wir hielten immer noch Körperkontakt und das blieb auch so. Selbst nachdem wir uns von Charlie und Sergej verabschiedet hatten, fuhren wir Hand in Hand auf unsere Etage. Ich nahm ihn mit in mein Zimmer. Wir hatten die Tür noch nicht einmal richtig zu und fingen an uns zu küssen. Er drückte mich an die Innenseite meiner Tür und hob mich hoch, während ich meine Beine um seine Hüfte schlang. Seine Lippen waren so sanft und seine Zunge berührte immer wieder meine. Mit seinem Daumen fuhr er mir über die Unterlippe, küsste sie dann direkt wieder und ich konnte nicht glauben wie gut sich das anfühlte. Stundenlang fielen wir übereinander her. Es war als wüsste er genau, was ich will und er reagierte sofort auf alles, was ich tat. Es war wie ein Film und nicht mehr nachvollzierbar, ob das einfach so kam oder wir in einer Schleife waren, einfach unglaublich. Zwischendrin lagen wir nebeneinander und sahen uns an. Wir sprachen über das, was vorgefallen war. „Warum warst du teilweise so abweisend?", wollte ich von ihm wissen. „Das war nie meine Absicht, aber je mehr ich dich wollte, desto mehr Angst hatte ich, dich nie zu bekommen. Diese

Angst hat mich immer blockiert und frustriert. Letzten Endes hast du es abbekommen, weil ich unfähig war sie zu bewältigen. Ich wollte nie von dir weg und ich wollte auch nie, dass du gehst. In der Zeit als ich nicht hier war, habe ich nur an dich gedacht. Du warst permanent in meinem Kopf und jeder Versuch dich da raus zu bekommen lief schief.", diese Worte nahmen mir den Atem, so glücklich war ich darüber. Zwischen uns herrschte eine ganz andere Stimmung als je zuvor. Alles war im Einklang. Wir waren im Einklang. „Das habe ich mir die ganze Zeit so sehr gewünscht.", flüsterte er und strich mir dabei ein Haar von der Wange. Ich war zu überwältigt um zu antworten. Dann sahen wir uns Minutenlang in die Augen und streichelten uns, bis sich unsere Lippen wieder berührten und alles von vorn losging. Jeder Kuss, jede Bewegung war perfekt. Von da an waren wir unzertrennlich. Wir wollten einfach nicht voneinander weg. Max sagte uns immer wieder, wie ekelhaft süß wir zusammen waren, aber meinte es immer liebevoll. Als ich ihm alles erzählt hatte, holte er sich

Popcorn aus dem kleinen Süßigkeitenregal im Bistro, setzte sich vor mich und hörte mir gebannt zu, so als würde er eine Handlung in einem Kinofilm verfolgen. Er fieberte richtig mit und feierte das Happy End. Die ersten Trainings nach dem Ganzen waren nochmals unsere alten Visionen. Jeder ging noch einmal in die Cubes und ging seine Angstvisionen durch und nicht einmal ist etwas schiefgegangen. Es war so, als hätte dieser Vorfall einen Knoten in uns gelöst und wir konnten endlich so fühlen, wie wir wollten. Es war eine tolle Zeit und das Blatt wandte sich endlich zum Guten. Gerade deswegen freute ich mich umso mehr, mit den P2 Visionen zu starten. Ich unterhielt mich mit Daniel darüber und fragte, ob er schon Erfahrungen damit hatte, doch er ist selbst auch noch nie so weit gewesen. Als ich mich dann zum ersten Training mit Charlie traf, war ich gespannt, was mich erwarten würde „Was wolltest du schon immer können? Wovon hast du schon immer geträumt?", fragte Charlie mich, bevor wir mit dem Training begannen. „Hmmm, also als Kind wollte ich immer fliegen können. Nicht wie ein Vogel, sondern schweben wie eine Elfe. Und nach Harry Potter wollte ich unbedingt zaubern können. Ich habe mir extra Stöcke gesammelt und eingebildet es wären echte Zauberstäbe, die ich zufällig im Wald gefunden hatte.", antwortete ich ihr. „Okay, damit lässt sich doch arbeiten. Beim Phase 2 Training ist nicht mehr Mary, die die Visionen auslöst, sondern ganz alleine du. Denn Mary kann gar nicht wissen, was du aktuell visionieren möchtest, sie zeigt es aber sobald du anfängst. Also du denkst an das, was du dir wünschst, was dich glücklich macht und was du erleben möchtest und Mary folgt dir und macht es nach außen sichtbar. Du siehst es ohnehin. Nur weil du jetzt vielleicht keine Angst empfindest, heißt es nicht, dass es etwas leichter ist. Jeder von uns hat einen innerlichen Schalter, den er erst einmal finden muss, um eine neue Vision auszulösen und zu erschaffen. Deshalb ist es gerade am Anfang besonders schwierig. Also fangen wir einfach mal an und schauen, was passiert.", riet mir Charlie. Dann zogen wir uns an und ich freute mich, dass Charlie nun immer mit dabei sein konnte. Ich verstand die anderen, die hier gelegentlich gezielt für das P2 Training herkamen, denn zusammen machte es einfach viel mehr Spaß. „Okay, leg los, wenn du so weit bist. Denk daran, du musst es im Kopf sehen und im Herzen fühlen.", gab sie mir noch als Tipp. Ich nickte und richtete meinen Blick dann nach vorn, um mich zu konzentrieren. Ich überlegte und suchte nach meiner Fantasie. Dann dachte ich an meine Kinderträume und schon bald ging es los. Wir standen auf einer riesigen Wiese und schwebten in die Luft. Wir sahen uns an und lächelten, weil es sich so toll anfühlte. Der Himmel war blau und die Sonne warm. Wir flogen vorwärts ganz knapp über der Wiese hinweg und konnten das Gras auf unseren Fingerspitzen spüren. In der Ferne sahen wir Berge, die schnell näherkamen. Sie waren karg und eindrucksvoll und wir flogen sie hinauf bis zum höchsten Gipfel. Als wir über ihn sahen, entdeckten wir ein riesiges Meer hinter dem gerade die Sonne dabei war unterzugehen. Wir hielten kurz inne und

dann glitten wir mit Schwung den Berg auf der anderen Seite hinunter, der anscheinen direkt aus dem
Meer ragte wie eine riesige Klippe. Über das im Licht
glitzernde Wasser flogen wir hinweg und dabei sprangen Delfine links und rechts von uns aus dem Wasser. Unter uns kam ein riesiger Wal an die Wasser-
oberfläche und schwamm eine Weile mit uns. Wir
strichen mit unseren Händen über seine Seite und
seine Flosse. Seine Haut war hart, rau und einfach
beeindruckend. Als er weg war, sahen wir vor uns einen Wasserfall und auch dem folgten wir bis runter
zu einer kleinen Bucht. Wir schwebten durch den an-
grenzenden Urwald und sahen wunderschöne bunte
Vögel und Affen, die sich von Baum zu Baum
schwangen. Nach dem Wald kamen wir auf eine
Lichtung, die wie eine Steppe in der Savanne aussah
und als wir vor uns hinflogen waren plötzlich Zebras
neben uns, die mit uns rannten. Sie bogen ab und
von der anderen Seite sahen wir Giraffen, die uns
ebenfalls gleichtaten. Wir folgten ihnen und sie rannten in ein wunderschönes Beet aus Sonnenblumen.

Als wir sie nicht mehr sahen, schwebten wir gerade über den Blumen, ohne uns noch weiter fortzubewegen und ließen uns auf dem Rücken in das Beet fallen, dabei machten die Blumen Platz für uns und als wir so zum Himmel sahen, entstand über uns ein Regenbogen. Ich schloss die Augen und zack waren wir wieder im Cube. Ich richtete meinen Oberkörper auf, weil wir tatsächlich am Boden lagen und sah zu Charlie. „Das hat Spaß gemacht.", gab ich freudig zu und hoffte, sie würde es genauso sehen. Sie starrte mich nur an und fragte dann „Kannst du das auch noch mit deinem Zauberwunsch?". „Bestimmt, ich versuche es mal.", dann half ich ihr auf und wir machten uns wieder bereit. Charlie lächelte mich zwar an, aber es sah etwas gezwungen aus. Ich machte mir darüber keine größeren Gedanken und fing wieder an. Kurz überlegte ich und erinnerte mich an die Zeit als ich Hermine spielte.

Dieses Mal standen wir mit beiden Beinen auf der Wiese, auf der wir schon vorher waren und ich schaute auf meine Hände. Dann lächelte ich und

Freude überkam mich. Mit einer Handbewegung entstand vor uns ein wunderschönes Haus. Es bestand aus vielen runden gemauerten Steinen und hatte ein dunkles Dach sowie eine weiße Holzveranda. Die Fenster machten einen rustikalen aber schönen Eindruck und die Eingangstür war ebenfalls aus einem dunklen Holz. Wir liefen darauf zu und dabei ließ ich vor uns einen schönen gepflasterten Weg entstehen und links und rechts davon einen schönen Rasen, aus dem in Windeseile Bäumchen mit perfekt runder Krone wuchsen. Im Haus war überall ein schöner weißer Marmorboden verlegt, ansonsten war es komplett leer und stetig ließ ich nur mit einzelnen Handbewegungen Möbeln und Deko entstehen. Ich gestaltete das Haus so, wie es mir gefiel und zauberte mir die Details, die ich schön fand. Mit einem Fingerschnipsen entstand eine wunderschöne Landhausküche mir bereits allem möglichen Schnickschnack und frischen Kräutern auf der Anrichte, mit einem Fingerdeut ließ ich eine frei stehende Badewanne genau da entstehen, wo ich hinzeigte und das Wasser floss längst ein und mit einem Klatschen entstand im Hintergarten ein riesiger Swimmingpool. Zusätzlich zauberte ich noch eine Fasssauna, eine rustikale und gemütliche Outdoor-Küche, einen Whirlpool, gemütliche in den Boden integrierte Liegen und einen wunderschönen Rosengarten. Ich zauberte alles, was ich schön fand und erschuf mir ein Haus wie aus meinen Träumen. Als alles fertig war, schnappte ich Charlie an der Hand und wir sprangen in den Pool. Unter Wasser öffneten wir die Augen und sahen uns an, während wir die Luft anhielten und dabei dick die Wangen aufbliesen. Dann machte es Zack und wir hingen wieder im Cube. Ich strahle über das ganze Gesicht. Mary ließ uns runter und als wir die Masken abnahmen, fiel mir auf, dass Charlie immer noch so seltsam schaute. „Und?", fragte ich sie. „Ja, also wir sollten eine Pause machen. Ich habe noch etwas abzuklären. Ich hole dich nachher ab, wir treffen uns in der Küche.", und noch bevor ich begriff, dass sie jetzt ging, war sie auch schon weg. Sehr seltsam.

Doch ich war noch so begeistert von meinen Visionen, dass ich nicht weiter darüber nachdachte.

Schnell machte ich mich auf den Weg, um Daniel zu finden. Ich musste ihm unbedingt davon erzählen. Er kam gerade aus seinem Zimmer und ich stürmte schon fast auf ihn zu, doch bevor ich etwas sagen konnte, küsste ich ihn erst und dann konnten wir nicht mehr aufhören. Mit den Lippen aneinander und geschlossenen Augen tasteten wir nach meiner Tür, um dahinter zu verschwinden und wieder lagen vor uns wunderbare Minuten voller Leidenschaft, Schweiß und Orgasmen. Als wir zur Ruhe kamen, lag ich mit meinem Kopf auf seiner Brust und hörte seinem Herzschlag zu. Ich dachte gerade an das, was ich beim Training erlebt hatte und wollte ihm davon erzählen, da klopfte es an der Tür. Ich schlüpfte in meine Shorts und zog Daniels T-Shirt über. Als ich aufmachte, standen Tim und Charlie vor meiner Tür. „Hast du kurz Zeit?", grinsten beide. „Ähm ja, Moment.", antwortete ich und fuhr mir dabei durch die zerzausten Haare. „Zieh dich erst einmal in Ruhe an und wir warten in der Küche.", ich schmunzelte nur zurück und nickte. „Hi, Daniel", rief Charlie ins Zimmer, obwohl sie ihn nicht sah. „Ja, äh, hi, Charlie.", gab Daniel beschämt zurück und legte sich dann die Hände vors Gesicht. Sie und Tim fingen an zu lachen und gingen Richtung Küche. Ich hüpfte schnell unter die Dusche und richtete mich. „Was wollen sie von dir?", fragt Daniel verständlicherweise. „Das weiß ich nicht.", ich gab ihm einen Kuss den ich nur schwer unterbrechen konnte und ging vor. „Hey ihr, was gibt's denn?", fragte ich etwas beschämt wegen der peinlichen Situation davor. „Ich habe Tim die Aufnahmen von deinem Training vorhin gezeigt und ich denke, er hat dir was zu sagen.", oh Gott. Was war nun jetzt schon wieder, die Visionen waren doch gut. Ich bekam mit einem Mal schwitzige Hände. „Dass jemand in so kurzer Zeit so detaillierte und lange P2 Visionen hervorrufen kann, ist sehr selten.", fuhr Tim fort. „Ich habe für meine erste, so genaue Vision, alleine schon Monate trainiert.", fügte Charlie hinzu. Ich sah beide verunsichert an, weil ich bisher nicht viel mit der Aussage anfangen konnte. „Und ist das was Gutes?", fragte ich und hoffte eindeutig auf ein Ja. „Ja, allerdings", antwortete Tim. „Das ist ein großes Talent und in einigen Bereichen könntest du eine große Hilfe sein. Wenn du erlaubst, würde ich mit einem alten Freund gerne einen Termin vereinbaren und dich ihm vorstellen." „Okay und worum geht es dann da genau?", wollte ich wissen. „Darüber werde ich dich dann aufklären, wenn es so weit ist.", zögerte Tim. Eigentlich wurmte mich das etwas, denn ich war unglaublich neugierig. Andererseits war es aber auch okay mich etwas überraschen zu lassen. „Okay.", antwortete ich lächelnd. „Gut, dann machen wir das so. Danke, Anne." Tim und Charlie standen auf und verabschiedeten sich. „Findet das Training wie geplant statt?", fragte ich Charlie noch hinterher. „Ja, alles wie gewohnt.", antwortete sie mir freundlich und ich ging wieder zu Daniel. „Und was wollten sie?", fragte er gleich neugierig. Ich erzählte ihm von meinem Training und was ich so sah. „Tim meinte, dass er das Video davon gesehen hatte und das wohl ziemlich gut lief. Er will mich jemandem Vorstellen der mich brauchen könnte.", erklärte ich ihm. Dann hakte er nach „Und worum soll es da gehen?". „Das weiß ich selbst nicht, das sehe ich wohl erst, wenn es so weit ist.", gab ich lächelnd zurück. Er grinste und antwortete „Wie spannend." Dieses Lächeln zog mich sofort wieder in den Bann und ich kam ihm wieder näher. „Ich muss arbeiten!", sagte ich, sobald meine Lippen mal wieder die Möglichkeit zum Reden hatten. Er sah auf seine Armbanduhr und sagte, „Eine halbe Stunde hast du noch." Wir lächelten uns an und gaben uns dann unseren Körpern hin. Etwas abgehetzt kam ich bei Max an und er sagte schon gar nichts mehr, sondern lachte nur noch. Draußen zog wieder ein Gewitter auf und wir brachten schnell alle Polster, die draußen auf den Sitzen lagen in Sicherheit und schlossen die Türe. Es wurde richtig gemütlich und während ich so vor mich hinarbeite, stellte sich ein unglaubliches Gefühl der Zufriedenheit ein. Ich war so glücklich.

Mit Daniel lief es super, ich liebte es im Center zu wohnen, im Bistro mit Max zu arbeiten und meine Trainings liefen eins a. Alles war rundum gut und ich genoss es. Kurz bevor ich dann mit der Schicht zu Ende war, klingelte mein Handy. Es war eine unbekannte Nummer. Als ich ranging, hörte ich eine Stimme, die mir bekannt vorkam. „Anne? Hi, hier ist Tom. Ich bin eben zurückgekommen und mein Chef hat mir deine Nummer gegeben. Wo bist du denn? Ich habe dich schon vermisst!". Ich freute mich so über den Anruf und sagte ihm das auch. „Das ist eine lange Geschichte. Wir sollten uns mal wieder treffen?", bot ich ihm an. Er sagte mir, wann er im Laden war und wenn ich wollte, konnte ich zu den Zeiten kommen. Ansonsten könnten wir uns auch woanders treffen. Ich sagte ihm, dass ich das abkläre und mich dann wieder bei ihm melden würde. Ach, das war toll und ein schöner Abschluss für diesen Tag. Als ich aufs Zimmer kam, war Daniel noch beim Training und ich kümmerte mich in der Zeit um Minzi und Luna und bereitete Daniel etwas

Platz im Bad, damit er seine Zahnbürste und sonstigen Badutensilien dort unterbringen konnte. Mehr oder weniger ging das alles ziemlich schnell, doch es war nicht unangenehm. Ich wollte ihn hier haben und er wollte bei mir sein. Da gab es keinen Raum für Skepsis. Als er dann wiederkam, erzählte er vom Training. „So, ich habe nun P1 auch erfolgreich abgeschlossen. Ab morgen kann ich mit Sergej auch an P2 arbeiten." „Das ist doch klasse. Ich freue mich so für dich.", und das tat ich wirklich. Ich erzählte ihm von der Arbeit und wie mir klar wurde, wie glücklich und dankbar ich war. Das wollte ich ihm unbedingt sagen. „Ganz genau so geht es mir auch, Anne!". Als er das sagte, explodierten die Schmetterlinge in meinem Bauch. Außerdem erzählte ich von Toms Anruf und wer Tom war. Daniel war an meinem Leben vor dem Center sehr interessiert und so sprachen wir stundenlang über unsere Leben. Ich erzählte alles von mir und er mir von sich. Seine Familie lebte auch weiter weg, er hatte einen jüngeren Bruder und noch nie eine Beziehung, weil es ihm einfach bisher nicht möglich war, mit seinen Ängsten umzugehen. Zudem arbeitete er als freiberuflicher Fotograf für ein On-line-Magazin und das haute mich wirklich aus den Socken. Zum einen, weil mir auffiel, wie wenig ich noch über ihn wusste und zum anderen, weil es mich komplett beeindruckte. So etwas Künstlerisches hätte ich mit ihm gar nicht in Verbindung gebracht, was nichts Negatives heißen sollte. „Na, dann wird es Zeit, dass ich von dir mal ein Fotoshooting be-komme!", sagte ich ihm mit einem frechen Unterton. „Du musst aber dann machen, was ich sage!", gab er ebenso provokant zurück, drehte mich währenddes-sen um und fing an meinen Nacken zu küssen. „Und wenn ich es nicht tue?". „Dann zwing' ich dich ein-fach.", sein Griff wurde fester und er drehte mich wieder, drückte mich gegen die Wand und ich war so aus der Fassung, dass ich nicht mehr antworten konnte, ich fühlte nur noch. Es war als wäre er mein eigens für mich kreierter Lover. Und so starteten wir in die nächste der bislang unzählige heißen Runden. Die nächsten Tage verliefen alle so. Das Training machte einfach nur Spaß. Ich erschuf neue und schöne Welten, zauberte und flog. Es war so schön, dass ich schon gar nicht aufhören wollte. Und genauso lief es mit Daniel, wenn wir übereinander herfielen. Jeder Moment des Tages war wundervoll und ich bekam mein Grinsen nicht mehr aus dem Gesicht. Einmal hatte ich Spätschicht im Bistro und plötzlich kam Daniel herein. Er sah gut aus und war hergerichtet. „Oh, was hast du denn vor?", fragte ich ihn und sah in begutachtend von unten bis oben an. „Wir!", sagte er und streckte die Hand aus. „Wie jetzt?", fragte ich und Max stand bereits hinter mir und öffnete meine Schürze. „Los, raus mit dir!", sagte er mit einem Strahlen im Gesicht. „Aber ich wollte dir doch noch helfen, die…". „Alles gut, Daniel hat das bereits mit mir abgeklärt.", unterbrach mich Max. Also gut, ich nahm meine Schürze ab und ging hinter dem Tresen vor zu Daniel. „Aber ich bin überhaupt nicht schön angezogen.", sagte ich ihm ganz besorgt über mein Erscheinungsbild. Schließlich wusste ich ja nicht, was er vorhatte. „Du siehst wunderschön aus!", antwortete er und küsste mich dann. „Na los, raus mit euch!", unterbrach uns Max, nachdem wir anscheinend wieder ewig in unsere Lippen vertieft waren. Wir lächelten beschämt und dann nahm Daniel mich an der Hand und ging mit mir nach draußen. Er führte mich durch die Eingangshalle, hinaus zu seinem Auto und wir stiegen ein. „Ich hoffe, du hast Hunger.", sagte er während er losfuhr. „Oh ja und wie. Ich hatte noch gar nichts zu essen.", antwortete ich und sah mich derweil in seinem Auto um, in dem ich vorher auch noch nie war. Es war außergewöhnlich ordentlich und sauber, für mich als Chaot war das beeindruckend und anziehend. Auf dem Rücksitz sah ich eine Kameratasche und fragte mich, ob dort wohl sein Arbeitswerkzeug drin war. „Darf ich?", fragte ich ihn und nickte mit meinem Kopf Richtung Kamera. Er lächelte und nickte zustimmend zurück. Ich krabbelte etwas nach hinten und holte die Tasche nach vorn. Wortlos öffnete ich sie und holte seine Kamera heraus. Alex hatte früher auch so eine ähnliche und daher wusste ich, wie ich sie anschaltete und mir die aufgenommenen Fotos anschauen konnte. Bereits das erste Bild beeindruckte mich. Ich sah eine schwarz-weiße Aufnahme, die eine Frau auf einer Straße zeigte. Sie saß dort auf einem Schlafsack, der bereits zerrissenen Löcher hatte. Vor ihr lagen Spritzen, die offensichtlich schon benutzt waren und sie selbst wirkte ungepflegt. Sie hatte offene Stellen im Gesicht und geschwollene Finger. Ihr Mund war geschlossen, aber wirkte von außen so als ob ihr ein paar Zähne fehlen würden und ihr Blick war eindringlich. Die Augen schrien nach Hilfe, erzählten Leid und zeigten ein gewisses Maß an Hoffnungslosigkeit. Ich drückte den Knopf, um auf das nächste Bild zu kommen und es war ein ähnliches. Auch farblos. Ein Portrait von einem Mann, der sehr viele Falten hatten. Sein eines Auge hing etwas und er trug eine zerfetzte Mütze über seinen langen ungewaschenen Haaren. Sein Bart war ungleichmäßig und um seinen Hals war ein alter Schal gewickelt. Er lächelte fröhlich und man konnte

nur noch zwei markant herausstehende Zähne sehen.
„Wer ist das?", fragte ich ihn. „Das ist ein Projekt, an
dem ich gearbeitet habe. Als ich mal vor längerer Zeit
in einer Großstadt unterwegs war, fielen mir die ganzen Menschen, auf die dort auf der Straße lebten und
ich hatte Mitleid, weil ihr Leben so hart war. Drogen,
Kälte, die Gefahr ausgeraubt zu werden. Es ist nicht
vorstellbar, welchen Kampf sie jeden Tag kämpfen,
um zu überleben. Mein Vater sagte früher immer solche Leute wären abstoßend und der Schmutz der Gesellschaft, denn immerhin haben sie ihr Leben selbst
versaut. Doch als ich dort war und das gesehen habe,
hatte ich Mitgefühl. Die Dame, die du gerade gesehen hast, hat mich angesprochen und nach etwas
Geld gefragt. Ich gab ihr was und habe mich dann
mit ihr unterhalten. Sie konsumiert schon seit Jahr-
zehnten Drogen. Bereits ihre Mutter hat in ihrer
Schwangerschaft Drogen genommen und schon als
sie ein Kind war, musste sie regenmäßig den Notarzt
rufen, weil ihre Mutter drohte an einer Überdosis zu
sterben. Keiner war für sie da, noch nie. Wie ist es da

verwunderlich, dass ihr Leben so verlaufen ist? Und ich erkannte, dass es nicht immer nur die Schuld von ihnen war, sondern dass diese Menschen einfach ganz viel Pech in ihrem Leben hatten. Jeder von uns hätte auch mit so schlechten Voraussetzungen auf diese Welt kommen können und dann würden wir genauso dort sitzen und Geld lieber für Drogen als für Essen ausgeben.", erzählte er und ich war ganz gefesselt. „Ich verstehe.", sagte ich als er eine kurze Pause machte. „Als ich mich so mit ihr unterhielt, erkannte ich, wie schön sie war. Ihre Augen waren so besonders. Es spielte keine Rolle, wie das drum herum aussah, das war nur eine Abzeichnung ihres Lebens, ihrer Umstände. Sie konnte so aussehen, wie sie auf dem Bild aussieht oder könnte auch gepflegt, mit Diamanten am Ohr auf einer Jacht sitzen. Ihre Augen wären die gleichen. Sie waren die Abzeichnung ihres Herzens und ihrer Seele. Ich fand das so beeindruckend, dass ich sie fragte, ob ich sie fotografieren dürfte. Sie erlaubte es und natürlich gab ich ihr dafür noch mehr Geld. In der Zeit, in der ich dort war, traf ich immer mehr, die ich fotografieren wollte und mit den Bildern wollte ich ein Signal in die Gesellschaft tragen. Wir dürfen andere nicht als minderwertig betrachten nur, weil sie schlechtere Chancen in ihrem Leben hatten oder bloß, weil sie mal den falschen Weg eingeschlagen haben. Wir sind alle gleich, aber nicht alle haben die gleichen Voraussetzungen in dieser Welt. Wenn wir gesund, umsorgt und wohlständig durch dieses Leben gehen können, dürfen wir das nicht als selbstverständlich sehen und uns vor allem dadurch wertvoller sehen als andere. Denn auf unsere Augen kommt es an, nicht auf unsere Kleidung. Das was wir in unserer Seele tragen, in unserem Herzen, das ist das, was zählt." Es war erstaunlich, wie er darin aufging und wie recht er hatte. Ich hatte mir selbst bisher nie wirklich viel Gedanken dazu gemacht, aber das, was er sagte und zeigte war bewegend und wirklich wahr.

„Hast du die Bilder dann an ein Magazin verkauft?", fragte ich nach. „Nein…ich wollte sie eigentlich in eine Ausstellung bringen. Mein Traum war es die

Menschen der jeweiligen Stadt zu fotografieren und vor Ort eine Ausstellung zu veranstalten in denen man die Fotos groß betrachten konnte. Mit dem Erlös von Eintritt, Spenden und Verkäufen wollte ich die örtlichen Organisationen unterstützen, die diesen Menschen helfen. Ihnen Essen, Trinken, saubere Spritzen, Dinge zum Überleben brachten oder auch für saubere Druckräume sorgten, in denen die Betroffenen unter Aufsicht konsumieren können und damit die Chance haben, einer Überdosis oder Infektion zu entgehen.", erklärte er. „Was wurde daraus?", fragte ich nach. „Na ja, irgendwie habe ich das Ziel dann nicht mehr verfolgt. Irgendwann kam das Center dazwischen, was ich unbedingt benötigte, denn meine Visionen wurden zu häufig und zudem haben genau diese Ängste meinen Glauben daran genommen. Ich konnte mir nicht vorstellen, dass auch nur einer meiner Bilder sehen wollte. Deshalb konnte ich auch immer weniger meine Aufträge erfüllen und mein Verdienst wurde immer schlechter. Wie bei den meisten, haben die Ängste mein Leben ins Chaos gestürzt.", seine Stimme wurde etwas rauer und frustrierte. „Aber jetzt hast du es geschafft. Du hast dich ihnen gestellt und damit stehen dir auch wieder neue Türen offen.", ich machte eine kurze Pause. „Ich finde diese Fotos wirklich sehr beeindruckend und kraftvoll und ich könnte mir vorstellen, dass tausende das gerne sehen möchten. Deine Idee ist wundervoll und ehrenhaft. Du solltest dir überlegen, das Projekt anzugehen und umzusetzen.", ich wollte ihn damit nicht nur aufmuntern, sondern ich meinte es tatsächlich so. Das war eine wundervolle Idee und half zudem noch den Menschen, die es benötigten. „Jeder Schnösel, der lieber in eine Kunstausstellung geht, als einem Penner eine Münze in die Mütze zu werfen, hätte so die Möglichkeit, mit seinem Überfluss an Geld noch etwas Gutes zu tun und außerdem über seine Einstellung nachzudenken. Und alle, die gerne helfen, wären sicher dankbar über eine solche tolle Möglichkeit.", setzte ich hinterher. Er sah zu mir rüber und seine Kinnlade fiel nach unten.

„Anne, du bist echt…unglaublich.", anscheinend gefiel ihm, was ich sagte und meine Einstellung und ich liebte es zu sehen, wie die Begeisterung in seinen Augen stieg. Ich legte meine Hand auf seine und lächelte. „Ich wollte dir noch sagen.", kam von ihm „Ich möchte dir gerne versprechen, dass ich nie wieder anstrengend sein oder total unlogisch handeln werde, doch ich befürchte das kann ich nicht. Noch nie in meinem Leben ist es mir auf einmal so leicht gefallen, mich auf jemanden einzulassen und es einfach zu genießen und das war ganz alleine dein Verdienst, Anne. Wärst du nicht gewesen, hätte ich nie einen Weg zu dir gefunden. Allerdings weiß ich nicht, wie ich künftig mit meinen Ängsten umgehen kann. Doch eines kann ich dir versprechen, dass ich absolut mein Bestes geben werde um dir das zu geben was du verdienst.", er machte eine kurze Pause und mir schlug vor lauter Glück das Herz bis zum Hals. „Du bist einfach, so..", er rang nach Worten und ich sah ihm an wie intensiv ihn das beschäftigte. Dann entschied er sich, den Satz nicht zu vollenden aber sah zu mir rüber. „Halt kurz an!", forderte ich ihn auf und ohne zu wiedersprechen fuhr er an den Straßenrand. Noch bevor er richtig den Motor aus hatte lehnten wir uns beide zueinander und küssten uns. Ich wusste was er meinte und es berührte mich zu tiefst, wie er mich sah. Nach einigen Minuten voller intensiver Küsse und rasant steigendem Puls, sagte er mit seinem wundervollen Lächeln, „Wir müssen weiterfahren." Widerwillig ließen wir voneinander ab und ich grinste überglücklich zu ihm rüber. „Wo zur Hölle fahren wir eigentlich hin?", fragte ich scherzend als ich wieder bemerkte, dass wir ja unterwegs waren. „Abwarten!", sagte er nur grinsend. Ich packte die Kamera wieder ein und beobachtete die Welt, die draußen an uns vorbeizog. Je weiter wir fuhren, desto bekannter kam mir alles vor. Sprachlos beobachtete ich weiter und wir parkten auf dem Parkplatz, wo ich immer mein Auto abstellte als ich noch im Bücherwurm arbeitete. Keiner von uns beiden sagte etwas. Wir lächelten uns nur an und als er mir aus dem Auto half, folgte ich ihm ohne nachzufragen. Vor dem

Pappardelle blieben wir stehen. „Du wolltest Tom doch ohnehin mal wiedersehen. Außerdem gibt es heute…“, er zeigte mir seiner Hand auf den Aufsteller vor uns und ich konnte nicht glauben, dass es immer noch so war wie damals. Ich wusste gar nicht, wie viel Zeit tatsächlich vergangen war seit meinem ersten Besuch im Center, aber es fühlte sich wie eine Ewigkeit an. Auf der Tafel stand „Pasta alla Anne - Rigatoni mit Pesto alla Calabrese“, ich musste so lachen. „Wie süß ist das denn?“, fragte ich vor mich hin. „Tom macht dir extra deine Lieblingspasta!“. Ich freute mich so sehr. Es war so lieb von Daniel mich herzubringen und ich konnte es nicht erwarten Tom wiederzusehen. Als wir hineingingen, wartete er bereits auf uns und streckte die Arme weit auseinander um uns zu begrüßen. „Krümel!“, rief er mir dabei langgezogen entgegen. Auch Jonny, den ich schon kennengelernt hatte, war da und es freute mich, dass ihre Beziehung wohl etwas Beständiges zu sein schien. Genau, dass wonach er gesucht hatte. Er nahm mich in den Arm und ich stellte ihm Daniel vor. Er ihm wiederum Jonny. „Schön, dich zu sehen, bis jetzt haben wir uns nur am Telefon gehört!", sagte Daniel und schüttelte Toms Hand. „Einen tollen Freund hast du da Anne, er hat extra hier im Laden angerufen und nach mir gefragt, um dann die Überraschung einzutüten. So etwas lobe ich mir!", schwärmte Tom von Daniel. Wir setzten uns zu Jonny an den Tresen und Tom hatte mir bereits einen grünen Tee hingestellt. Ich konnte nur noch schmunzeln, weil es so süß war. „Und Jonny, warst du gemeinsam mit Tom im Ausland?". „Ja genau, es war wirklich eine unglaubliche Erfahrung.", sagte er.

Tom und Jonny erzählten von allem, was sie in den vergangenen Wochen so erlebt hatten und Tom brachte uns zwischendurch Pasta und Getränke. Es war ein wunderschöner Abend und jeder von ihnen schaffte es meinem Glück noch einen obendrauf zu setzen. Tom fragte mich, warum ich weggegangen war und ich antwortete nur, dass ich einen Tapetenwechsel benötigte und der Job mir keinen Spaß gemacht hatte. Zu der Geschichte wie Daniel und ich uns kennenlernenden, erzählte wir eine abgespeckte Version der Realität und stimmten uns während des Erzählens spontan aufeinander ab. Es war erschreckend wir gut wir zusammen improvisieren konnten. „Ich verstehe dich komplett, Anne. Wenn du mich fragst, hat sie dieser Mark nicht alle. Ich war, einige Tage nachdem ich dich hier nicht mehr sah, mal drüben im Bücherwurm und wollte fragen, wo du bist und er kam mir nur blöd mit, „Wer weiß das schon vielleicht wurde sie wegen Depressionen oder Schizophrenie eingewiesen. Die war schon länger nicht mehr ganz auf der Höhe." Daniel und ich sahen uns erst an, aber mussten dann lachen, weil er ja irgendwie damit recht hatte. Tom fand das gar nicht witzig und erzählte uns nur wie er Mark wegen seiner Aussage dumm anmachte und aus dem Buchladen stürmte. „Das ist lieb, dass du dich für mich eingesetzt hast, aber da rege ich mich gar nicht mehr drüber auf. Das ist für mich Geschichte.", sagte ich zu Tom und wollte nicht, dass er sich noch einmal unnötig ärgerte. Ich konnte ihn damit wohl besänftigen und wir genossen den Abend noch eine Weile zusammen. Plötzlich rief Tim mich an und als ich ranging, sagte er, „Hey Anne, bist du nicht im Center?". „Nein, ich bin aus mit Daniel, warum?", antwortete ich. „Achso, bitte entschuldigt die Störung. Nur mein Freund, von dem ich dir erzählt hatte, ist heute Abend zufällig noch gekommen und wenn du es dir einrichten könntest, wäre es eine gute Gelegenheit euch kennenzulernen.", ich merkte zwar, dass er mich nicht drängen wollte, aber dass es ihm sehr wichtig war. „Ja du, kein Problem, wir machen uns gleich auf den Weg.", antwortete ich und dann legten wir auf. „Alles okay?", fragte Daniel, weil er merkte, dass ich etwas nervös wurde. „Ja äh, das war nur mein Chef, er benötigt noch einmal meine Hilfe.", erfand ich und Daniel verstand sofort. „Tut mir wirklich leid Tom und Jonny, aber wir müssen leider wieder los." „Das ist doch gar kein Problem. Es war toll, dass ihr hier wart.", sagte Tom verständnisvoll. „Wir können das bald wieder machen. Vielleicht können wir auch mal woanders zum Essen gehen, damit du dich auch mal zurücklehnen kannst.", schlug Daniel Tom vor und der war sehr begeistert von der rücksichtsvollen Idee. Wir verabschiedeten uns und gingen raus. „Was wollte Tim?", hakte Daniel nach. „Dieser Typ, dem er mich vorstellen wollte, ist wohl gerade zufällig da und es schien ihm wichtig zu sein, dass ich die Chance nutze und ihn kennenlerne.", erklärte ich selbst etwas verwirrt. Als wir losliefen, fragte Daniel mich, ob das da gegenüber der Buchladen war, in dem ich gearbeitet hatte und zeigte auf den Bücherwurm. „Ja, ganz genau.", gab ich lächelnd zurück. „Komm mit!", sagte er und zog mich an der Hand. „Aber was ist mit Tim?", fragte ich. „Es geht ganz schnell, soviel Zeit muss sein.", er war ganz aufgeregt und gut gelaunt. Im Laden brannte noch Licht, aber das Schild war schon auf ‚Geschlossen' gedreht. Daniel riss die Tür auf und stürmte mit mir hinein. Aus der rechten Ecke hörten wir sofort einen Kommentar. „Hey, wir haben schon geschlossen!", rief Mark, der plötzlich ganz verdutzt schaute als er mich sah. „Entschuldigung, wir sind auch gleich wieder weg. Ich wollte nur mal den tollen Laden sehen, von dem meine Liebste mir so vorschwärmte. Du hast recht, hier ist es wirklich toll, ein wundervoller Ort um auf die Suche nach einem neuen guten Buch zu gehen. Natürlich hattest du recht so wie immer, weil du einfach wundervoll bist.", er posaunte das freudig im Laden herum und drehte mich mit einem Mal zu sich und fing an mich zu küssen. „Und unendlich heiß.", flüsterte er laut genug, dass Mark es hören konnte. Einige lange Sekunden versanken wir in unsere Leidenschaft bis Mark sich räusperte und verwirrt, „Entschuldigung?" sagte. „Oh, verzeihen Sie. Danke, dass wir vorbeischauen durften.", Daniel lief auf Mark zu und reichte ihm die Hand. „Wir wünschen Ihnen alles Gute und ein schönes Leben noch.", Daniels Grinsen war so breit als hätte er im Lotto gewonnen. „Danke?", gab Mark nur verwundert und einigermaßen genervt zurück. Ich stand neben Daniel wie ein kleines Schulmädchen und konnte mir mein Lächeln ebenso wenig verkneifen. Als wir draußen waren, lachten wir lauthals los. „Was sollte das?“, frage ich fröhlich und war überrascht von seiner spontanen Art. Es machte richtig Spaß ihn immer mehr kennenzulernen. „Ach weißt du, manchmal darf man Leuten, die sich blöd verhalten auch mal ins Gesicht lachen. Das befreit!“, und damit hatte er recht. Mich hatte das, was Tom erzählte, nämlich doch etwas gestört und das eben war eine schöne Genugtuung. Total verliebt ineinander fuhren wir Hand in Hand zurück ins Center. Ich war etwas aufgeregt, weil ich nicht wusste, was mich erwarten würde. Wir liefen in den Aufzug und Daniel stieg auf der ersten Etage aus. „Wir sehen uns nachher, grüß mir Tim.“, er gab mir noch einen weichen Kuss auf die Lippen und sein fester Griff an meiner Taille war absolut verlockend. Am liebsten wäre ich direkt mit ihm aufs Zimmer gegangen, doch ich fuhr erst einmal weiter bis in die sechste Etage. Oben fragte ich Philip, wo Tim war. „Hi Anne, ah, der wartet schon auf dich. Wie geht es dir denn mittlerweile? Wir haben uns schon lange nicht mehr gesehen.", erkundigte er sich höflich. „Aktuell geht es mir hervorragend. Ein Wunder, wenn man bedenkt wie die letzten Wochen waren und was alles passiert ist.", antwortete ich. „Ja, da hast du wohl recht. Ich wollte dich noch fragen, ob du vielleicht ein schönes Bild von Lisa hast. Wir würden sie gerne mit an unsere Wand hängen, doch sie hatte damals niemanden als Kontakt angeben, den wir um ein Foto bitten könnten.", er drehte sich zur Seite und schaute auf die große Wand mit all denen, die das Center schon an den Tod verloren hatte. Ich erinnerte mich an das Bild, das ich einmal von Lisa und Stella machte, als wir mit den Katzen im Pavillon waren. „Ja, ich habe eins. Ich lasse es dir zukommen.", sagte ich und wurde wieder etwas traurig. Wie gerne hätte ich ihr von all dem erzählt. Doch im Inneren hoffte ich, dass sie vielleicht ohnehin bei mir war und das alles schon wusste. Er brachte mich zu Tims Büro.

Darin saß er an seinem Schreibtisch und vor ihm ein dunkelhäutiger Mann mit schwarzem Rollkragenpullover und schwarzer Lederjacke. Er wirkte groß und massiv und als er sich zu mir umdrehte, weil Tim mich begrüßte, wirkte auch sein Gesicht sehr autoritär. Er war glattrasiert und hatte große rehbraune Augen. Unter seinem linken Auge konnte man eine lange helle Narbe sehen, die sicher von einer nicht unerheblichen Verletzung kam. „Anne, ich möchte dir Gregor vorstellen. Gregor, das ist Anne." „Hallo.", sagte ich eingeschüchtert und reichte ihm, aus Höflichkeit und auch ein wenig aus Angst, meine Hand. „Hallo Anne, es freut mich, dich kennenzulernen.", seine Stimme strotze nur so vor Anführerstärke. Er war vom Auftreten her diese Art Mensch, dem jeder in einer Zombieapokalypse folgen würde. Tim holte einen Stuhl, der in einer Ecke des Raumes stand und stellte ihn neben den von Gregor. „Nimm ruhig Platz!", forderte er mich auf, während er die Tür schloss. Dann setzte auch er sich wieder auf seinen Stuhl. „Sicher bist du etwas verwundert, aber ich bin froh, dass du es noch geschafft hast. Gregor arbeitet in einem besonderen Bereich und sucht immer neue Talente, um sein Team weiter auszubauen. Die Details überlasse ich dir, Gregor.", und damit gab er das Wort an ihn ab. Gregor nickte ihn dankend an und wandte sich dann mir zu. „Tim hat mir erzählt, wie erfolgreich du im P2 Training bist und dass du auch Phase 1 trotz der schwierigen Umstände besonders zügig durchlaufen hast. Das sind gute Voraussetzungen für unsere Arbeit, hervorragende sogar. Ich bin Leiter eines Teams der VSF. Der Vision Special Force. Weißt du Anne, es wäre schön, wenn jeder nur wunderschöne und friedliche P2 Visionen erzeugen würde, doch Visionäre sind Menschen und von denen gibt es leider auch viele, die nichts Gutes im Sinn haben. Es gibt bedauerlicherweise mehr als genug, die schlechte Visionen erzeugen, um entweder anderen weh zu tun oder sich durch sie zu bereichern. Die VSF ist dafür da diese Personen zu finden und ihre Fähigkeiten auszuhebeln, indem wir unter anderem Gegenvisionen kreieren. Wir arbeiten eng mit Visionären zusammen, die ganz offiziell bei der Polizei arbeiten. Wir sind keine Offizielle Spezial Force, da wir verdeckt arbeiten, aber wir sind für die Unterstützung und Aufklärung bei kriminellen Machenschaften essenziell für den Erfolg gegenüber visionären Tätern. Denn die gibt es und die meisten Menschen haben keine Ahnung wer da auf sie losgeht. Sie haben Fähigkeiten, die sich Nicht-Visionäre nicht im Geringsten vorstellen können und tappen daher oft im Dunkeln. Ohne die VSF sind sie schutz- und hilflos. Unsere Arbeit ist also extrem wichtig. Dabei kommt es auf Talent und Stärke an, denn es ist kein Training, sondern das echte Leben. Natürlich trainieren wir auch, aber im Einsatz bekommen wir nur selten eine zweite Chance.", das haute mich vom Hocker. Wieder geschah etwas, womit ich absolut nicht gerechnet hatte. Es war beängstigend zu hören, dass es nötig war eine VSF einzuführen und erschreckend wie naiv ich war, noch nie vorher darüber nachgedacht zu haben. Doch ich konnte schon spüren, wie die Begeisterung in mir aufstieg, dass ich helfen konnte solche Leute aufzuhalten oder zu entlarven. Nachdem er mir kurz Zeit gab, das sacken zu lassen, sprach Gregor weiter, „Dafür würden wir dich allerdings zu uns in die Station holen und du wärst nicht mehr dauerhaft hier im Center. Natürlich könntest du immer wieder mal herkommen, wir sind kein Gefängnis, aber bei uns haben wir noch einmal auf uns direkt abgestimmte Trainingsmöglichkeiten. Es braucht noch eine spezielle Ausbildung, bis man von der fröhlichen fantasievollen normalen P2 Version auf eine spontane und gefährliche Situation richtig reagieren kann. Aber durch deine Details und deinen schnellen Fortschritt bringst du alles mit, was es braucht, um dort erfolgreich zu bestehen um dann aktiv in der VSF als Agentin mitzuarbeiten.", teilte er mir mit. Das Wort Agentin ließ mein Herz höherschlagen. Nicht etwa, weil ich mir damit wichtig vorkam, sondern weil etwas ganz tief in mir signalisiert hat, dass das der richtige Weg war. Mein Weg. „Ich bin dabei!", sagte ich. Tim schoss dazwischen, „Du kannst es dir auch noch ganz in Ruhe überlegen. Du musst nichts überstürzen. Ich bin sicher Gregor nimmt dich gerne, wann immer du dich bereit dazu fühlst.", sagte er fürsorglich. „Nein, ich mach's.", sagte mein Mund wieder, wie automatisch, weil einfach jede Zelle in mir ‚JA' schrie. „Ich möchte helfen. Wenn ich wirklich gut darin bin, dann möchte ich damit auch etwas Gutes tun.", erklärte ich mich den beiden. „Das freut mich, zu hören. Aber eins noch, Anne, in unserem Job können wir nicht aussuchen welchem Täter wir begegnen. Wir haben nicht so viel Personal, dass wir gesonderte Abteilungen vorweisen können. Es kann bei unserer Arbeit immer zu Situationen kommen, die einen sowohl geistig als auch körperlich sehr mitnehmen können. Wir hatten schon genug, die uns aufgrund der hohen psychischen Belastung wieder verlassen haben.", musste Gregor noch loswerden. Er sah zu Tim und er zu ihm. „Wer kann es ihnen verübeln.", fügte Gregor an seine Aussage noch mit dazu und dabei fiel mir wieder seine

Narbe auf. Ich fragte mich, ob er sie sich wohl während der Arbeit bei der VSF zugezogen hatte. Tim nickte nur, als wüsste er genau, was Gregor meinte. „Das ist okay.", sagte ich darauf. Mir war bewusst, dass ich das Ausmaß jetzt wahrscheinlich noch gar nicht einschätzen konnte, doch abzulehnen wäre für mich in diesem Moment nicht möglich gewesen. Es gibt Dinge im Leben, bei denen man weiß, dass sie richtig sind. Wege, die man sieht und weiß, dass man sie gehen muss. So war es für meine Schwester als sie wegzog und so war es für mich als ich mit Sack und Pack vor dem Center stand. „Okay. Dann werden wir alles vorbereiten und eintüten, damit du bald bei uns anfangen kannst. Natürlich möchte ich bei Tim hier im Center nichts von heute auf morgen umwerfen, aber je früher du zu uns kommst, desto früher können wir auf deine Hilfe setzen.", sagte Gregor. „Das bekommen wir schon hin.", kam von Tim zuversichtlich. Dann stand Gregor auf. „Gut, dann vielen Dank für das spontane Gespräch.", er reichte mir die Hand, die gefühlt fünfmal so groß war wie meine und schüttelte sie. „Danke Tim, dass du immer an uns denkst, wenn du neue Talente entdeckst. Das hilft uns sehr.", er schüttelte auch Tims Hand und dieser kam ihn entgegen mit, „Aber gerne doch, kein Problem. Ich danke euch für euren Dienst!", dann drehte Gregor sich um, warf noch ein, „Wir sehen uns bald, Anne.", in den Raum und verließ ihn dann. „Geht es dir auch gut mit der Entscheidung?", hakte Tim nochmals nach. „Mehr als gut!", gab ich lächelnd zurück. „Okay.", sagte er zufrieden. Wir verabschiedeten uns und als ich über den Flur lief, machte sich ein breites Grinsen auf meinem Gesicht und eine große Vorfreude in meinem Inneren breit. Ich stürzte mich in ein neues Abenteuer, mit nur dem Hauch einer Ahnung, was mich erwarten würde und keiner Vorstellung darüber, was das alles für Daniel und mich bedeutete.